Flüstern des Schicksals

Ein kürzlich entstandener Roman
erkundung familiärer Feinheiten
verflochten mit einer geheimnisvollen Atmosphäre.

Translated to German from the English version of
Whispers of Destiny

Subhash Y. Pawar

Ukiyoto Publishing

Alle globalen Veröffentlichungsrechte liegen bei

Ukiyoto Publishing

Veröffentlicht im Jahr 2024

Inhalt Copyright © Subhash Y. Pawar

ISBN 9789364943840

Alle Rechte vorbehalten.

Kein Teil dieser Veröffentlichung darf ohne vorherige Genehmigung des Herausgebers in irgendeiner Form auf elektronischem, mechanischem, Fotokopier-, Aufnahme- oder anderem Wege reproduziert, übertragen oder in einem Abrufsystem gespeichert werden.

Die Urheberpersönlichkeitsrechte des Urhebers wurden geltend gemacht.

Dies ist ein Werk der Fiktion. Namen, Charaktere, Unternehmen, Orte, Ereignisse, Schauplätze und Vorfälle sind entweder das Produkt der Phantasie des Autors oder werden auf fiktive Weise verwendet. Jede Ähnlichkeit mit tatsächlichen Personen, lebenden oder toten, oder tatsächlichen Ereignissen ist rein zufällig.

Dieses Buch wird unter der Bedingung verkauft, dass es ohne vorherige Zustimmung des Verlegers in keiner anderen Form als der, in der es veröffentlicht wird, verliehen, weiterverkauft, vermietet oder anderweitig in Umlauf gebracht wird.

www.ukiyoto.com

Widmung

Liebe Leserin, lieber Leser,

Zunächst möchte ich Ihnen gratulieren und Ihnen meinen herzlichen Dank dafür aussprechen, dass Sie sich entschieden haben, meinen Roman *Flüstern des Schicksals* zu lesen. Ihre Entscheidung, dieses Buch abzuholen, bedeutet mir sehr viel.

Nachdem ich über 120 Bücher geschrieben hatte, hauptsächlich zu technischen Themen, fühlte ich, dass es an der Zeit war, mich in das Reich der Fiktion zu begeben. Dieser Roman ist mein erster Versuch, Geschichten in diesem Genre zu erzählen, und ich habe mein Herz und meine Seele in seine Entstehung gesteckt. Mein Ziel war es, eine Erzählung zu erstellen, die Sie gründlich unterhält und Sie von der ersten bis zur letzten Seite beschäftigt hält.

Die Charaktere, denen Sie in dieser Geschichte begegnen werden, sind alle Produkte meiner Fantasie, ebenso wie die sich entfaltenden Ereignisse. Wenn Sie Ähnlichkeiten mit tatsächlichen Personen oder Situationen feststellen, verstehen Sie bitte, dass diese zufällig sind. Ich versichere Ihnen, dass solche Ähnlichkeiten unbeabsichtigt sind.

Ich möchte auch Frau Radhika Abhijeet Gaikwad aus Pune, Indien, meinen tiefsten Dank aussprechen. Sie war die erste Person, die diesen Roman las und spielte eine entscheidende Rolle auf dem Weg zur Veröffentlichung. Ihre Ermutigung motivierte mich, einen seriösen Verlag zu suchen, was die Reichweite und Wirkung dieses Buches erheblich verbesserte. Ohne ihre Unterstützung hätte dieser Roman vielleicht nur durch einen lokalen Verlag das Licht der Welt erblickt. Ich bin ihr wirklich für ihren unschätzbaren Beitrag und ihre Ermutigung dankbar.

Neben meiner Leidenschaft fürs Schreiben bin ich auch ein erfolgreicher Designer. Das Cover dieses Buches, das ich selbst kreiert habe, zeigt meine gestalterischen Fähigkeiten.

In Whispers of Destiny habe ich versucht, die Essenz der intimen Beziehungen zwischen Familienmitgliedern einzufangen. Die Art und Weise, wie sie sich gegenseitig pflegen, unterstützen und verstehen, ist ein zentrales Thema der Geschichte. Familienbande sind komplex und tief emotional, und das wollte ich in meinem Schreiben widerspiegeln.

Im Laufe des Romans habe ich detaillierte und lebendige Beschreibungen aufgenommen, die darauf abzielen, die Charaktere und ihre Erfahrungen zum Leben zu erwecken. Ich habe auch Elemente der Spannung und des Geheimnisses eingewoben, um dich raten und engagieren zu lassen. Diese Intrigen sind so konzipiert, dass sie der Erzählung Tiefe verleihen und Ihr Leseerlebnis aufregender machen.

Einige Teile der Geschichte können starke Emotionen hervorrufen, und dies ist beabsichtigt. Ich glaube, dass unser tägliches Leben mit freudigen und herausfordernden emotionalen Momenten gefüllt ist. Diese Momente prägen uns und unsere Beziehungen. Ich hoffe, die Geschichte und Ihre Lebenserfahrungen zu verbinden, indem ich über diese Realität im Roman nachdenke.

Das Leben ist voller unerwarteter Wendungen, und diese Idee ist ein Schlüsselelement in Whispers of Destiny. Die Charaktere stehen vor unvorhergesehenen Herausforderungen und Überraschungen, ähnlich wie wir es im wirklichen Leben tun. Diese Wendungen sind Teil des Schicksalsgefüges, und wir alle erleben sie auf unsere eigene Weise.

Nochmals vielen Dank, dass du dich für *Whispers of Destiny* entschieden hast. Ich hoffe, es hat Ihnen genauso viel Spaß gemacht, es zu lesen, wie es mir Spaß gemacht hat, es zu schreiben. Das Team meines Verlegers, das physische Exemplar dieses Buches herauszubringen, hat sich große Mühe gegeben, und ohne die Unterstützung eines jeden von ihnen wäre der Erfolg dieses Buches nicht möglich gewesen. Ich bin ihnen dankbar.

Viel Spaß beim Lesen.

-Dr. Subhash Y. Pawar, Pune (Indien)

An alle meine Leser

Inhalt

1. „Übergänge und Vertrauen" 1
2. „The Custodian on Duty" 9
3. „Unerschütterliche Hüter: Durch Liebe und Loyalität navigieren" 18
4. „Ein Morgen der Offenbarungen und Reflexionen" 34
5. „The Grand Homecoming: A Journey of Anticipation and Loss" 42
6. „Eine schicksalhafte Nacht und die Bande der Familie" 53
7. „Whispers Over High Tea: Bonds Unveiled" 66
8. „Morgengespräche und unausgesprochene Bindungen" 75
9. „Übergänge im Sitzungssaal und darüber hinaus" 82
10. „Soaring Aspirations: A Transatlantic Journey of Dreams and Determination" 92
11. „Zerbrochene Ruhe: Ein Tag der Freude wird zur Tragödie" 102
12. „Das verborgene Vermächtnis: Wahrheiten in Trauer und Königtum enträtseln" 115
13. "Verschleierte Bindungen: Entfaltung von Geheimnissen und familiären Feinheiten" 129
14. „Threats of Unity: Navigating Family and Legacy" 146
15. „Verschleierte Absichten enthüllt" 156
16. „Die offengelegten Geheimnisse und die identifizierten Schuldigen" 165
17. „Chief Trusty Departs and Krishna Addresses Assembly" 184
18. „The Final Callout; Brilliant Suggestions, A Surprises to Everyone" 199

Über den Autor *217*

1. „Übergänge und Vertrauen"

Gautam Seth lehnte sich in dem kunstvoll gestalteten schmiedeeisernen Stuhl zurück und blickte auf den weitläufigen Rasen vor ihrem palastartigen Bungalow. Die späte Nachmittagssonne wirft einen warmen goldenen Glanz und umhüllt die Umgebung in einem ruhigen Ambiente. Neben ihm sitzend, spielte Shantai Seth, seine elegante Frau, mit den zarten Strängen ihres Seiden-Sari, ihre Augen auf den fernen Horizont gerichtet.

Gautam, eine angesehene Gestalt mit salzigen und pfeffrigen Haaren, räusperte sich und brach die ruhige Stille in der Luft. "Shantai, hast du über die Details unserer Reise nach Amerika nächste Woche nachgedacht? Es ist schon eine Weile her, seit wir Krishna gesehen haben, und ich möchte, dass alles perfekt ist."

Shantai, ihre Augen spiegelten eine Mischung aus Vorfreude und Besorgnis wider, nickte. »Ja, Gautam. Ich habe mir ein paar Notizen gemacht. Wir müssen unseren Reiseplan fertigstellen, über unseren Aufenthalt entscheiden und ein paar Überraschungen für Chris planen. Es passiert nicht jeden Tag, dass wir ihn in Amerika besuchen."

Gautams Blick richtete sich auf den sorgfältig gepflegten Garten, in dem die leuchtenden Farben der blühenden Blumen der Landschaft einen Hauch von Eleganz verliehen. „Wir sollten das Personal auch über unsere Abwesenheit informieren. Das Haus sollte in einwandfreiem Zustand sein, wenn wir zurückkehren, und ich möchte, dass sie wissen, dass wir erwarten, dass in unserer Abwesenheit alles reibungslos läuft."

Shantai warf ein: „Und was ist mit dem Geschäft? Wir dürfen unsere Verantwortung hier nicht vergessen. Vielleicht sollten wir uns mit dem Vorstand treffen, um anstehende Angelegenheiten zu besprechen und sicherzustellen, dass das Team gut vorbereitet ist, um die Dinge in unserer Abwesenheit zu erledigen."

Gautam nickte dankbar und erkannte die Praktikabilität des Vorschlags seiner Frau an. »Du hast recht, Shantai. Wir dürfen unsere geschäftlichen Verpflichtungen nicht vernachlässigen. Ich werde für morgen eine Vorstandssitzung ansetzen, um alle dringenden Probleme anzugehen. Wir müssen sicherstellen, dass unsere Abwesenheit das reibungslose Funktionieren des Unternehmens nicht beeinträchtigt."

Als das Paar tiefer in ihre Pläne eintauchte, wechselte das Gespräch nahtlos zwischen familiären Anliegen und geschäftlichen Verantwortlichkeiten. Sie diskutierten die Flüge, Unterkünfte und Orte, die sie während ihres Aufenthalts in Amerika mit Krishna besuchen wollten. Shantai, immer der akribische Planer, zog ein Notizbuch mit akribisch organisierten Details heraus und stellte sicher, dass nichts dem Zufall überlassen wurde.

Die Sonne tauchte unter den Horizont, warf lange Schatten über den Rasen, und das Paar setzte seine Diskussion unter dem sanften Schein der Gartenlichter fort. Die Luft war voller Vorfreude und Aufregung, als Gautam und Shantai Seth ihre Pläne sorgfältig ausarbeiteten, um die bevorstehende Reise zu einem unvergesslichen und gut organisierten Familientreffen zu machen.

Gautam Seth nickte Shantais Vorschlag dankbar zu und beschloss, sofortige Maßnahmen zu ergreifen, um die nahtlose Fortsetzung des Geschäftsbetriebs während ihrer Abwesenheit zu gewährleisten. In einer schnellen Reaktion auf die Situation kontaktierte Gautam Seth umgehend seinen Schwager Mahadeo, der gleichzeitig die Position des operativen Direktors innerhalb des Unternehmens innehatte. Nach Erhalt des Anrufs von Gautam meldete sich Mahadeo Mama umgehend bei ihm. Gautam übermittelte Mahadeo, dass eine gemeinsame Entscheidung mit Shantai getroffen worden war, ihm während ihres Besuchs bei ihrem Sohn in Amerika vorübergehend die Rolle des CEO zu übertragen.

Mahadeo, bekannt für sein leises Auftreten, konnte ein gewisses Maß an Verlegenheit nicht verbergen, als er antwortete: "Bhavo ji, du und Schwester Shantai habt meiner Familie und mir bereits zahlreiche Gefälligkeiten gewährt. Das Gewicht dieser Verpflichtungen trage ich bereits. Diese zusätzliche Verantwortung zu übernehmen, kann sich für mich als überwältigend erweisen. Darf ich vorschlagen, dass diese Verantwortung unserem geschätzten Senior Director, Herrn Shah, übertragen wird?"

Gautam und Shantai wiesen Mahadeos Vorschlag jedoch zu Recht zurück und behaupteten: „Liebe Mama, diese Angelegenheit ist eine interne Familienangelegenheit, und wir sind nicht geneigt, einen Dritten in eine so entscheidende Verantwortung einzubeziehen. Unsere Entscheidung ist endgültig und wir möchten in dieser Angelegenheit nicht weiter beraten. Bitte seien Sie darauf vorbereitet, diese Aufgabe in der morgigen Vorstandssitzung zu übernehmen. Wir vertrauen Ihnen allein und bitten Sie, nicht weiter zu widersprechen. Ist das verstanden?"

Ohne Raum für Argumente, stimmte Mahadeo widerwillig ihrer Anweisung zu und verließ sie mit heftiger Kontemplation. Am nächsten Tag versammelte er die Top-Direktoren des Unternehmens zu einer entscheidenden Vorstandssitzung im eleganten, hohen Konferenzraum der Unternehmenszentrale.

Gautam, der maßgebliche Patriarch, übernahm die Führung, als sich die Direktoren in ihren weichen Ledersesseln niederließen. „Meine Damen und Herren, vielen Dank, dass Sie so kurzfristig zu uns gekommen sind. Wie du weißt, planen Shantai und ich, unseren Sohn Krishna in Amerika zu besuchen. In unserer Abwesenheit muss das Unternehmen reibungslos funktionieren. Zu diesem Zweck habe ich dieses Treffen angesetzt, um die notwendigen Vorkehrungen zu besprechen."

Das Zimmer wurde voller Vorfreude, als Gautam sich mit den Details ihrer bevorstehenden Reise befasste. „Ich habe Vertrauen in unser Team, aber wir brauchen eine fähige Person, die das Haus und die Branche überwacht - jemanden, dem wir implizit vertrauen können. Bis Shantai und ich zurückkehren, wird daher Mahadeo Mama, Krishnas Onkel mütterlicherseits, das Sagen haben. Er kümmert sich um den Unternehmensalltag und sorgt dafür, dass zu Hause alles reibungslos läuft."

Ein Gemurmel der Zustimmung kräuselte sich durch den Raum, als die Direktoren Blicke austauschten und die Weisheit von Gautams Entscheidung anerkannten. Mahadeo Mama, eine angesehene Persönlichkeit, die für ihre Scharfsinnigkeit bekannt ist, war seit Jahren in Familienangelegenheiten involviert.

Einer der Direktoren, ein erfahrener Manager mit einem Salz- und Pfefferbart, meldete sich zu Wort: „Gautam, wir verstehen die Bedeutung eines reibungslosen Übergangs. Aber könnten Sie mehr Details zu den spezifischen Verantwortlichkeiten angeben, mit denen Mahadeo Mama in diesem Zeitraum betraut wird?"

Gautam nickte und schätzte das Bedürfnis nach Klarheit. »Natürlich. Mahadeo Mama wird alle operativen Aspekte des Unternehmens überwachen, einschließlich der wichtigsten Entscheidungsprozesse. Er wird sich mit den Abteilungsleitern in Verbindung setzen und mir über wesentliche Entwicklungen direkt berichten. Darüber hinaus wird er alles an meiner Stelle verwalten und sicherstellen, dass unsere Abwesenheit das routinemäßige Funktionieren des Unternehmens oder der Familie nicht beeinträchtigt."

Shantai, elegant und gelassen, fügte hinzu: „Ich habe volles Vertrauen in die Fähigkeiten von Mahadeo Mama. Er gehört seit vielen Jahren zu unserer Familie und ich vertraue darauf, dass er sich mit größter Sorgfalt um die geschäftlichen und familiären Angelegenheiten kümmern wird."

Die Direktoren drückten ihre einstimmige Zustimmung aus, und die Sitzung wurde mit einer detaillierten Diskussion der laufenden Projekte des Unternehmens, der bevorstehenden Herausforderungen und der Strategien zur Minderung potenzieller Probleme fortgesetzt. Gautam und Shantai gingen methodisch auf die Bedenken des anderen ein und ließen bei der Vorbereitung auf die bevorstehende Reise nichts unversucht.

Vor Abschluss des Treffens bekräftigte Gautam die Bedeutung der Rolle von Mahadeo Mama und forderte die Direktoren auf, ihre volle Zusammenarbeit auszuweiten. „Ich erwarte von euch allen, dass ihr Mahadeo Mama während unserer Abwesenheit unterstützt. Wir können sicherstellen, dass das Unternehmen auf einem stabilen Kurs bleibt."

Als sich die Vorstandssitzung ihrem Ende näherte, nahm sich Gautam Seth, die patriarchalische Figur des Geschäftsimperiums, einen Moment Zeit, um sich noch einmal an die Direktoren zu wenden. Der Raum, der immer noch von der Energie strategischer Diskussionen pulsierte, verstummte, als alle Augen sich ihm zuwandten.

"Meine Herren", begann Gautam, seine Stimme trug ein Gewicht von Autorität, "ich schätze Ihre Aufmerksamkeit und Zusammenarbeit bis jetzt. Ich möchte die Bedeutung der Rolle von Mahadeo Mama während unserer Abwesenheit wiederholen. Er wird die Branche und den Haushalt beaufsichtigen, und Sie müssen Ihre volle Zusammenarbeit ausweiten, um einen reibungslosen Übergang zu gewährleisten."

Die Direktoren saßen um den polierten Mahagonitisch herum und nickten zustimmend, um den vorübergehenden Führungswechsel anzuerkennen. Gautams Blick verlagerte sich und wurde intensiver, als er fortfuhr: „Ich möchte klarstellen, dass dies eine vorübergehende Vereinbarung ist. Sobald mein Sohn Krishna von seinem Master-Abschluss in Management in Amerika zurückkehrt, wird er ohne Frage die Position des Vorsitzenden und CEO übernehmen. Seine Autorität wird absolut sein, und niemand, einschließlich Mahadeo Mama, wird seine Überlegenheit in Frage stellen."

Eine Welle des Verständnisses zog durch den Raum, als die Direktoren Gautams Worte aufnahmen. Der Übergangsplan war klar und die zukünftige Führung des Unternehmens eindeutig definiert. Dies war ein strategischer Schritt, um eine reibungslose Übergabe der Macht an die nächste Generation zu gewährleisten.

Gautam beugte sich vor und fügte hinzu: „Krishna durchläuft in Amerika eine unschätzbare Ausbildung und erwirbt Kenntnisse und Fähigkeiten, die wesentlich zum Wachstum unseres Unternehmens beitragen werden. Wenn er zurückkehrt, besteht unsere gemeinsame Verantwortung darin, ihn in seiner neuen Rolle zu unterstützen. Ich erwarte, dass Sie sich hinter Krishna versammeln und einen nahtlosen Übergang ermöglichen."

Mahadeo Mama, die unter den Direktoren saß, hörte aufmerksam zu. Gautam fuhr fort: „In der Zwischenzeit wird jedoch Mahadeo Mama unsere führende Kraft sein. Seine Entscheidungen sollten respektiert und seine Autorität aufrechterhalten werden. Ich vertraue darauf, dass du unter seiner Führung harmonisch arbeiten wirst, bis Krishna seinen rechtmäßigen Platz einnimmt."

Der Raum wurde mit einem Gefühl des Engagements aufgeladen. Gautams strategische Voraussicht und klare Kommunikation ließen keinen Raum für Unklarheiten. Die Direktoren wurden mit einer doppelten Verantwortung betraut - Mahadeo Mama kurzfristig zu unterstützen und langfristig einen reibungslosen Machtübergang zu Krishna zu gewährleisten.

Shantai, die neben Gautam saß, fügte ihre Perspektive hinzu: „Dies ist eine kritische Zeit für unsere Familie und unser Geschäft. Wir haben dieses Unternehmen mit Hingabe und harter Arbeit aufgebaut, und jetzt müssen wir den Weg für die nächste Generation ebnen. Krishnas Rückkehr wird ein neues Kapitel aufschlagen, und ich bin zuversichtlich, dass jeder von euch zu seinem Erfolg beitragen wird."

Am Ende der Sitzung betonte Gautam erneut die Einheit, die für die Stabilität des Unternehmens während seiner Abwesenheit erforderlich ist. "Gemeinsam", versicherte er, "können wir alle Herausforderungen meistern und sicherstellen, dass das Unternehmen stabil bleibt. Ich habe volles Vertrauen in jeden von Ihnen und freue mich darauf, nach unserer Rückkehr wieder mit unserem Sohn zusammenzukommen und den anhaltenden Erfolg unseres Geschäfts zu erleben."

Mit einem festen Nicken signalisierte Gautam das Ende des Treffens. Jetzt, bewaffnet mit einer ungehinderten Vision und einem definierten Weg nach vorne, verließen die Direktoren den Raum mit einem erneuerten Sinn für Zweck, bereit, die Herausforderungen und Chancen zu meistern, die in dieser Übergangsphase vor ihnen liegen.

Als sich die Direktoren zerstreuten, bewaffnet mit klaren Richtlinien und einem Verantwortungsbewusstsein, fühlten sich Gautam und Shantai Seth beruhigt, dass sie den Grundstein für eine erfolgreiche und gut geführte Übergangszeit gelegt hatten. Mahadeo Mama, jetzt mit der doppelten Verantwortung betraut, die Familie und die Industrie zu beaufsichtigen, nahm die Herausforderung mit einem entschlossenen Pflichtgefühl an. Die Bühne war für einen nahtlosen Übergang bereitet, der es Gautam und Shantai ermöglichte, sich selbstbewusst auf ihre Reise nach Amerika zu begeben, in den fähigen Händen, ihre Angelegenheiten zu Hause zu regeln.

Die Woche vor der Abreise von Gautam Seth und Shantai Seth war ein Wirbelwind. Mit ihrer bevorstehenden Reise nach Amerika, um ihren Sohn Krishna zu besuchen, fand sich das Paar in viele Aufgaben vertieft, um einen reibungslosen Übergang in ihr persönliches und berufliches Leben zu gewährleisten. Besprechungen mit dem Personal, die Fertigstellung von Reisearrangements und die Überwachung der Vorbereitungen in letzter Minute beanspruchten ihre Tage.

Als der Tag ihrer Abreise dämmerte, war die Atmosphäre in der Seth-Residenz von einer Mischung aus Aufregung und Vorfreude erfüllt. Das akribisch verpackte Gepäck stand am Eingang bereit, ein greifbares Symbol für die bevorstehende Reise. Shantai, elegant in ihrer Kleidung, sorgte dafür, dass alles in Ordnung war, während Gautam sich ein letztes Mal im Haus umsah und sicherstellte, dass alle losen Enden gebunden waren.

Die Szene am Flughafen war einfach großartig. Mahadeo Mama, begleitet von ein paar Direktoren und leitenden Angestellten des Unternehmens, hatte sich versammelt, um dem Seth-Paar Lebewohl zu sagen. Das Flughafenterminal hallte mit einer Mischung aus Gesprächen und der Hektik der Reise wider. Die Entourage, ein Symbol für die Einheit des Unternehmens, war da, um ihre besten Wünsche zu übermitteln und das kollektive Engagement für die Aufrechterhaltung der Stabilität des Unternehmens während der Abwesenheit von Gautam und Shantai auszudrücken.

Der Air India-Flug, ihre gewählte Fluggesellschaft für die Reise, glänzte auf dem Rollfeld und war bereit, das Seth-Paar über Kontinente zu transportieren. Mahadeo Mama, flankiert von den Direktoren, wechselte die letzten Worte mit Gautam und Shantai und versicherte ihnen das Engagement des Teams für die Verwaltung der Angelegenheiten zu Hause. Die hochrangigen Offiziere, professionell gekleidet, standen in respektvoller Formation, ein stilles Zeugnis für die Bindung zwischen dem Unternehmen und seinen Führern.

Als die Abfahrtszeit näher rückte, knisterte die Luft vor einer Mischung aus Emotionen. Gautam und Shantai, umgeben von Gratulanten, bewegten sich auf das Abfluggate zu. Das Klickgeräusch ihrer Schritte hallte im höhlenartigen Flughafen wider, ein krasser Kontrast zum Summen von Gesprächen und Ankündigungen im Hintergrund. Das Paar tauschte lächelnd Blicke aus, die Bände über ihr Vertrauen in das Team sprachen, das sie hinter sich ließen.

Am Abfahrtstor waren die entscheidenden Momente ergreifend. Mahadeo Mama, stellvertretend für die anvertraute Führung, verabschiedete sich herzlich mit ihren bekannten Namen. „Gute Reise, Gautam Bhao ji, Shantai Akka. Wir sorgen dafür, dass bis zu Ihrer Rückkehr alles in Ordnung bleibt. Genieße deine Zeit mit Krishna in Amerika."

Gautam bestätigte das Gefühl und antwortete: „Danke, Mahadeo Mama. Wir vertrauen Ihnen und den fähigen Händen unseres Teams die Verantwortung an. Wir freuen uns darauf, mit vielen Geschichten zurückzukehren. Kümmere dich um alles, einschließlich deiner Familie, Shakuntala und Mohini." Mit einem milden Lächeln kneift Gautam seinen Schwager.

Das Paar bestieg den Flug von Air India, und das Abfluggate schloss sich hinter ihnen. Mahadeo Mama, flankiert von den Direktoren und leitenden Angestellten, beobachtete, wie das Flugzeug vom Terminal wegrollte. Die Reise hatte begonnen, und die Verantwortung für die Steuerung des Schiffes lag fest in den Händen von Mahadeo Mama und dem engagierten Team zu Hause.

Als das Flugzeug in den Himmel aufstieg, setzten sich Gautam und Shantai auf ihre Plätze und waren bereit, sich auf eine Reise zu begeben, die Familientreffen und neue Erfahrungen versprach. In der Zwischenzeit führte Mahadeo Mama das Team zielstrebig an, um den anhaltenden Erfolg und die Stabilität des Unternehmens in Abwesenheit seiner Gründer sicherzustellen. Die Dynamik der Familie Seth und ihres Unternehmens war in eine neue Phase eingetreten, wobei die Widerstandsfähigkeit und Einheit des Teams während dieser Übergangszeit auf die Probe gestellt wurde.

2. „The Custodian on Duty"

In der jüngsten Vorstandssitzung wurde einstimmig über die vorübergehende Verwaltung sowohl der Haushalts- als auch der Industrieangelegenheiten entschieden. Die Verantwortung wurde den fähigen Händen des Onkels mütterlicherseits des Jungen, Mahadev, und seiner Frau, Shakuntala, anvertraut. Von Mahadev, der für seine Scharfsinnigkeit und seinen starken Geschäftssinn bekannt ist, wird erwartet, dass er das Schiff durch diese herausfordernden Zeiten steuert. Shakuntala ergänzt Mahadevs Führungsqualitäten mit ihrer Anmut und ihrem Fingerspitzengefühl.

Inmitten dieser Familiendynamik haben Mahadev und Shakuntala eine charmante Tochter namens Mohini. Als enthusiastische und intelligente junge Frau bringt Mohini einen Hauch von Positivität in den Haushalt. Ihre strahlende Persönlichkeit wird nur von ihrer auffälligen Schönheit übertroffen. Mit einem großen Interesse an Kunst und Management und einem Herzen voller Mitgefühl ist Mohini ein geliebtes Familienmitglied.

Die Wendung in dieser familiären Geschichte liegt in Mohinis Liebesleben. Trotz ihrer privilegierten Erziehung hat sich Mohini in Rajeev verliebt, eine fleißige und talentierte Arbeiterin im Familienunternehmen. Rajeevs bescheidener Hintergrund und finanzielle Kämpfe haben Mohinis Zuneigung nicht abgeschreckt. Ihre Liebesgeschichte begann in den Management-College-Hallen, wo sie sich zuerst als Freunde kreuzten. Im Laufe der Zeit vertiefte sich ihre Verbindung und transzendierte gesellschaftliche Normen und finanzielle Unterschiede.

Obwohl Rajeev keinen materiellen Reichtum besitzt, besitzt er eine Fülle von Unternehmergeist und innovativen Ideen. Seine Arbeitsmoral und Entschlossenheit sind nicht unbemerkt geblieben und haben ihm Respekt innerhalb des Familienunternehmens eingebracht. Der Kontrast zwischen Rajeevs bescheidenen Anfängen und Mohinis wohlhabendem Hintergrund fügt ihrer Beziehung eine faszinierende Ebene hinzu.

Die Vereinigung von Mohini und Rajeev stellt traditionelle Normen in Frage, da sie gesellschaftliche Erwartungen und Familiendynamiken steuern. Trotz der Unterschiede in ihrem sozialen Status findet das Paar Stärke in ihrer Liebe und gemeinsamen Träumen. Mohinis Eltern, Mahadev und Shakuntala, sind zwischen der Unterstützung des Glücks ihrer Tochter und der Einhaltung gesellschaftlicher Erwartungen gefangen.

Während sich Mohinis und Rajeevs Liebesgeschichte entfaltet, wird sie zu einer Geschichte von Resilienz, die Barrieren niederreißt und vorgefasste Meinungen herausfordert. Die Komplexität ihrer Beziehung spiegelt die breiteren Verschiebungen innerhalb der Familienstruktur und des Geschäftsbereichs wider. Durch diese einzigartige Erzählung erforscht die Geschichte Themen wie Liebe, gesellschaftliche Erwartungen und die sich entwickelnde Dynamik von Familie und Industrie.

Während Mohinis und Rajeevs Liebesgeschichte aufblüht, verwandelt sie sich in eine Erzählung von Resilienz, die sich gesellschaftlichen Normen widersetzt und vorgefasste Meinungen konfrontiert. Inmitten der sich entfaltenden Saga taucht jedoch eine widersprüchliche Note in Form von Shakuntala auf, Mohinis Mutter, die Vorbehalte und Missbilligung gegenüber der Wahl des Lebenspartners ihrer Tochter hegt.

Shakuntala, obwohl eine Frau von Anmut und Charme, findet sich im Netz gesellschaftlicher Erwartungen und familiärer Verpflichtungen verstrickt. Ihre Missbilligung der Liebe von Mohini und Rajeev rührt von dem Wunsch nach sozialer Konformität und dem Erhalt des Rufs der Familie her. Als einflussreiche Persönlichkeit in der Familie spürt sie das Gewicht der Verantwortung, Traditionen aufrechtzuerhalten und vorteilhafte Allianzen zu schließen.

Trotz Mohinis aufrichtigem Glück und der offensichtlichen Verbindung zwischen ihr und Rajeev trüben Shakuntalas Ambitionen ihr Urteilsvermögen. Sie stellt sich eine größere Zukunft für Mohini vor, die mit Reichtum und sozialem Status verflochten ist. Betreten Sie Krishna, den Erben des riesigen Reiches von Seths Familienunternehmen, ein Mann, der von Shakuntala sorgfältig ausgewählt wurde, um die ideale Ergänzung für ihre Tochter zu sein.

Im Wandteppich menschlicher Emotionen kämpft Shakuntala mit widersprüchlichen Gefühlen der Liebe zu ihrer Tochter und den gesellschaftlichen Erwartungen, die ihr einen vorgegebenen Weg vorgeben. Ihre böswillige Missbilligung entsteht nicht aus Bosheit, sondern aus einem fehlgeleiteten Gefühl von Schutz und Ehrgeiz. Sie stellt sich Krishna als den Schlüssel zur Sicherung von Mohinis Zukunft vor, ohne sich der emotionalen Turbulenzen bewusst zu sein, denen sie ihre Tochter aussetzt.

Auf der anderen Seite findet sich Mohini zwischen den Gezeiten der Liebe und den familiären Erwartungen gefangen. Die lebendigen Farbtöne ihrer blühenden Liebe zu Rajeev treffen auf die gedämpften Töne der Missbilligung ihrer Mutter. Der interne Konflikt innerhalb von Mohini spiegelt den breiteren Kampf zwischen individuellen Wünschen und gesellschaftlicher Konformität wider, ein zeitloser Tanz, der sich auf der Bühne menschlicher Beziehungen abspielt.

Rajeev, der talentierte Geschäftsmann, der Mohinis Herz erobert hat, wird in diesem Familiendrama zu einem unwissenden Bauern. Seine emotionalen Farben oszillieren zwischen der Freude der neu gefundenen Liebe und dem Schmerz der Ablehnung durch die Person, deren Zustimmung er sucht. Doch seine Belastbarkeit und Entschlossenheit leuchten durch, als er versucht, nicht nur Mohinis Herz, sondern auch die Akzeptanz ihrer Familie zu gewinnen.

Wenn sich die emotionale Erzählung vertieft, wird die Familiendynamik zu einer Leinwand, die mit kontrastierenden Farbtönen bemalt ist. Mohinis Vater Mahadev, der zwischen seiner Liebe zu seiner Tochter und den gesellschaftlichen Normen, mit denen er aufgewachsen ist, hin- und hergerissen ist, kämpft mit widersprüchlichen Emotionen. Der komplizierte Tanz familiärer Beziehungen entfaltet sich und offenbart die Komplexität menschlicher Emotionen und das empfindliche Gleichgewicht zwischen Tradition und individuellem Glück.

Im Herzen dieses emotionalen Wandteppichs steht die Liebesgeschichte von Mohini und Rajeev als Zeugnis des unbeugsamen Geistes der Liebe, der Belastbarkeit und der Verfolgung der eigenen wahren Wünsche. Die Erzählung, angereichert mit den emotionalen Farben der Freude, des Schmerzes und des Opfers, fängt die Essenz der menschlichen Erfahrung angesichts der gesellschaftlichen Erwartungen und der Suche nach authentischen Verbindungen ein.

Shakuntalas Entschlossenheit, Mohinis Ehe mit Krishna Seth zu orchestrieren, rührt von einem tiefsitzenden Wunsch nach Eigentum und Wohlstand her. Im Wandteppich menschlicher Emotionen entfalten sich ihre Motivationen mit komplizierten Fäden aus Ehrgeiz und Habgier und schaffen eine komplexe Erzählung, die Familiendynamik mit persönlichen Bestrebungen verbindet.

Die Gier nach Eigentum und Wohlstand hat Shakuntalas Urteilsvermögen getrübt und sie in einen Charakter verwandelt, der eher von Ehrgeiz als von mütterlicher Liebe getrieben wird. Ihre Entscheidung, ein kompliziertes Netz um Mohini zu weben, manifestiert diesen Ehrgeiz, da sie versucht, ihre höchste Autorität über das riesige Eigentum der Familie Seth zu sichern.

Die emotionalen Farben in Shakuntala zeichnen ein Bild widersprüchlicher Wünsche. Auf der einen Seite steht die Liebe der Mutter zu ihrer Tochter, auf der anderen der Hunger nach materiellem Reichtum und gesellschaftlichem Ansehen. Die emotionale Unruhe in Shakuntala offenbart den Kampf zwischen familiärer Verantwortung und der Verlockung des Wohlstands.

Während Shakuntala Pläne schmiedet und plant, sind ihre Handlungen mit Schattierungen von Manipulation und List getönt. Die Feinheiten des Netzes, das sie webt, spiegeln einen Geist wider, der von einem einzigartigen Fokus angetrieben wird – dem Erwerb von Reichtum und der Kontrolle über das Vermögen der Familie. Bei diesem Streben wird die emotionale Verbindung zu ihrer Tochter zu einem Opfer, das auf dem Altar des Ehrgeizes geopfert wird.

Mohini ahnt nicht, dass das Netz um sie herum gesponnen wird, und erlebt emotionale Turbulenzen, als ihre Mutter sie zu einer Allianz mit Krishna Seth drängt. Der Konflikt zwischen ihren Wünschen und den Erwartungen, die ihr auferlegt werden, erzeugt einen Sturm widersprüchlicher Emotionen. Mohinis Kampf entfaltet sich in Farben der Verwirrung, Frustration und der Sehnsucht nach Autonomie, um ihren Weg zu wählen.

Der Charakter von Krishna Seth, der in diesem Familiendrama als der gewünschte Bräutigam positioniert ist, findet sich in einem Netz verstrickt, das nicht von ihm selbst geschaffen wurde. Die emotionalen Farben in ihm reichen von einem Gefühl der Verpflichtung über das Familienerbe bis hin zu den Schuldgefühlen, als er zu einem Bauern in Shakuntalas ehrgeizigem Spiel wird.

Inmitten des komplizierten Netzes erlebt der Familienpatriarch Mahadev emotionale Konflikte. Gefangen zwischen der Liebe zu seiner Tochter und der Pflicht, Familientraditionen aufrechtzuerhalten, ist sein innerer Kampf mit Schattierungen von Trauer und Hilflosigkeit bemalt. Die patriarchalische Last, die Ehre und das Erbe der Familie zu bewahren, verleiht seiner emotionalen Erzählung Tiefe.

Die familiären Beziehungen, die einst von Liebe und Einheit geprägt waren, sind jetzt durch das sich abzeichnende Netz der Manipulation befleckt. Geschwister, Cousins und Verwandte geraten ins Kreuzfeuer, ihre emotionalen Farben wechseln zwischen Loyalität zu Shakuntalas Plan und Empathie für Mohinis missliche Lage.

Während sich die Erzählung entfaltet, wird die emotionale Landschaft zu einem Schlachtfeld, auf dem Liebe, Ehrgeiz und familiäre Bindungen aufeinandertreffen. Shakuntalas kompliziertes Netz symbolisiert ihre Suche nach Eigentum und die Erosion von Vertrauen und echter Verbindung innerhalb der Familie. Die emotionale Belastung jedes Charakters erhöht die Komplexität des sich entfaltenden Dramas und offenbart die Zerbrechlichkeit von Beziehungen, wenn sie den zersetzenden Kräften der Gier ausgesetzt sind.

In dieser Geschichte von Ehrgeiz und emotionalen Konflikten kämpfen die Charaktere mit ihrer Menschlichkeit und navigieren durch die verschwommenen Grenzen zwischen Liebe und Ehrgeiz, Pflicht und Verlangen. Das komplizierte Netz, das mit Fäden der Manipulation und Täuschung gewebt ist, wirft einen Schatten auf die einst harmonische Familie und hinterlässt emotionale Narben, die Generationen brauchen können, um zu heilen.

Im krassen Gegensatz zu Shakuntala wird Mahadev Mama als ein Charakter der Aufrichtigkeit und Hingabe dargestellt. Seine emotionalen Farben sind mit Fäden der Dankbarkeit und pflichtbewussten Verantwortlichkeiten gegenüber der Familie Seth verwoben. Die Grundlage seines unerschütterlichen Engagements für die Familie stammt aus einem entscheidenden Moment in seinem Leben – die Unterstützung und Hilfe, die ihm zuteil wurde, als er ein Waisenkind war und gerade sein Studium abgeschlossen hatte.

Die emotionale Landschaft in Mahadev Mama offenbart ein tiefes Gefühl der Verschuldung und Loyalität. Das Wohlwollen der Familie Seth während seiner verletzlichen Jahre hinterließ unauslöschliche Spuren in seinem Charakter und formte ihn zu einem Mann, der von einem tiefen Pflichtgefühl getrieben wurde. Diese Pflicht ist nicht nur eine Verpflichtung, sondern ein herzlicher Ausdruck der Dankbarkeit für die ihm gebotenen Möglichkeiten.

Die Hintergrundgeschichte von Mahadev Mamas Ehe verleiht seinem Charakter einen Hauch von Wärme. Die Rolle der Familie bei der Gestaltung seiner Ehe spiegelt eine Bindung wider, die über die bloßen Arbeitgeber-Arbeitnehmer-Beziehungen hinausgeht. Dieser Akt der Großzügigkeit und Fürsorge symbolisiert die familiären Bindungen, die ihn an die Familie Seth binden, und verwandelt die Pflicht in eine echte Verbindung, die in gemeinsamen Erfahrungen und gegenseitiger Unterstützung verwurzelt ist.

Zu den emotionalen Farben von Mahadev Mama gehört ein Verantwortungsbewusstsein, das über berufliche Verpflichtungen hinausgeht. Sein Engagement für die Familie erstreckt sich auf den persönlichen Bereich, was sich darin zeigt, dass er nach seiner Heirat das Gästehaus des Unternehmens bewohnen darf. Dieses Gesetz bietet ihm einen Ort, an dem er seine Familie ansiedeln kann, und bedeutet ein tiefes Maß an Vertrauen und familiärer Fürsorge.

Während Mahadev Mama durch die komplizierte Dynamik innerhalb der Familie navigiert, sind seine emotionalen Farben von einem empfindlichen Gleichgewicht aus Loyalität und Verständnis geprägt. Seine Interaktionen mit Mohini und Rajeev, die im Kreuzfeuer familiärer Dramen stehen, spiegeln eine echte Sorge um ihr Wohlbefinden wider und erkennen gleichzeitig das komplexe Netz von Erwartungen und Verpflichtungen, die sie umgeben.

Mahadev Mamas Charakter wird zu einem Leuchtfeuer der Stabilität inmitten der Emotionen, die durch Shakuntalas ehrgeizige Pläne ausgelöst werden. Sein Engagement für die Wahrung des Familienerbes ist nicht von einer Gier nach Eigentum getrieben, sondern von dem aufrichtigen Wunsch, die Freundlichkeit, die er in seinen prägenden Jahren erhielt, zu erwidern. Die emotionale Tiefe in ihm verleiht seinem Charakter Schichten von Authentizität und macht ihn zu einer Säule der Stärke in der Erzählung.

Im weiteren Kontext der Geschichte wird Mahadev Mama zu einem Symbol für das empfindliche Gleichgewicht zwischen Pflicht und persönlicher Verbindung. Seine emotionale Reise entfaltet sich als Beweis für den tiefgreifenden Einfluss der familiären Unterstützung auf den Charakter eines Individuums. Die Schattierungen von Dankbarkeit, Verantwortung und Loyalität in ihm schaffen eine nuancierte Darstellung eines Mannes, der durch das komplizierte Zusammenspiel menschlicher Beziehungen geprägt ist.

Während sich die Erzählung entfaltet, wird Mahadev Mamas emotionale Belastbarkeit getestet, während er sich mit den widersprüchlichen Interessen innerhalb der Familie auseinandersetzt. Seine Rolle wird entscheidend für die Vermittlung zwischen Shakuntalas Ehrgeiz und Mohinis und Rajeevs echten Emotionen. Die emotionalen Farben in ihm werden zu einer leitenden Kraft, die die Erzählung in Richtung einer Auflösung lenkt, die den zarten Tanz der Pflicht und der echten menschlichen Verbindung widerspiegelt.

In dem komplizierten Wandteppich der Emotionen steht Mahadev Mama als eine Figur, deren Farben mit den Pinselstrichen der Dankbarkeit, Loyalität und eines tiefen Pflichtgefühls gemalt sind. Seine Präsenz in der Geschichte verleiht Tiefe und Reichtum und veranschaulicht die transformative Kraft familiärer Unterstützung und die komplizierten Nuancen menschlicher Emotionen angesichts komplexer Beziehungen.

Das Gewicht der gesamten Verantwortung sowohl für industrielle Angelegenheiten als auch für den Haushalt der Familie Seth lag direkt auf den Schultern von Mahadev Mama. Das Ausmaß seiner Pflichten ließ ihn in ein Meer von Aufgaben eintauchen, und im Laufe der Tage wurde der Rhythmus seines geschäftigen Lebens zu einer unerbittlichen Symphonie der Verantwortung.

Inmitten dieses Wirbelsturms von Pflichten fand Mahadev Mama einen positiven Aspekt in der fähigen Gegenwart seiner Frau Shakuntala. Sie erwies sich als wertvolle Verbündete bei der Verwaltung der Angelegenheiten von Seths Nachlass. Gemeinsam bildeten sie ein beeindruckendes Duo, das sich mit Präzision und Fachwissen durch die komplizierten Details des Familienbesitzes bewegte. Ihre Partnerschaft wurde durch die Unterstützung von Anant Rao, einem loyalen professionellen und praktizierten Wirtschaftsprüfer, weiter gestärkt, der seinen finanziellen Scharfsinn zum reibungslosen Funktionieren des Anwesens beitrug.

Die unerbittlichen Zeitpläne und Verantwortlichkeiten erlaubten es Mahadev Mama jedoch nicht, den schnellen Lauf der Zeit zu bemerken. Tage verschwammen zu Nächten, als das dynamische Trio unermüdlich arbeitete und dafür sorgte, dass jedes Detail sorgfältig gehandhabt wurde und jeder Aspekt von Seths Anwesen in einwandfreier Ordnung war. Die bevorstehende Rückkehr von Gautam Seth, Mahadevs Schwager und Meister der Branche, fügte ihren Bemühungen ein Gefühl der Dringlichkeit hinzu.

In Erwartung der bevorstehenden Rückkehr von Gautam Seth leitete Mahadev Mama die Koordination der gesamten Belegschaft unter seiner wachsamen Aufsicht. Die engagierten Bemühungen des Teams waren ein Beweis für ihr Engagement, einen nahtlosen Übergang für ihren zurückkehrenden Meister zu gewährleisten. Jeder Aspekt der Branche und des Haushalts wurde unter die Lupe genommen und vorbereitet, wobei Mahadev Mama nichts unversucht ließ, um die ehrgeizigen Standards von Gautam Seth zu erfüllen.

Die Tage, gekennzeichnet durch das Ticken der Uhr und die Vorfreude in der Luft, verging er schnell. Die Atmosphäre des Seth-Haushalts brummte vor Aufregung und nervöser Energie, als alle auf Gautam Seths Ankunft warteten. Trotz des Stresses und der Geschäftigkeit blieb Mahadev Mama entschlossen, seinem Schwager ein sorgfältig organisiertes und reibungslos funktionierendes Anwesen zu bieten.

Als Gautam Seths Heimkehr näher rückte, wurden die fleißigen Bemühungen von Mahadev Mama und seinem Team zu einem Beweis für ihre Hingabe und Loyalität. Die Tage der Vorfreude waren voller Sinnhaftigkeit, und jedes Mitglied der Belegschaft gab sein Bestes, um sicherzustellen, dass Gautam Seth nach seiner Rückkehr alles in einwandfreier Ordnung finden würde.

Im Crescendo der Aktivitäten, die zu Gautam Seths Ankunft führten, wurde Mahadev Mamas Engagement für seine Pflichten und Verantwortlichkeiten zu einem bestimmenden Merkmal seines Charakters. Die Unterstützung und Hilfe, die er als Waise erhielt und gerade sein Studium abgeschlossen hatte, hatte ihn nun zu einer Säule der Stärke für die Familie Seth gemacht. Die Tage des Wartens, gefüllt mit Vorfreude und Fleiß, waren eine Manifestation der unerschütterlichen Loyalität und Hingabe, die Mahadev Mama in seine Rolle als Hüter von Seths Nachlass einbrachte.

3. „Unerschütterliche Hüter: Durch Liebe und Loyalität navigieren"

Die Reise von Gautam und Shantai von Mumbai nach New York war zweifellos hektisch. Dennoch sorgte die nahtlose Koordination der Flughafenbehörden für einen reibungslosen Übergang bei ihrer Ankunft am John F. Kennedy International Airport. Als VIP-Reisende in der Business Class wurde ihnen besondere Aufmerksamkeit geschenkt, um ihnen nach einem langen Flug ein Gefühl von Komfort zu vermitteln. Die Behörden gingen darüber hinaus und boten personalisierte Dienstleistungen an, um ihre Ankunft unvergesslich zu machen.

Ihre Unterkunft im illustren 5-Sterne-Hotel Conrad in New York zeigte den Luxus, der sie während ihres Aufenthalts erwartete. Die Hotelleitung hatte ihren Transport sorgfältig organisiert, und am Ankunftstor erwartete sie ein Auto mit Chauffeur, der Begleiter hielt ein ausgeklügeltes Willkommenspaket in der Hand, das Bände über die Gastfreundschaft sprach, die sie gerade erleben würden. Als sie ins Auto stiegen, wurden sie mit Wärme begrüßt, und die Begleiterin sorgte dafür, dass ihre Fahrt zum Hotel so angenehm wie möglich war.

Als sie das Hotel erreichten, begrüßten ein Assistent des Managers und eine fesselnde Empfangsdame Gautam und Shantai in der Lounge und gaben den Ton für das exquisite Erlebnis vor. Die Liebe zum Detail erstreckte sich auf ihre Unterkunft, als sie in die oberste Etage begleitet wurden, wo eine großzügig ausgestattete Suite auf sie wartete. Der Panoramablick auf die Skyline der Stadt trug zur Pracht ihrer Umgebung bei und gab ihnen das Gefühl, wirklich verwöhnt zu werden.

Zu ihrer Überraschung warteten ihr Sohn Krishna und seine charmante Freundin Elizabeth in ihrer Suite auf sie. Die Einführung wurde von Wärme und Freude begleitet, und Krishna nahm sich die Zeit, um Elizabeths Qualitäten und Leistungen zu beschreiben und eine sofortige Verbindung zwischen den Eltern und der

Lebensgefährtin ihres Sohnes zu fördern. Dieses unerwartete Wiedersehen mit ihrem Sohn und die Einführung in Elizabeth erfüllten ihre entzückende Ankunft mit einer Schicht Glück.

Das Miteinander der Familie in den USA begann freudig und versprach ein paar Wochen voller gemeinsamer Erlebnisse und unvergesslicher Momente. Als sie sich gemeinsam auf diese Reise begaben, unterstrichen die luxuriöse Umgebung und die durchdachten Arrangements die Bedeutung ihrer Zeit in den USA und ließen sie begierig darauf, die unzähligen Angebote von New York zu erkunden und bleibende Erinnerungen in der Gesellschaft ihrer Lieben zu schaffen.

Krishna, der oft den Namen Chris trägt, verstand genau, welchen Tribut der transkontinentale Flug von seinen Eltern Gautam und Shantai gefordert hatte. Er war Zeuge der Auswirkungen des Jetlags auf seine Familie und beschloss, seinen Besuch kurz zu halten und ihr Wohlbefinden zu priorisieren. Chris erkannte, wie wichtig es ist, sich nach einer langen Reise auszuruhen, und bat seine Eltern ernsthaft, eine Pause einzulegen und sicherzustellen, dass sie für die bevorstehenden Ereignisse verjüngt wurden.

In einer rücksichtsvollen Geste erklärte Chris, dass die Hauptfunktion in seiner Universitätshalle für den Abend des nächsten Tages geplant war. Die Veranstaltung würde die Glückwünsche von Gelehrten, darunter Chris selbst und seine Begleiterin Elizabeth, die von all ihren Freunden oft Liz genannt wurde, beinhalten und mit einem Abendessen enden, das zu ihren Ehren organisiert wurde. Chris verstand die Bedeutung der bevorstehenden Ereignisse und betonte, dass seine Eltern ausgeruht und wachsam für die Feierlichkeiten sein müssen.

Gautam und Shantai schätzten die Sorge ihres Sohnes und hörten aufmerksam zu, als Krishna und seine Freundin Elizabeth den Zeitplan für den nächsten Tag skizzierten. Das Paar versicherte Gautam und Shantai, dass sie das Verfahren übernehmen würden, um die Teilnahme und den Genuss ihrer Eltern zu gewährleisten. Chris und Elizabeth übernahmen die Verantwortung, den Zeitplan zu erklären und sicherzustellen, dass jedes Detail klar vermittelt wurde.

Gautam und Shantai bedankten sich für die Nachdenklichkeit ihres Sohnes und stimmten zu, Chris 'Rat zu befolgen und sich gut auszuruhen. Sie verstanden, wie wichtig es ist, für die Universitätsveranstaltung aufmerksam und präsent zu sein, insbesondere angesichts der Anerkennung, die Chris erhalten sollte. Das Paar schätzte Chris und Elizabeths Bemühungen, ihren Komfort und ihr Wohlbefinden während des Aufenthalts zu gewährleisten.

Als Krishna und Elizabeth sich darauf vorbereiteten, zu gehen, wiederholten sie ihre Bitte an Gautam und Shantai, die Ruhe zu priorisieren. Sie versprachen, alle Vorkehrungen für die Aktivitäten des nächsten Tages zu treffen, um ihren Eltern ein reibungsloses und angenehmes Erlebnis zu garantieren. Die Atmosphäre war von familiärer Liebe und Fürsorge geprägt, wobei die jüngere Generation auf die Älteren achtete.

Vor der Abreise haben Chris und Elizabeth es sich zur Aufgabe gemacht, mit dem Hotelpersonal zu sprechen. Sie betonten die Notwendigkeit zusätzlicher Sorgfalt und forderten, dass Gautam und Shantai nicht gestört werden, es sei denn, es wurde ausdrücklich etwas anderes verlangt. Das Paar vermittelte die Bedeutung einer ruhigen und ungestörten Atmosphäre für das Wohlergehen von Chris 'Eltern und betonte ihr Engagement für einen angenehmen Aufenthalt.

Als sie das Hotelzimmer verließen, konnten Krishna und Elizabeth nicht anders, als ein Gefühl der Verantwortung und Zuneigung für Gautam und Shantai zu empfinden. Das Paar ging weg, hinterließ eine ruhige Umgebung und wusste, dass sie alles getan hatten, um den Aufenthalt ihrer Eltern so angenehm wie möglich zu gestalten. Die Bühne war für einen unvergesslichen Abend bereitet, und Chris und Elizabeth freuten sich darauf, die akademischen Leistungen und familiären Bindungen zu feiern, die sie alle zusammenbrachten.

Am nächsten Tag, gegen 11:30 Uhr, beschloss Chris, sich mit seiner Mutter Shantai in Verbindung zu setzen. Da er sich ihrer gewohnten Frühaufsteherin bewusst war, war er zuversichtlich, dass sie genug Ruhe hatte und bereit war, den Tag zu umarmen. Chris wählte ihre Nummer, und innerhalb von nur zwei Rufen antwortete Shantai eifrig auf den Anruf und begrüßte ihren geliebten Sohn herzlich.

Während ihres Gesprächs nahm sich Shantai einen Moment Zeit, um die Details ihres Morgens zu erzählen. Sie drückte ihre Freude über das geräumige Frühstück aus, das vom aufmerksamen Hotelpersonal direkt in ihrer Hotelsuite serviert wurde, nachdem sie bestätigt hatte, dass sie sich gut erholt hatten und nun zum Frühstück bereit waren. Sie informierte Chris weiter, dass sowohl sie als auch Gautam eine erholsame Nachtruhe genossen hatten und sich unglaublich erfrischt fühlten. Shantai vermittelte ihren Eifer, sich ihrem Sohn bei allen Aktivitäten anzuschließen, die er für den Tag geplant hatte.

Chris erwiderte die Begeisterung und versicherte seiner Mutter, dass er so früh wie möglich bei ihnen sein wolle. Er skizzierte einen kurzen Plan für den Tag und schlug einen kurzen Einkaufsbummel in ein nahegelegenes Einkaufszentrum vor, gefolgt von einem köstlichen kulinarischen Erlebnis. Chris erwähnte auch, dass seine Freundin Liz am Nachmittag mit ihnen zu Mittag essen würde. Er erläuterte seine Absicht, sie später für eine kurze Pause im Hotel abzusetzen, bevor er sie wieder abholte, um an der Hauptveranstaltung auf dem Universitätscampus teilzunehmen.

Chris fügte ein Element der Intrige hinzu und deutete Shantai an, dass er ein Geheimnis zu enthüllen habe, und drückte seinen Wunsch aus, es zu teilen, als sie einen Moment allein zusammen fanden. Diese Offenbarung trug ein Gefühl der Vorfreude und Wärme in sich und vertiefte die familiären Bindungen, die sie zusammenhielten.

Im Laufe des Gesprächs tauschten Shantai und Chris Höflichkeiten und Liebesbekundungen aus und setzten einen positiven und freudigen Ton für die Aktivitäten des Tages. Die Vorfreude auf die bevorstehenden Ereignisse und das Versprechen auf gemeinsame Momente schufen eine Atmosphäre der Aufregung und familiären Nähe. Chris 'durchdachte Planung und Shantais empfängliche und fröhliche Reaktion veranschaulichten die starke Bindung zwischen den Familienmitgliedern und machten den bevorstehenden Tag voller Versprechen und gemeinsamer Freude.

Chris, auch bekannt als Krishna, kam tadellos in eleganter Kleidung im Hotel an. Gautam und Shantai, die bereits auf ihren Ausflug vorbereitet waren, warteten sehnsüchtig auf seine Ankunft. Obwohl Chris ein kleines, aber stilvolles Auto für seinen täglichen Gebrauch besaß, wandte er sich bei dieser Gelegenheit an die Hotelleitung, um ein luxuriöses Auto mit Chauffeur für die Dauer des Aufenthalts seiner Eltern zu arrangieren. Die Familie machte sich auf den Weg, um ein renommiertes und weitläufiges weltberühmtes Einkaufszentrum zu erkunden, das nicht weit vom Hotel entfernt liegt. Das Einkaufszentrum verfügte über ein riesiges Gebiet, das mit sorgfältig gepflegten Gärten geschmückt war und eine optisch ansprechende Umgebung schuf.

Vor allem Shantai war tief beeindruckt von der Weite des Einkaufszentrums und der Auswahl an neuesten Accessoires, Geräten und Artefakten, die in jeder Filiale erhältlich sind. Der tadellose Service des Personals verstärkte ihre Wertschätzung für die Erfahrung. Ihre Begeisterung übersetzte sich in einen ausgedehnten Einkaufsbummel, der über zwei Stunden dauerte. Die erschöpfenden Einkäufe machten sie müde und veranlassten Liz, eine Freundin der Familie, Chris nach ihrem aktuellen Standort zu fragen. Liz schloss sich schnell dem Trio im Einkaufszentrum an und schenkte Shantai ein Gefühl der Erleichterung und Freude.

Liz beobachtete Shantais Bedürfnis nach einem Moment der Atempause und erkundigte sich diskret nach der Lage der Toilette. Die beiden Frauen entschuldigten sich und gingen in Richtung des frischen Zimmers, während Gautam und Chris sich in einer nahe gelegenen Wartelounge niederließen. Die kurze Pause ermöglichte es Shantai, sich zu verjüngen und die nachdenkliche Geste von Liz 'Kameradschaft zu schätzen. Als sie zurückkehrten, vereinigte sich die Gruppe wieder, und Shantai drückte ihre Dankbarkeit für Liz 'tröstliche Anwesenheit aus.

Der Rundgang durch das Einkaufszentrum hob nicht nur die Opulenz der Umgebung hervor, sondern auch die starke Bindung zwischen der Familie und ihren Freunden. Die sorgfältige Planung, von der Wahl des Transports bis zur Auswahl des Einkaufszentrums als Zielort, spiegelte Chris 'Wunsch wider, seinen Eltern ein unvergessliches und unterhaltsames Erlebnis zu bieten. Der Tag endete mit der Gruppe, die jetzt von Liz begleitet wurde, um Geschichten über ihre Einkäufe zu erzählen und die Momente zu genießen, die sie mit der Erkundung des riesigen und luxuriösen Einkaufszentrums verbracht hatten. Der formelle und gut ausgeführte Ausflug wurde zu einer geschätzten Erinnerung für die Familie und zeigte, wie wichtig eine durchdachte Planung und die Freude an gemeinsamen Erfahrungen sind.

Als beide Frauen anmutig auf die Toilette gingen, saßen Gautam, der Vater, und Krishna, auch bekannt als Chris, der Sohn, an der Wartebucht. Neugierig auf Liz, initiierte Gautam ein Gespräch mit seinem Sohn, der begierig darauf war, mehr über das britische Mädchen zu erfahren, das während ihres Masterstudiums ein fester Bestandteil von Chris 'Leben geworden war. Chris begann mit einem Hauch von Bewunderung in seinen Augen, die faszinierende Geschichte von Elizabeth, liebevoll Liz genannt, zu erzählen.

Er beschrieb Liz als ein brillantes und schönes britisches Mädchen, das als einer der klügsten Köpfe ihrer Klasse hervortrat. Ihre intellektuelle Verbindung brachte sie näher und entwickelte sich zu einer tiefen und bedeutungsvollen Freundschaft. Liz, das einzige Kind eines berühmten Ritters und einer Berühmtheit aus Lancaster, Großbritannien, trug einen Hauch von Raffinesse und Privilegien in sich. Chris erläuterte ihren wohlhabenden Hintergrund und beschrieb ihren Besitz einer Wohnung in der Stadt, begleitet von zwei Begleitern und einem Chauffeurwagen.

Die Erzählung entfaltete sich und enthüllte Liz 'facettenreiche Identität als Gelehrte, Erbe und Prominente. Chris drückte aus, wie ihre Anwesenheit ihrer akademischen Reise eine einzigartige Dimension hinzugefügt hatte und Einblicke in eine Welt weit über ihre unmittelbare Umgebung hinaus gab. Gautam hörte aufmerksam zu und nahm die Nuancen von Liz 'faszinierender Lebensgeschichte auf.

Als ihr Gespräch seinen Höhepunkt erreichte, bemerkten beide Männer die sich nähernden Figuren von Shantai und Liz, was sie dazu veranlasste, ihre laufende Diskussion zu unterbrechen. Die beiden Frauen, strahlend und erfrischt von ihrer kurzen Pause, schlossen sich dem Duo an der Wartebucht wieder an. Die Hungergefühle, die sich während des Gesprächs subtil durchgesetzt hatten, führten die Gruppe zu einer einstimmigen Entscheidung – Essen im noblen Restaurant, das sich innerhalb der luxuriösen Grenzen des Einkaufszentrums befand.

Es folgte eine kurze Diskussion, in der der Plan skizziert wurde, eine köstliche Mahlzeit im gehobenen Restaurant zu genießen. Die Entscheidung getroffen, standen sie gemeinsam von ihren Sitzen auf, bereit, sich auf das kulinarische Erlebnis einzulassen, das sie erwartete. Die Aussicht, während dieser Opulenz gutes Essen zu genießen, verstärkte ihre Vorfreude, als sie sich auf den Weg zum Restaurant machten und sich durch die belebten Gänge des weitläufigen Einkaufszentrums schlängelten.

Beim Betreten des Restaurants strahlte das Ambiente einen Hauch von Raffinesse aus, mit geschmackvollem Dekor und aufmerksamen Mitarbeitern, die ein unvergessliches kulinarisches Erlebnis versprachen. An einem gut ausgestatteten Tisch sitzend, tauchte die Gruppe in die kulinarischen Köstlichkeiten ein, die das Restaurant zu bieten hatte. Die gemeinsamen Momente des Lachens, der Geschichten und der exquisiten Küche wurden zu einem Kapitel in ihrem kollektiven Gedächtnis und festigten die Bande von Freundschaft und Familie weiter.

Während sich der Abend innerhalb der luxuriösen Grenzen des Einkaufszentrums entfaltete, fügte jede Interaktion und Erfahrung dem komplizierten Wandteppich ihrer Beziehungen Schichten hinzu. Die Konvergenz verschiedener Hintergründe, Kulturen und Geschichten unterstrich den Reichtum ihrer gemeinsamen Momente und schuf unauslöschliche Erinnerungen, die für die kommenden Jahre geschätzt werden würden.

Nach einem befriedigenden Mittagessen im Einkaufszentrum begab sich die gesamte Familie in zwei separaten Fahrzeugen auf die Reise zum Hotel. Das erste Auto, ein Service des Hotels, strahlte Luxus und Komfort aus. Das zweite Auto gehörte jedoch Liz, einem Familienmitglied, und wurde zum bevorzugten Transportmittel für einige Familienmitglieder.

Es zeigte sich, dass die Kameradschaft zwischen Liz und Shantai außergewöhnlich war, denn anstatt sich für das vom Hotel bereitgestellte Auto zu entscheiden, entschied sich Shantai, Liz in ihrem Fahrzeug zu begleiten. Die Rückfahrt zum Hotel war geprägt von einem angenehmen Gesprächsaustausch zwischen den beiden, der eine Atmosphäre von Wärme und Leichtigkeit schuf.

Als Krishna und Liz an ihrem Ziel ankamen, verabschiedeten sie sich von den Autos und begaben sich in ihr jeweiliges Quartier, um sich auf die Abendveranstaltung vorzubereiten. Der Übergang von der Autofahrt zum Hotel markierte den Beginn der nächsten Phase ihres Tages, und die Vorfreude auf die bevorstehende Veranstaltung erfüllte die Luft.

Vor dem Hintergrund der Hotelkulisse nahm sich Krishna einen Moment Zeit, um seine Eltern zu bitten, den Universitätscampus pünktlich zur Abendveranstaltung zu erreichen. Seine Wahl des Transports für sie war das vom Hotel zur Verfügung gestellte Auto mit Chauffeur, das die Bedeutung von Pünktlichkeit und Komfort betonte.

Das Hotelauto, ein Symbol der Raffinesse, versprach Krishnas Eltern eine komfortable und luxuriöse Reise. Der zuvorkommende und qualifizierte Chauffeur sorgte für einen zusätzlichen Service und sorgte für eine reibungslose und angenehme Fahrt zum Universitätscampus für die Abendveranstaltung.

Im Zusammenspiel der Ereignisse vollzog sich der Übergang vom Mittagessen über die Hotelreise bis hin zur Vorbereitung auf die Abendveranstaltung nahtlos. Die Transportmöglichkeiten der Familie spiegelten nicht nur praktische Überlegungen wider, sondern auch die starken Bindungen und Vorlieben innerhalb der familiären Einheit. Als sie sich auflösten, um sich auf die bevorstehende Veranstaltung vorzubereiten, war die Atmosphäre voller Vorfreude und dem Versprechen eines unvergesslichen Abends auf dem Universitätscampus.

Die akribisch geplante Abendveranstaltung auf dem Universitätscampus entwickelte sich nahtlos und entsprach der geplanten Agenda. Das Ambiente strahlte Professionalität aus, wobei jedes Detail kompliziert arrangiert wurde, um den Teilnehmern, insbesondere den Studenten, die ihren Master-Abschluss anstreben, ein unvergessliches Erlebnis zu bieten. Die Mischung aus unterhaltsamen Veranstaltungen bot eine perfekte Mischung aus Entspannung und intellektueller Stimulation und bereitete die Bühne für eine unvergessliche Nacht.

Im Laufe des Abends richtete sich das Rampenlicht auf die Glückseligkeit von verdienstvollen Studenten, und Gautam und

Shantai konnten ihr Glück und ihren Stolz nicht eindämmen. Ihr Sohn Krishna wurde als bester und intelligentester Schüler des Jahres geehrt. Die Freude in ihren Herzen schwoll an, als sie Zeuge wurden, wie Krishna im Mittelpunkt stand und von den geschätzten Unterzeichnern der Funktion Auszeichnungen erhielt. Das Gefühl der Leistung und des Stolzes war spürbar, was ihren Glauben an Krishnas akademische Fähigkeiten weiter festigte.

Der krönende Moment des Abends erstreckte sich über ihren Sohn hinaus, da Krishnas Klassenkameradin Elizabeth, liebevoll Liz genannt, die gleiche Ehre und Anerkennung zuteil wurde. Zur Freude von Gautam und Shantai hatte Liz die gleiche Note und Noten wie Krishna erhalten, was ihr einen wohlverdienten Platz auf der Bühne an seiner Seite einbrachte. Die gemeinsame Leistung ihres Sohnes und seines versierten Klassenkameraden brachte den stolzen Eltern eine zusätzliche Schicht Freude.

Die Wertschätzung erstreckte sich über familiäre Bindungen hinaus, da die Eltern von Krishna Liz als Begleiter für ihren geliebten Sohn nicht nur gutheißen, sondern sie auch aufrichtig mochten. Der parallele Erfolg von Krishna und Liz schuf ein Band der gegenseitigen Bewunderung und des Respekts zwischen den Familien und legte den Grundstein für eine positive Beziehung.

Die Gefühle hallten nicht nur in den unmittelbaren Familien wider, sondern hallten auch in den Diskussionen nach der Funktion wider. Diejenigen, die die Bühne betraten, um ihre Gedanken und Überlegungen zu teilen, würdigten konsequent die lobenswerten Bemühungen, die sowohl Krishna als auch Liz unternahmen. Ihr Engagement, ihre Intelligenz und ihr Engagement für Exzellenz wurden gefeiert und trugen zum Gesamterfolg und zur positiven Atmosphäre der Abendveranstaltung bei.

Abschließend zeigte die sorgfältig organisierte Abendveranstaltung nicht nur die akademischen Leistungen von Krishna und Liz, sondern stärkte auch die Bande der Freundschaft und Bewunderung unter den beteiligten Familien. Die Feier der intellektuellen Exzellenz, kombiniert mit der Wärme der familiären Unterstützung, schuf eine Atmosphäre des Stolzes, der Freude und der gegenseitigen Wertschätzung, die lange nach dem Ende der Veranstaltung anhielt.

Die Post-Felicitation-Dinner-Funktion, akribisch unter freiem Himmel auf einem aufwendig gepflegten Rasen organisiert, entfaltete sich als exquisite Angelegenheit. Die mit einem hervorragenden Panadol vorübergehend abgeschirmte Außenumgebung bot eine malerische Kulisse für das Zusammentreffen von Gästen und glücklichen Schülern. An der Veranstaltung nahmen angesehene Persönlichkeiten teil, darunter Professoren, Vertreter des Managements, Vorstandsmitglieder und sogar der Kanzler und Vizekanzler der Universität.

Gautam nutzte die Gelegenheit und führte Eins-zu-Eins-Dialoge mit allen angesehenen Unterzeichnern, eine Erfahrung, die ihm immense Zufriedenheit brachte. Die Gespräche waren von Lob und Lob für seinen Sohn Krishna und seine Begleiterin Liz geprägt. Bemerkenswerterweise sprachen die Würdenträger mit Vertrautheit über sie, als ob das Duo allen Anwesenden bekannt wäre. Die Anerkennung, die sich auf ihre Projektarbeit erstreckte und Anerkennung und Anerkennung von der akademischen Gemeinschaft erhielt, machte den Abend außergewöhnlich und zutiefst erfreulich für das Seth-Paar.

Als sich die Nacht entfaltete, war die Atmosphäre voller Freude und Zufriedenheit. Der angenehme Austausch, die schöne Umgebung und die Bewunderung der akademischen Koryphäen trugen zu einem unvergesslichen Erlebnis bei. Mit dem Abschluss der Veranstaltung zogen sich alle glücklich zurück, ihre Herzen füllten sich mit den Erinnerungen an einen gut orchestrierten, unterhaltsamen und entzückenden Abend.

In den folgenden zwei Tagen plante das Seth-Paar, in den USA zu bleiben, die Momente zu genießen und die Umgebung zu erkunden. Die Vorfreude auf die Rückkehr nach Indien drohte, wo sie in den nächsten 9-10 Monaten auf den Abschluss des Studiums ihres Sohnes warten würden. Die Aussicht, dass Krishna sich ihnen nach dieser akademischen Reise in ihrem Geschäft anschließt, fügte ihren bereits zufriedenen Herzen eine Schicht Aufregung hinzu. Der außergewöhnliche Abend hatte nicht nur akademische Leistungen gefeiert, sondern auch die Voraussetzungen für das nächste Kapitel auf der Reise der Familie Seth geschaffen, voller Erwartungen und eines gemeinsamen Leistungsgefühls.

Krishna genoss die Vorfreude auf eine gute Familienzeit während seiner Universitätsferien und plante eifrig, das Beste aus seinen Tagen mit seinen Eltern zu machen. Als der erste Morgen anbrach, kam Krishna voller Begeisterung recht früh im Hotel an und wollte unbedingt mit seinen Eltern frühstücken. Zu seiner Freude war seine Mutter Shantai bereits auf den bevorstehenden Tag vorbereitet. Er erfuhr jedoch, dass sein Vater, Gautam, für seine übliche Trainingsroutine in das hochmoderne Fitnessstudio des Hotels gegangen war.

Das Conrad Hotel, in dem Krishnas Familie wohnte, verfügte über hervorragende Fitnesseinrichtungen für seine Gäste. Gautam, der gesundheitsbewusst war, nutzte diese Annehmlichkeiten voll aus und nutzte sie, um seine Fitness zu erhalten. Während Gautam im Fitnessstudio war, sah Krishna die Gelegenheit, einige private Momente mit seiner Mutter zu verbringen. Die Trainingseinheiten wurden für Gautam zur Routine, förderten das Zusammengehörigkeitsgefühl und verschafften Krishna und Shantai Momente der Privatsphäre.

Als Krishna sich mit seiner Mutter zum Frühstück hinsetzte, konnte er nicht anders, als das luxuriöse Ambiente des Hotels zu bestaunen, das das Gesamterlebnis weiter steigerte. Die beiden unterhielten sich leicht und genossen den vor ihnen liegenden köstlichen Aufstrich. Die ruhige und elegante Umgebung des hoteleigenen Essbereichs schuf eine perfekte Atmosphäre für die Familie, um sich wieder zu verbinden und ihre Gedanken auszutauschen.

Nach dem Frühstück beschlossen Krishna und Shantai, die wunderschöne Umgebung des Hotels zu erkunden und durch die angelegten Gärten zu schlendern. Die ruhige Umgebung ermöglichte es ihnen, sinnvolle Gespräche zu führen. Krishna, der ein Gefühl von Trost und Sicherheit verspürte, entschied, dass es der richtige Moment war, einige bedeutende Geheimnisse mit seiner Mutter zu teilen und ihr seine innersten Gedanken und Sorgen sowie seine immense Liebe zu ihrem einzigen Sohn anzuvertrauen.

Das üppige Grün und die gepflegten Wege des hoteleigenen Gartens wurden zur Kulisse für ein intimes Gespräch zwischen Krishna und Shantai. Das Vertrauen und die Bindung zwischen Mutter und Sohn vertieften sich, als sie unter freiem Himmel Worte austauschten. Die Kulisse bot nicht nur eine schöne Kulisse, sondern ermöglichte auch ein Gefühl der Offenheit und des Verständnisses zwischen den beiden.

Im Laufe des Tages erkannte Krishna die Bedeutung dieser Momente mit seinen Eltern. Das Conrad Hotel mit seinen erstklassigen Annehmlichkeiten spielte eine entscheidende Rolle bei der Förderung von Familienbeziehungen. Die Trainingseinheiten für Gautam trugen nicht nur zu seinem körperlichen Wohlbefinden bei, sondern schufen auch indirekt Möglichkeiten für Krishna und Shantai, ihre emotionalen Bindungen zu stärken. Die Ferien, die mit der Absicht begannen, Zeit mit der Familie zu verbringen, wurden zu einem unvergesslichen Erlebnis voller Liebe, Vertrauen und gemeinsamer Geheimnisse.

Als Krishna in der eleganten Umgebung des hoteleigenen Essbereichs gegenüber seiner Mutter Shantai saß, begann er, die intimsten Details seines Lebens in den letzten anderthalb Jahren an der renommierten Universität zu teilen. Mit einer Mischung aus Aufregung und Nervosität begann er: "Mama, diese Organisation hat uns nicht nur ausgerüstet, um fähige Geschäftsmagnaten zu werden, sondern hat mir auch ein einzigartiges Geschenk gemacht - meine Liebes- und Lebenspartnerin."

Shantai, die aufmerksam auf die Offenbarung ihres Sohnes hörte, konnte nicht anders, als ein wissendes Lächeln zu verbergen. Sie antwortete mit einem verspielten Ton: „Hey Krishna! Sag mir nicht, dass du dich in diesen schönen und entzückenden Engel verliebt hast, Liz. Aber lassen Sie mich ein Geheimnis mit Ihnen teilen - Ihr Vater, Gautam, und ich hatten bereits so viel erraten. Er diskutierte gerade letzte Nacht enthusiastisch mit mir, als ob er allein den Code geknackt hätte «, und sie brach in Gelächter aus. Krishna war für einen Moment verblüfft und erkannte bald, dass die Intuition seiner Mutter seine Gefühle erkannt hatte, lange bevor er den Mut aufbrachte, sie zu teilen.

Die Luft leuchtete vor Lachen, doch Krishna spürte, dass sich in diesem Mutter-Sohn-Gespräch noch mehr entfalten konnte. Shantai, immer scharfsinnig, fuhr mit einem beruhigenden Lächeln fort:

„Krishna, meine Liebe, eine Mutter kennt ihr Kind wie keine andere. Ihre Entscheidungen und Ihre Ausdrücke - sprechen Bände. Wir konnten den Funken in deinen Augen sehen, wann immer Liz erwähnt wurde. Es war offensichtlich, dass zwischen euch beiden etwas Besonderes war." Ihre Worte boten Krishna Trost und stärkten das Vertrauensverhältnis zwischen ihnen.

Trotz der warmen Atmosphäre konnte Krishna eine anhaltende Nervosität nicht abschütteln. Sein Geheimnis hatte mehr Facetten, als er seiner geliebten Mutter anvertrauen wollte. Die ruhige Umgebung des hoteleigenen Essbereichs wurde zu einem Zufluchtsort für die sich entfaltenden Offenbarungen. Krishna sammelte seine Gedanken, bestätigte die scharfe Einsicht seiner Mutter und gab zu: „Mama, diese Geschichte hat noch mehr zu bieten. Liz ist nicht nur eine flüchtige Fanatikerin; sie ist jemand, mit dem ich eine Zukunft sehen kann. Ich schätze Ihre Meinung und Unterstützung und möchte, dass Sie die Tiefe meiner Gefühle für sie kennen."

Als Krishna sich allmählich in die Feinheiten seiner Beziehung vertiefte, hörte Shantai weiterhin mit einer Mischung aus mütterlicher Wärme und Verständnis zu. Das Hotel mit seinem raffinierten Ambiente bot eine Kulisse für dieses herzliche Gespräch und hob das Erlebnis hervor. Während des gemeinsamen Lachens und der aufrichtigen Geständnisse fand Krishna Trost darin, sich seiner Mutter über den wichtigsten Aspekt seines Lebens zu öffnen. Diese Liebe überschritt die Grenzen eines universitären Umfelds und versprach eine gemeinsame Zukunftsreise.

Krishna beschwor immensen Mut und beschloss, seiner Mutter Shantai das am meisten gehütete Geheimnis seines Lebens zu enthüllen. Mit einem Hauch von Nervosität in seiner Stimme begann er: „Mama, ich muss dir etwas gestehen. Liz und ich haben das heilige Ehegelübde in einer Kirche in einem nahe gelegenen Dorf abgelegt. Es fehlte uns jedoch der Mut, dieses bedeutende Kapitel unseres Lebens mit dir und Papa zu teilen." Als er diese geheimen Informationen preisgab, versteckte Krishna instinktiv sein Gesicht hinter einer Serviette und hielt sie mit beiden Händen fest.

Die Offenbarung lag in der Luft, schwanger mit Vorfreude. Shantai, zunächst verblüfft, nahm die Nachricht mit einer Mischung aus

Überraschung und Freude auf. Die Aufnahme ihres Sohnes in diese geheime Vereinigung war sowohl unerwartet als auch herzerwärmend. Trotz der unkonventionellen Umstände, die die Enthüllung umgaben, traten Shantais mütterliche Instinkte ein, und sie fühlte ein überwältigendes Glücksgefühl für ihren Sohn.

Als sich das Gewicht der Offenbarung festsetzte, streckte Shantai mit einem echten und zarten Lächeln die Hand nach Krishna aus. Sie legte eine beruhigende Hand auf seine und drückte aus: "Krishna, meine Liebe, Geheimnisse sind ein Teil des Lebens, aber dein Glück ist von größter Bedeutung. Auch wenn die Nachricht überraschend sein mag, wisse bitte, dass das Herz deiner Mutter für dich voller Freude ist. Die Ehe ist ein heiliges Band, und wenn du Liebe gefunden hast, bringt es mir immenses Glück."

Der elegante Essbereich des Hotels war Zeuge dieses intimen Austauschs zwischen Mutter und Sohn, bei dem Vertrauen und Liebe über die unerwartete Offenbarung hinausgingen. Shantai, der die Komplexität von Beziehungen verstand, schätzte die Aufrichtigkeit, mit der Krishna sich entschieden hatte, sein Geheimnis zu teilen. In diesem Moment vertiefte sich die Bindung zwischen Mutter und Sohn, verankert durch die unerschütterliche Unterstützung und das Verständnis, das die familiäre Liebe definiert.

Als die beiden ihr Gespräch fortsetzten, wurde die Luft von einem neu entdeckten Gefühl der Offenheit aufgeladen. Krishna, erleichtert, sich entlastet zu haben, fand Trost in der Annahme seiner Mutter. Shantai, stolz auf den Mann, zu dem ihr Sohn geworden war, umarmte die Offenbarung mit Anmut und Wärme und förderte eine Umgebung, in der das gemeinsame Geheimnis zu einer Brücke wurde, die die Verbindung zwischen ihnen stärkte.

Mit einem warmen Lächeln und einem aufrichtigen Ausdruck der Liebe zu ihrem Sohn antwortete Shantai: „Beta, ich kann die Umstände verstehen, die dich dazu gebracht haben müssen, eine so dringende und wichtige Entscheidung im Geheimen zu treffen. Wir können später ins Detail gehen. Ich habe vollstes Vertrauen in die Intelligenz, Reife und Aufrichtigkeit von dir und Liz. Nun, die Frage ist, sollen wir das deinem Vater offenbaren?" Krishna, der jetzt ein Gefühl von Trost und Selbstvertrauen verspürte, antwortete leise: „Mama, ich hätte ihn persönlich informieren sollen, aber mir fehlte der Mut, es zu offenbaren. Liz 'Mutter drängte uns jedoch, dringend und diskret zu heiraten. Ja, Mama, Liz trägt unser Baby, und sie ist seit drei Monaten schwanger."

Diese Offenbarung war für Shantai etwas überwältigend und überraschend, aber ihr erfahrener Geschäftssinn ermöglichte es ihr, die Informationen mit einer Mischung aus Akzeptanz und Verständnis zu verarbeiten. Sie erkannte den Ernst der Situation und erkannte, dass es der richtige Zeitpunkt war, das frisch verheiratete Paar zu unterstützen. Mit Autorität sprach sie: "Lasst uns diese wunderbare Nachricht für uns behalten. Ich werde Gautam im richtigen Moment alles erklären. Ich bin jedoch wirklich begeistert zu wissen, dass Sie dies mit mir teilen und uns ein wertvolles Geschenk gemacht haben. Ich freue mich darauf, meine geliebte Schwiegertochter kennenzulernen. Bitte lade sie zum Frühstück ein."

In diesem Moment war es offensichtlich, dass Krishna Erleichterung in der Reaktion seiner Mutter und den unterstützenden Kommentaren und Ratschlägen fand, die sie anbot. Er erkannte, dass es noch mehr zu teilen gab, doch er hielt sich zurück und wusste, dass der richtige Zeitpunkt und Ort für diese Diskussionen kommen würde. Die Atmosphäre im Speisesaal des Hotels wurde von einer Mischung aus Emotionen geprägt, als das Mutter-Sohn-Duo mit Liebe, Verständnis und einem gemeinsamen Engagement für familiäre Bindungen durch unerwartete Offenbarungen navigierte. Die Vorfreude, ein neues Mitglied in der Familie willkommen zu heißen, fügte inmitten der Komplexität der Situation ein Element der Freude hinzu.

Als Krishna sich darauf vorbereitete, weiter in die Feinheiten seiner Beziehung, Ehe und nachfolgenden Entwicklungen einzutauchen, wurde der Moment abrupt durch den Anblick unterbrochen, als Gautam schnell aus dem Fitnessstudio zurückkehrte und Schweißperlen auf seiner Stirn glitzerten. Als sie sofort reagierten, erhoben sich sowohl Shantai als auch Krishna von ihren Sitzen, um ihn herzlich willkommen zu heißen. Die abrupte Pause in ihrem Gespräch hinterließ einen Hauch von Vorfreude, mit unausgesprochenen Gefühlen zwischen Mutter und Sohn.

Während Shantai Gautam herzlich begrüßte, erinnerte er Krishna taktvoll an die Einladung für Liz. Als pflichtbewusster Sohn nahm Krishna bereitwillig sein Handy heraus, um den Anruf zu tätigen. Der Ton des Gesprächs verlagerte sich von intimen Offenbarungen auf die Praktikabilität einer Frühstückseinladung.

Am anderen Ende der Leitung erhielt Liz Krishnas Anruf, und die Wärme in seiner Stimme, als er sie zum Frühstück im Hotel einlud, vermittelte die Aufrichtigkeit der Einladung. Liz, obwohl sie anfangs von der Spontaneität der Einladung überrascht war, nahm sie dankbar an und verstand die Bedeutung des Augenblicks.

Als Gautam sich dem Mutter-Sohn-Duo am Tisch anschloss, gab es ein unausgesprochenes Bewusstsein, dass das Gespräch vorübergehend umgeleitet wurde. Die Familie, jetzt komplett mit Gautams Anwesenheit, teilte einen kurzen Austausch von Höflichkeiten und maskierte die zugrunde liegenden Strömungen der bedeutenden Offenbarungen, die sich vor wenigen Augenblicken ereignet hatten.

Der elegante Essbereich des Hotels, Zeuge einer Vielzahl von Emotionen und Enthüllungen, wurde zur Kulisse für die sich entfaltende Familiendynamik. Die Atmosphäre, beladen mit dem Gewicht unausgesprochener Wahrheiten, ging nahtlos in das nächste Kapitel gemeinsamer Momente über. Während sie auf Liz'Ankunft warteten, war die Luft voller Vorfreude und deutete auf die Aussicht auf weitere Diskussionen hin, die den Verlauf ihrer Familienerzählung prägen würden.

4. „Ein Morgen der Offenbarungen und Reflexionen"

Als das Morgensonnenlicht den Raum erfüllte, setzten sich Gautam und Shantai zu einem befriedigenden Frühstück mit Krishna und Liz hin. Die Kameradschaft am Tisch war spürbar, und ein Gefühl der Zufriedenheit umhüllte die kleine Versammlung. Inmitten der köstlichen Snacks konnte Gautam nicht umhin, eine bemerkenswerte Veränderung in Shantais Verhalten zu bemerken, insbesondere in ihren Interaktionen mit Elizabeth.

Gautam, der normalerweise aufmerksam, aber jetzt noch faszinierter war, wurde Zeuge, wie Shantai Elizabeth ein Maß an Nähe und Freundlichkeit entgegenbrachte, das er seit vielen Jahren nicht mehr gesehen hatte. Die Nuancen von Shantais Fürsorge und Zuneigung zu Liz waren unverkennbar. Es war, als wäre eine neu entdeckte Verbindung zwischen ihnen entstanden, die über die bloße Kameradschaft hinausging. Fasziniert von dieser abrupten Veränderung, konnte Gautam nicht anders, als über die zugrunde liegenden Gründe für Shantais verändertes Verhalten nachzudenken.

Während ihrer Zweisamkeit war Shantais Aufmerksamkeit für Elizabeth nichts weniger als außergewöhnlich. Ihre Gesten waren von einer sorgfältigen Zuneigung geprägt, die über das Gewöhnliche hinausging. Es war nicht nur ein flüchtiger Akt, sondern eine anhaltende Demonstration von Anhaftung, Liebe und Fürsorge, die mit echter Wärme in Resonanz stand. Gautam, hin- und hergerissen zwischen Neugier und Bewunderung, dachte über die Entstehung dieser Veränderung in Shantais Verhalten nach.

Inmitten ihrer gemeinsamen Momente beschloss Gautam, in den bedeutenden Teil einzutauchen. Er begann, Shantais Ausdrücke und Reaktionen genauer zu beobachten und versuchte, die subtilen Verschiebungen zu erkennen, die auf die Gründe für diese neu entdeckte Nähe hindeuteten. Es gab ein unbestreitbares Gefühl der

Entschlossenheit in Gautam, als er durch die unerforschten Gewässer von Shantais Emotionen navigierte, mit dem Ziel, die komplizierten Schichten ihrer sich entwickelnden Verbindung mit Elizabeth zu verstehen.

Im Laufe des Tages verstärkte sich Gautams Neugier nur noch. Gespräche mit Krishna und Liz, kombiniert mit diskreten Beobachtungen, wurden zu den Werkzeugen, mit denen er versuchte, das Geheimnis um Shantais verändertes Verhalten zu lüften. Die winzigen Details, die nicht zufällig bemerkt wurden, standen im Mittelpunkt von Gautams Aufmerksamkeit, als er sich auf die Suche machte, um die Tiefe und Bedeutung der Bindung zwischen Shantai und Elizabeth zu verstehen.

Nach dem fesselnden Frühstück erkannten Krishna und Liz scharfsinnig, dass Gautam und Shantai etwas Privatsphäre brauchen. Es wurde deutlich, dass das ältere Paar Zeit brauchte, um sich auf seine bevorstehende kurze Tour mit dem jüngeren Paar zu einer berühmten Touristenattraktion vorzubereiten, gefolgt von einem gemeinsamen Mittagessen. Krishna demonstrierte Nachdenklichkeit und initiierte ein Gespräch mit Liz, in dem er Strategien entwickelte, wie sie ihre Absicht, Gautam und Shantai etwas Raum zu geben, zart kommunizieren können.

Krishna, der einen günstigen Moment ergriff, näherte sich Shantai und Gautam höflich und drückte den Wunsch des jungen Paares aus, ihnen eine ununterbrochene Zeit zu ermöglichen. "Mama", begann Krishna, "ihr beide könnt euch jetzt darauf vorbereiten, auszugehen, wie wir es beschlossen haben. In der Zwischenzeit wollten Liz und ich ein paar kleine Einkäufe an einem nahe gelegenen berühmten Ort tätigen. Es kann etwa eine Stunde dauern, also entschuldige uns dafür. Sollen wir dann fortfahren?" Die rücksichtsvolle Bitte zielte darauf ab, dem älteren Paar die Privatsphäre zu bieten, die sie für ihre Vorbereitungen benötigten.

Shantai, die Anmut und Verständnis verkörperte, antwortete im Namen von sich selbst und Gautam: „Natürlich kannst du das, meine Liebe. Nehmen Sie sich Zeit, wir haben es nicht eilig.« Gautam bestätigte mit einem Nicken die Zustimmung für den Plan des jungen

Paares. Mit Erlaubnis entschuldigten sich Krishna und Liz anmutig und überließen den Raum Gautam und Shantai.

Als Krishna und Liz zu ihrer kurzen Exkursion aufbrachen, hatte Gautam Gelegenheit, die anhaltende Neugier auf die Veränderung in Shantais Verhalten anzusprechen. Er hatte beschlossen, dass dieser private Moment die ideale Gelegenheit für ein herzliches Gespräch mit seiner geliebten Frau sein würde. Die Luft war voller Vorfreude, als Gautam über die heikle Erforschung seiner Bedenken nachdachte.

In der anschließenden Stille der Suite thematisierte Gautam das Thema zart mit Shantai. Das Gespräch entwickelte sich mit einer Mischung aus Zärtlichkeit und Aufrichtigkeit, als Gautam versuchte, die Gründe für die neu entdeckte Nähe und Fürsorge zu verstehen, die Shantai Elizabeth entgegenbrachte. Die Atmosphäre wurde zu einer Leinwand für ehrliche Kommunikation, wo Gautams Anfragen mit Shantais aufrichtigen Enthüllungen beantwortet wurden.

Im Laufe des Dialogs entdeckte Gautam die Schichten von Emotionen und Erfahrungen, die Shantais verändertes Verhalten beeinflusst hatten. Der Austausch wurde zu einer ergreifenden Erkundung ihrer gemeinsamen Reise und vertiefte das Verständnis zwischen Mann und Frau. Vor dem Hintergrund ihrer sich entwickelnden Verbindung bezeugte die Suite ein bedeutungsvolles Gespräch, das über die bloße Neugier hinausging und ein erneuertes Gefühl der Nähe und des gegenseitigen Verständnisses förderte.

In den stillen Momenten, die folgten, dachte Gautam über die Natur von Beziehungen und die Fähigkeit zur Veränderung nach, die in Individuen existiert. Die sich entfaltende Dynamik zwischen Shantai und Elizabeth wurde zu einer Leinwand, auf der er seine Reflexionen über menschliche Verbindung, Belastbarkeit und das Potenzial für transformative Erfahrungen unter den unerwartetsten Umständen malte. Das Frühstück, das als routinemäßige Mahlzeit begonnen hatte, entwickelte sich zu einem Tableau aus Intrigen und Selbstbeobachtung und ließ Gautam in Erwartung der Enthüllungen zurück, die in den kommenden Tagen erwartet wurden.

Shantai hütete voller Eifer ein Geheimnis, das sie unbedingt mit ihrem lieben Ehemann Gautam teilen wollte. Die Offenbarung bezog sich auf die unerwartete Vereinigung ihres Sohnes Krishna und seiner

Partnerin Liz. Trotz ihres Enthusiasmus hatte Shantai geduldig auf den richtigen Zeitpunkt und den richtigen Moment gewartet, um Gautam diese wichtige Nachricht mitzuteilen.

Als der geeignete Moment kam, konnte Shantai ihre Aufregung nicht länger zurückhalten und teilte die überraschende Nachricht von Krishnas und Liz 'geheimer Ehe mit. Gautam, ein erfahrener und gelassener Geschäftsmann, behielt seine Gelassenheit bei und bot als Antwort einen überraschten, aber nachdenklichen Blick. Die unerwartete Natur der Offenbarung verblüffte ihn für einen Moment, aber ein subtiles Gefühl von Freude und Akzeptanz begann aufzutauchen.

Maßvoll und nachdenklich begann Gautam, seine Gefühle auszudrücken. Seine erste Reaktion war eine Überraschung, aber seine Erfahrung und sein Scharfsinn erlaubten es ihm, die Nachrichten mit einem komponierten Auftreten zu verarbeiten. Langsam, fast zu sich selbst sprechend, gab er zu: „Oh! Seltsam. Aber ich vermutete, dass sie in der Nähe waren, und bald würden sie uns um Erlaubnis für die Ehe bitten." Trotz der unerwarteten Natur der Offenbarung vermittelten Gautams Worte ein Gefühl von Verständnis und Weitsicht.

Gautam teilte seine Bewunderung für Liz und beschrieb sie als "sehr niedliche, brillante und außergewöhnliche" Person. Er drückte seine Zuversicht aus, dass Liz 'Qualitäten während ihres gesamten gemeinsamen Lebens zu Krishnas Glück beitragen würden. Während er die unerwartete Natur der Nachricht anerkannte, beruhigte Gautam Shantai von seinem Glück und setzte es mit ihrem eigenen gleich. Als sich seine Gefühle entfalteten, begann sich ein echtes Lächeln über Gautams Gesicht auszubreiten, das die Positivität und Akzeptanz widerspiegelte, die er gegenüber der Gewerkschaft empfand.

Die Atmosphäre wechselte von Überraschung zu Wärme, als sich Gautams Glück nicht nur in seinen Worten, sondern auch in seinen Gesten manifestierte. Mit einem sichtbar positiven Auftreten umarmte er Shantai von Herzen und versiegelte ihre gemeinsame Freude und Akzeptanz dieses neuen Kapitels auf der Reise ihrer Familie. Die Suite erlebte einen Moment des Verständnisses, der Akzeptanz und der familiären Umarmung, als die Nachricht von Krishnas und Liz 'geheimer Ehe Gautam und Shantai in ihrem gemeinsamen Glück vereinte.

Als Gautam Seth von der geheimen Ehe seines einzigen Sohnes Krishna erfuhr, zeigte er eine Tiefe des Verständnisses und des Glücks, die jede Erwartung konventioneller elterlicher Reaktionen übertraf. Er begnadigte das Paar von ganzem Herzen, weil es ihn nicht vorher informiert hatte, und erkannte die Bedeutung ihrer Vereinigung. Anstatt sich auf das Fehlen einer vorherigen Benachrichtigung zu verlassen, kanalisierte Gautam seine Begeisterung in die Planung einer großen Empfangsparty an ihrem Heimatort nach der Rückkehr des Paares.

Die Nachricht nahm eine unerwartete Wendung, als Gautam die entzückende Enthüllung über die Schwangerschaft seiner Schwiegertochter Liz erhielt. Die Erkenntnis, dass er bald Großvater werden würde, erfüllte ihn mit noch mehr Freude und Stolz. Während er über die bevorstehende Ankunft eines neuen Familienmitglieds nachdachte, wandten sich Gautams Gedanken der Feier dieses bedeutsamen Ereignisses zu.

Die Aussicht, zu Hause eine geschäftige Party zu veranstalten, wurde jedoch aufgrund von Liz 'Schwangerschaft unsicher. Unbeirrt verlagerte sich Gautams Fokus auf die freudige Nachricht eines Erben seines riesigen Anwesens. Mit einem Herzen voller Glück stellte er sich vor, dieses bedeutende Kapitel im Leben seiner Familie mit Krishna und Liz in einer intimeren Umgebung zu feiern.

Gautam ergriff die Initiative und wandte sich an das Hotelmanagement, um seinen Wunsch zum Ausdruck zu bringen, eine besondere und feierliche Atmosphäre für das zurückkehrende Paar zu schaffen. Er bat um die Dekoration ihrer Suite mit einem Ambiente von Wärme und Liebe, um Krishna und Liz das Gefühl zu geben, wirklich geschätzt zu werden. Darüber hinaus beschloss Gautam, einen ausgezeichneten Kuchen aus der hoteleigenen Bäckerei zu bestellen, und betonte, wie wichtig es ist, diesen Anlass mit Süße und Freude zu feiern.

Während Gautam geduldig auf die Rückkehr des Paares wartete, das sich für lokale Einkäufe auf den Weg gemacht hatte, arbeitete das Hotelpersonal fleißig daran, ihre Suite in eine Oase der Liebe und des

Feierns zu verwandeln. Jedes Detail wurde sorgfältig durchdacht, von der Auswahl der Dekorationen bis zum exquisiten Design des Kuchens, was die tiefe Liebe und Intimität widerspiegelt, die Gautam für seinen Sohn und seine Schwiegertochter empfand. Die Suite, die mit durchdachten Details geschmückt war, war ein Beweis für die Vorfreude und Wärme, die Krishna und Liz nach ihrer Rückkehr erwartete.

In dieser Zeit der freudigen Erwartung schwelgte Gautam in der Aussicht, eine neue Generation in der Familie willkommen zu heißen. Sein Handeln, getrieben von Liebe und dem Wunsch, bleibende Erinnerungen zu schaffen, zeigte die Tiefe seines Engagements, die Meilensteine zu feiern, die ihre familiäre Reise definierten. Als das Paar von seiner lokalen Erkundung zurückkehrte, waren sie dabei, in einen Kokon der Zuneigung, Überraschungen und des gemeinsamen Glücks zu treten, der sorgfältig von einem Vater entworfen wurde, der begierig darauf war, die sich entwickelnden Kapitel der Geschichte seiner Familie zu umarmen.

Eine Stunde verging so schnell wie nur Minuten, in denen sich die Hotelleitung fleißig um die Aufgaben kümmerte, die der angesehene Gast Gautam Seth anvertraute. Das Ambiente wurde sorgfältig nach Gautams Wünschen gefertigt und bereitete die Bühne für die bevorstehende Feier. Die mit Sorgfalt und Präzision geschmückte Suite wartete auf die Ankunft des jungen Paares, Krishna und Liz, die sich der liebevollen Vorbereitungen zu ihren Ehren nicht bewusst waren.

Als die letzten Änderungen vorgenommen wurden, vervollständigte das Hotelpersonal die Dekoration effizient und stellte sicher, dass jedes Detail den Standards entsprach, die von dem anspruchsvollen Gautam erwartet wurden. Die Atmosphäre in der Suite wurde mit Vorfreude schwanger, als sich der familiäre Raum in eine Oase der Wärme und des Feierns verwandelte.

Das junge Paar, Krishna und Liz, kam etwas später als der Abschluss der dekorativen Bemühungen an. Als sie die Suite betraten, wurden sie mit einem Schauer der Liebe und Zuneigung empfangen, der ihnen sowohl von Shantai als auch von Gautam verliehen wurde. Der spürbare Schock auf ihren Gesichtern verwandelte sich schnell in

Ausdruck von Erkenntnis und Freude. Es wurde deutlich, dass die gute Nachricht von Liz 'Schwangerschaft mit Gautam geteilt worden war, der sie wiederum mit grenzenloser Begeisterung angenommen hatte.

Die Luft in der Suite wurde von Glück erfüllt und schuf eine Atmosphäre purer Freude. Die Liebe und Akzeptanz, die von Gautam und Shantai ausstrahlte, umhüllte das junge Paar und warf alle Befürchtungen beiseite, die sie vielleicht hegten. Die darauffolgende echte Feier, die durch das Schneiden eines wunderschön geordneten Kuchens gekennzeichnet war, wurde zu einem Symbol der familiären Einheit und der gemeinsamen Vorfreude auf die Ankunft eines neuen Mitglieds in der Herde.

Die familiären Bindungen wurden gestärkt, als das Lachen in den Mauern der Suite widerhallte, und die ausgetauschten Blicke sprachen Bände über das gemeinsame Glück und die Akzeptanz. Die kleine, aber bedeutungsvolle Feier verkörperte die Essenz der familiären Wärme, indem sie alle vorherigen Unsicherheiten beiseite legte und das neu entdeckte Kapitel auf der Reise ihrer Familie mit Liebe und Überschwang umarmte. Die Suite, einst eine Leinwand der Vorfreude, wurde nun Zeuge einer Feier, die über bloße Dekoration und kulinarische Köstlichkeiten hinausging und zu einer geschätzten Erinnerung wurde, die in die Herzen aller Anwesenden eingraviert war.

Die vergehenden Tage in der Familie Seth entfalteten sich mit einer Schnelligkeit, die dem Ticken der Uhr zu trotzen schien. Die strahlende Präsenz von Elizabeth war eine Quelle immenser Freude für Gautam und Shantai. In diesen flüchtigen Momenten wurde sie zu einem untrennbaren Teil ihres Lebens und webte Bande der Zuneigung und Wärme, die ihre Herzen unauslöschlich prägten.

Elizabeth oder Liz, wie sie liebevoll angesprochen wurde, umarmte die Gesellschaft ihrer geliebten Schwiegereltern mit offenen Armen. Die familiäre Bleibe hallte mit Lachen und gemeinsamen Momenten wider und schuf eine Oase der Liebe, die die Zeit aussetzte. Das ältere Seth-Paar, Gautam und Shantai, zögerten, Elizabeth weit von ihrer Gesellschaft abweichen zu lassen, und genossen jeden kostbaren Moment, den sie zusammen verbrachten.

Als der Tag der Abreise anbrach, übernahm Liz die Rolle einer fürsorglichen Begleiterin und sorgte für den Komfort von Gautam und

Shantai, als sie sich auf ihre Reise zurück nach Indien vorbereiteten. Der Flug mit Pacific Air Lines stand in den späten Nachtstunden vom John F. Kennedy International Airport auf dem Programm. Liz kümmerte sich mit unerschütterlicher Hingabe den ganzen Tag über um die Bedürfnisse des älteren Paares und sorgte dafür, dass sie sich in Vorbereitung auf die bevorstehende Reise angemessen ausruhten.

Verpackung und Vorbereitungen standen im Mittelpunkt des Tages und wurden mit größter Sorgfalt durchgeführt, um ein komfortables Reiseerlebnis für den Senior Seths zu gewährleisten. Die Luft war erfüllt von einer Mischung aus Vorfreude und einem Hauch von Melancholie, als die bevorstehende Trennung die Herzen sowohl der jungen als auch der älteren Familienmitglieder belastete.

Schließlich kam die Zeit für Krishna und Liz, sich von Gautam und Shantai am Flughafen zu verabschieden. Versprechungen der Wiedervereinigung in Indien nach Abschluss des Praktikums und der abschließenden Einberufungszeremonie wurden ausgetauscht. Das junge Paar versprach, sich ihren geliebten Schwiegereltern anzuschließen, sobald es ihre akademischen Verpflichtungen erlaubten.

Inmitten herzlicher Abschiede und Versprechungen zukünftiger Wiedervereinigungen begab sich das ältere Seth-Paar, Gautam und Shantai, in die VIP-Lounge. Das Flughafenpersonal führte sie mit größter Sorgfalt und Unterstützung bis zum geplanten Abflug ihres Fluges. Das Ambiente der Lounge war von einer Mischung aus Emotionen erfüllt — eine ergreifende Mischung aus Hoffnung, Liebe und der bittersüßen Anerkennung einer bevorstehenden Trennung.

Als sie planmäßig in den Flug stiegen, konnten weder das junge Seth-Paar noch der Ältere die Wendungen des Schicksals ergründen, die sie erwarteten. Sie wussten nicht, dass die Zukunft unvorhergesehene Herausforderungen mit sich brachte, die bereit waren, den Verlauf ihres Lebens und ihrer Träume neu zu gestalten. Der Flughafen mit seiner geschäftigen Tätigkeit war Zeuge des Abschlusses eines Kapitels, während die nächsten Seiten ihrer Reise ungeschrieben blieben, verschleiert von der Unsicherheit der kommenden Zeiten.

5. „The Grand Homecoming: A Journey of Anticipation and Loss"

Die opulente Residenz in einem der wohlhabenden Viertel von Mumbai strahlte einen Hauch von Erhabenheit aus, ihr Äußeres war mit einer Symphonie aus lebendigen Blumen und sorgfältig arrangierten elektrischen Dekorationen geschmückt. Dieser prächtige Wohnsitz erwartete die bevorstehende Rückkehr seiner geschätzten Besitzer, Gautam Seth und Shantai Seth, die am nächsten Morgen früh eintreffen sollten. Die Vorfreude auf ihre Rückkehr war spürbar, verstärkt durch die sorgfältige Planung ihrer großen Heimkehr.

Das Seth-Paar, das die Weiten des Pazifiks durchquert hatte, sollte am prestigeträchtigen Indira Gandhi International Airport in Mumbai von Bord gehen. Getreu der Pünktlichkeit, die für Pacific International Air Lines charakteristisch ist, landete der Linienflug aus den Vereinigten Staaten anmutig zur vorgesehenen Zeit, ein Beispiel für Präzision und Effizienz.

Nach Abschluss der erforderlichen Ankunftsverfahren verließen Gautam und Shantai Seth die Ankunftslounge 25 bis 30 Minuten nach der Landung, wobei ihre königliche Anwesenheit die Aura der Vorfreude betonte. Obwohl sie den VIP-Status erhielten, der ihrer Business-Klasse entsprach, navigierten sie anmutig durch den grünen Kanal und erfüllten die von den Behörden vorgeschriebenen Protokolle.

Strategisch positioniert am Ausgang des Ankunftsterminals stand ihr treuer Chauffeur Babu, flankiert von mehreren Direktoren ihres geschätzten Unternehmens. In einer tiefen Verehrung erweiterten drei leitende Angestellte gut dekorierte, frisch gefertigte Blumengirlanden, die bereit waren, die zurückkehrenden Magnaten in eine duftende Umarmung zu hüllen. Die Versammlung von Führungskräften, die passend zu diesem Anlass gekleidet waren, strahlte einen Hauch von Eifer und Freude aus und wartete gespannt auf die Ankunft ihrer geschätzten Führer.

Diese aufwendige Rezeption hatte eine tiefe Bedeutung und überschritt die konventionellen Bereiche des professionellen Anstands. Das Seth-Paar, das sich auf eine Reise begeben hatte, um sich mit ihrem lang erwarteten Sohn wieder zu vereinen, wurde mit einem Empfang empfangen, der den tiefen Respekt und die Zuneigung widerspiegelte, die ihre Untergebenen ihnen entgegenbrachten. Gautams Bildungsaufenthalt in Amerika, der sich von seiner Internatszeit bis zum Abschluss erstreckte, hatte ihn zu einer herausragenden Persönlichkeit gemacht, die sich seit Abschluss seiner akademischen Tätigkeit nicht mehr über die Grenzen fremder Länder hinaus gewagt hatte. Diese triumphale Rückkehr markierte nicht nur eine Wiedervereinigung mit der Familie, sondern auch eine Heimkehr für eine Führungskraft, die sich mit einem unerschütterlichen Engagement für Exzellenz in den Führungsetagen der Unternehmen bewegt hatte.

Im exquisit geschmückten Flur des großzügig dekorierten Bungalows herrschte eine Atmosphäre der maßvollen Vorfreude. Mahadeo Mama, der geschätzte Schwager von Gautam, lag auf einem luxuriös gepolsterten Sofa, gefangen in einem Zustand halbbewusster Ruhe. In regelmäßigen Abständen erwachte er aus seinem schläfrigen Zustand, sein Blick auf eine Armbanduhr gerichtet, die die Zeit mit bewusster Trägheit zu vergehen schien. Die Zeiger der Uhr schienen jedoch zögerlich, ihren Fortschritt zu beschleunigen, als ob sie sich verschworen hätten, die Ankunft des verehrten Paares zu verzögern.

Unter der vorübergehenden Umarmung eines dicken roten Teppichs lagen treue Diener in unorganisierter Ruhe ausgebreitet. Ihr Schlummer, obwohl scheinbar unordentlich, versprach Mahadeo Sir eine schnelle Mobilisierung. In Erwartung der bevorstehenden Ankunft ihrer geliebten Arbeitgeber hielten diese treuen Begleiter eine Verpflichtung zur Pflicht aufrecht, die die Grenzen der bloßen Knechtschaft überschritt. Ihr Ziel war klar – dem müden Paar bei ihrer Rückkehr zu helfen und einen nahtlosen Übergang von reisebedingter Müdigkeit zu den vertrauten Annehmlichkeiten von zu Hause zu gewährleisten.

Die auffällige Abwesenheit von Shakuntala Mami, der Frau von Mahadeo und der Hüterin des Haushalts, blieb nicht unbemerkt. In einer wohlverdienten Ruhepause innerhalb der Grenzen ihres Schlafzimmers hatte sie die Wachsamkeit der Umgebung ihren fleißigen Hausangestellten anvertraut. Shakuntala Mamis ausdrückliche Anweisungen hallten in den heiligen Hallen wider – die Haushälterinnen sollten wachsam bleiben und sie sofort auf die ersten Anzeichen von Bewegung draußen aufmerksam machen.

Mahadeo Mama, der sich seiner Verantwortung bewusst war, hatte ein ähnliches Mandat erhalten. Mit einem Mobiltelefon bewaffnet, war er bereit, Shakuntala Mami in dem Moment zu benachrichtigen, in dem er die Nachricht von der bevorstehenden Ankunft des Seth-Paares erhielt. Die Bühne war für einen gut abgestimmten Empfang bereitet, wobei jedes Mitglied des Haushalts eine entscheidende Rolle bei der erwarteten Heimkehr spielte.

Doch das Schicksal hatte in seiner launischen Art eine unvorhergesehene Wendung geschrieben. Unbemerkt von dem schlummernden Haushalt stand ein unerwartetes Drama bevor, eine Erzählung, die die Bereiche der Routine transzendieren und sie in einen Zustand wacher Erwartung stürzen würde, der weit über den anfänglichen Moment der Wiedervereinigung hinausgehen würde. Die bevorstehende Ankunft des Seth-Paares würde nicht nur ihre Rückkehr einläuten, sondern auch eine Reihe von Ereignissen enthüllen, die den Erwartungen trotzen und den Haushalt in einen Zustand anhaltender Unruhe und schlafloser Nächte versetzen würden. Die Spannung des bevorstehenden Dramas zeichnete sich ab und warf einen Schatten auf die Ruhe des akribisch geschmückten Bungalows, während die Zeiger der Uhr ihren gemächlichen Marsch in Richtung Schicksal fortsetzten.

Abrupt störend die Ruhe, die den opulenten Korridor umhüllte, hallte das melodische Glockenspiel von Mahadeos Mobiltelefon durch die Luft und weckte alle aus ihrer gedämpften Vorfreude. Mahadeo Mama eilte zur sofortigen Aufmerksamkeit, erhob sich schnell aus seiner bequemen Ruhe und hielt das beleuchtete Gerät in der Hand. Die Anzeige enthüllte einen Anruf des engagierten Chauffeurs Babu, der die Nachricht von der bevorstehenden Ankunft des Fluges überbrachte. Die verehrten Meister waren unterwegs, dazu bestimmt, in Kürze das Eingangstor des Anwesens zu schmücken.

Eifrig teilte Mahadeo Sir diese bedeutsame Offenbarung mit der versammelten Versammlung, eine Welle der Aufregung, die durch die Luft strömte. In einer entscheidenden Proklamation wies er alle in Hörweite an, in höchster Alarmbereitschaft zu sein und ihre Sinne auf die bevorstehende Ankunft des geschätzten Paares einzustellen. Die Atmosphäre im Korridor, die einst von gemessener Vorfreude erfüllt war, knisterte jetzt mit einem erhöhten Gefühl von Dringlichkeit und Erwartung.

Unbeeindruckt von der späten Stunde wandte sich Mahadeo Sir in einer enthusiastischen Geste an seine Frau Shakuntala. Der Anruf durchbohrte den Schleier ihres Halbschläfers, aber die Nachricht rührte sie aus ihrem schläfrigen Zustand. Eine erneuerte Kraft ging von ihrer Stimme aus, als sie ihren Eifer bekräftigte, sich dem Empfang anzuschließen und ihre nahen Verwandten herzlich willkommen zu heißen. Ohne einen Moment zu verschwenden, rief sie ihre pflichtbewussten Haushälterinnen an und wies sie an, sich auf die bevorstehende Rückkehr des Seth-Paares vorzubereiten.

Ohne das Wissen des Haushalts deuteten die prozeduralen Feinheiten am Flughafen auf eine Verzögerung der tatsächlichen Ankunft hin, was die Wartezeit möglicherweise um ein oder zwei Stunden verlängerte. Das Gefühl der Dringlichkeit, getönt von einem Hauch von Ungeduld, durchdrang die Atmosphäre, als sich die Insassen des Korridors auf das sich entfaltende Drama vorbereiteten, das sie erwartete. Es war eine Zeit der wachsamen Erwartung, in der sich die Zeiger der Uhr in einem qualvoll langsamen Tempo zu bewegen schienen, jeden Moment schwanger mit dem Versprechen einer lang erwarteten Wiedervereinigung. Das mit seinem kunstvollen Dekor geschmückte Anwesen war ein stiller Zeuge der sich entfaltenden Erzählung, als sich die Bewohner auf die bevorstehende Ankunft vorbereiteten, die den Höhepunkt einer Nacht des eifrigen Wartens und der glühenden Erwartung markieren würde.

In der endlosen Zeitspanne des Wartens entfaltete sich die Zeit mit einer quälenden Trägheit, die bei den Bewohnern des Bungalows ein spürbares Gefühl von Langeweile auslöste. Die Atmosphäre, die einst von eifriger Erwartung erfüllt war, trug nun das Gewicht eines eintönigen Wartens, das die Geduld aller Anwesenden strapazierte. Als sich die Langeweile wie ein schweres Leichentuch beruhigte, hallte das rhythmische Ticken der Uhr die kollektive Unruhe wider, die die opulente Umgebung durchdrang.

In einer ergreifenden Wiederholung drang das Mobiltelefon von Mahadeo Mama erneut in die Luft und kündigte diesmal einen eingehenden Anruf von Senior Director Shah Sir an, einer Schlüsselfigur, die das VIP-Paar in einem anderen Fahrzeug begleitete. Mahadeo Mama erkannte die Dringlichkeit des Anrufs und antwortete mit einem lebhaften Auftreten und erwartete eine Warnung, die die bevorstehende Ankunft der geschätzten Meister signalisierte. Der anfängliche Optimismus löste sich jedoch schnell auf und wurde durch eine wachsende Schwerkraft ersetzt, die sich in den Linien auf seinem Gesicht manifestierte.

Als sich das Gespräch entfaltete, verdunkelte sich das Funkeln in Mahadeo Mamas Augen, sein einst belebter Ausdruck wich einem düsteren Gesicht. Schweren Herzens navigierte er den Anruf und versuchte, die erstickte Stimme zu verbergen, die drohte, die Not zu verraten, die er jetzt hegte. Die Nachricht, als sie sich endlich beruhigte, machte ihn verzweifelt und emotional erschüttert. Mit zitternder Hand ließ er sein Handy durch den Griff rutschen, dessen Klappern gegen den Boden die Schwerkraft der Offenbarung widerhallte.

In einem verzweifelten Versuch, die herzzerreißenden Nachrichten zu teilen, rief Mahadeo Mama die Kraft auf, seine Frau Shakuntala anzurufen. Die Dringlichkeit und Trauer in seiner Stimme waren unverkennbar, und als sie die bevorstehende Tragödie spürte, eilte Shakuntala nach draußen, ihre Augen verrieten eine Mischung aus Sorge und Angst. Die Worte, die folgten, durchbohrten die Luft mit einer grausamen Schärfe – das Schicksal hatte in seiner launischen Natur einen harten Schlag versetzt. Das Fahrzeug mit den Meistern hatte auf seinem Weg einen tödlichen Unfall erlitten, eine unvorhergesehene Katastrophe, die sie nun unter der Obhut eines nahegelegenen Krankenhauses und dem wachsamen Auge der patrouillierenden Polizei zurückließ.

Als sich die Last der Situation entfaltete, sank Shakuntalas Herz und ihre Augen weinten. Mit einer entschlossenen Entschlossenheit forderte Mahadeo dringend ein Fahrzeug, seine Absicht war klar – ins Krankenhaus zu eilen und in der Stunde der Not an der Seite seiner geliebten Schwester und seines Schwagers zu sein. Der einst reich verzierte und fröhliche Bungalow war jetzt ein stiller Zeuge der plötzlichen Veränderung des Schicksals, dessen Wände die Schreie der Angst und des Unglaubens widerhallten, die in ihm widerhallten. Die Pracht, die die Umgebung geschmückt hatte, trat nun in den Hintergrund, überschattet von der krassen Realität einer unvorhergesehenen Tragödie, die die edlen Meister befallen hatte und einen langen, dunklen Schatten über die einst festliche Atmosphäre warf.

Unter dem schweren Mantel trauriger Emotionen kamen Mahadeo Mama und Shakuntala voller Angst in das dafür vorgesehene Krankenhaus. Der Ernst der Situation war groß, als sie entdeckten, dass Gautam, Shantai und ihr treuer Chauffeur Babu nach einem schweren Unfall in einen bewusstlosen Zustand versetzt worden waren. Die vernichtende Realität des Vorfalls manifestierte sich mit einer verheerenden Kraft - Babu und Gautam Seth waren ihren Verletzungen auf der Stelle erlegen.

Das Gewicht dieses plötzlichen Verlustes, insbesondere der Tod von Gautam, dem Patriarchen des Haushalts und dem Visionär hinter einer renommierten Branche, sandte Schockwellen durch das gesamte Personal. Die Trauer war spürbar und warf einen düsteren Schatten über den Bungalow, der einst mit freudiger Vorfreude widerhallte. Der Schlag war nicht nur persönlich, sondern kräuselte sich auch durch die beruflichen Bereiche, die Gautam im Laufe der Jahre kultiviert hatte.

Inmitten der kollektiven Trauer verlagerte sich der Fokus auf die unmittelbare Sorge – das Wohlergehen von Frau Shantai. Die einst lebendige und geschäftige Atmosphäre des Haushalts wich nun einer Atmosphäre der Unsicherheit, als sich das Personal mit den Auswirkungen der tragischen Wendung der Ereignisse auseinandersetzte. Als sie in ihrer gemeinsamen Trauer vereint standen, wandten sich die Gedanken unweigerlich der Zukunft zu, voller Unsicherheiten und Herausforderungen ohne die führende Hand von Gautam.

Inmitten des Trauerstabs fuhr eine feierliche Prozession in der unbewussten Form von Madam Shantai, deren Körper in dicke Bandagen gehüllt war, um die Schwere ihrer Verletzungen zu bezeugen. Die klinische Präzision des Krankenhausumfelds akzentuierte den Ernst der Situation. Der behandelnde Arzt erklärte mit einem durch die Schwere des Falles belasteten Verhalten, dass Madam Shantais Zustand kritisch sei. Die Intensivstation wurde zum Aufbewahrungsort ihrer unbewussten Form, die von medizinischen Fachkräften bewacht wurde, die strenge Besuchsbeschränkungen durchsetzten und den Zutritt nur erlaubten, wenn ihr fragiler Zustand es erlaubte.

Der Stab, der zwischen Trauer um die Gefallenen und Sorge um die überlebende Matriarchin hin- und hergerissen war, navigierte durch das empfindliche Gleichgewicht zwischen Trauer und einem Anschein von Normalität. Als sich die bürokratischen Verfahren der polizeilichen Ermittlungen entfalteten, wurden die Leichen von Babu und Gautam ihren trauernden Verwandten übergeben, was dem tragischen Kapitel, das dem einst feierlichen Haushalt widerfahren war, eine formale Endgültigkeit verlieh.

Die Krankenhauskorridore hallten von den gedämpften Gesprächen des Personals wider, deren Gesichter von der doppelten Last von Trauer und Besorgnis für die Zukunft geprägt waren. Das Vermächtnis, das Gautam mühsam aufgebaut hatte, stand nun an einem Scheideweg, und das Schicksal der Matriarchin hing prekär in der Schwebe, ihr Überleben war ungewiss. Der einst lebendige Bungalow, der jetzt in eine tiefe Stille versunken war, zeugte von einem tiefgreifenden Schicksalswandel, dessen Wände die kollektive Trauer einer zerbrochenen Familie und den unsicheren Weg, der vor uns lag, widerspiegelten.

Angesichts einer schlimmen Situation wird es für eine Person unerlässlich, die Gelassenheit zu wahren und sich den Umständen mit einer pragmatischen Denkweise zu nähern. Bei diesem Vorfall tauchte der leitende Direktor, Herr Shah, als erste Figur auf, die sich mit dem Ernst der Situation auseinandersetzte. Als er die düstere Prozession des Chauffeurwagens beobachtete, der das Seth-Paar vom Flughafen trug, übernahm Herr Shah schnell die Leitung der sich entfaltenden Ereignisse.

Nachdem er die Schwere der Situation erkannt hatte, leitete Herr Shah Mahadeo, einen wichtigen Mitarbeiter, taktvoll in einen abgelegenen Bereich für eine ernsthafte und nachdenkliche Diskussion ein. In diesem privaten Gespräch empfahl Herr Shah sofortiges Handeln und drängte auf die rasche Einberufung von Krishna, um die notwendigen Beerdigungsarrangements einzuleiten. Herr Shah spürte das Ausmaß des Verlustes und betonte, wie wichtig es sei, alle relevanten Verwandten und die Gesamtheit der Mitarbeiter des Unternehmens zu informieren und eine formelle Trauererklärung abzugeben, um den bedauerlichen Tod des geschätzten Unternehmensleiters zu würdigen.

Darüber hinaus betonte Herr Shah die Notwendigkeit, dem PR-Beauftragten des Unternehmens umfassende Anweisungen zu erteilen. Dies wurde als entscheidend für die effektive Verwaltung der externen Kommunikation angesehen, um sicherzustellen, dass die Nachricht vom Tod der obersten Führungskraft mit der erforderlichen Sensibilität und in einer Weise verbreitet wurde, die der Statur des Unternehmens entsprach. In Anerkennung der tiefgreifenden Auswirkungen einer solchen Ankündigung auf die Unternehmenslandschaft plädierte Herr Shah für eine sorgfältig ausgearbeitete Botschaft, die sowohl Trauer als auch eine Verpflichtung zur Ehrung des Vermächtnisses des verstorbenen Führers vermittelte.

Als sich der Ernst der Situation auf das Unternehmen niederschlug, begann Herr Shah mit seinem reichen Erfahrungsschatz und seiner Scharfsinnigkeit, eine Reihe gut durchdachter Aktionen zu inszenieren. Dazu gehörten nicht nur die unmittelbaren logistischen Herausforderungen, die mit Bestattungsarrangements verbunden sind, sondern auch die heikle Aufgabe, trauernde Familienmitglieder zu trösten und sich durch das komplizierte Netz der vom Verlust betroffenen Unternehmensbeziehungen zu bewegen.

Zusätzlich zu den internen Maßnahmen empfahl Herr Shah, sich an die wichtigsten Stakeholder in der Geschäftswelt zu wenden, um sie über das unglückliche Ereignis zu informieren. Seine Weitsicht erstreckte sich auf die Vorbereitung des Unternehmens auf die unvermeidliche Übergangsphase, die dem Weggang einer solchen Schlüsselfigur folgen würde. Herr Shah plante einen umfassenden Plan, der die Ernennung eines Interimsleiters umfasste und Kunden und Partnern das Engagement des Unternehmens für Kontinuität und Stabilität versicherte.

Inmitten der Trauer und des Schocks, die das Unternehmen durchdrangen, sorgte die entschlossene Führung von Herrn Shah für einen Anschein von Ordnung und Richtung. Seine Fähigkeit, geerdet zu bleiben und angesichts von Widrigkeiten zu denken, wurde zu einem Leuchtfeuer, dem andere folgen konnten. Als sich das Unternehmen auf die feierliche Reise begab, sich von seinem visionären Führer zu verabschieden, erwies sich die Anleitung von Herrn Shah als unverzichtbar, um das komplexe Terrain der Trauer, der Unternehmensverantwortung und der Zukunftsplanung zu bewältigen.

In der düsteren Zeit nach den verheerenden Nachrichten über den Tod von Gautam Seth, der Person, die mit der Verantwortung für die Überwachung des Unternehmens betraut war, kämpfte Mahadeo mit der Last der Trauer. Als Individuum an der Spitze der Organisation bemühte er sich, seine Emotionen einzudämmen, und erkannte die Notwendigkeit, inmitten der sich entfaltenden Tragödie einen Anschein von Gelassenheit aufrechtzuerhalten. In diesem ergreifenden Moment erkannte Mahadeo den Rat des leitenden Direktors, Herrn Shah, an und verinnerlichte ihn.

Als Reaktion auf die Dringlichkeit der Situation setzte Mahadeo die von Herrn Shah formulierten Richtlinien zügig um und zeigte eine bemerkenswerte Effizienz bei der Koordinierung der erforderlichen Vorkehrungen. Ein Gefühl der Unmittelbarkeit durchdrang die Luft und veranlasste Mahadeo, den Einsatz eines Krankenwagens zu beschleunigen, um Gautam Seths leblosen Körper zu transportieren. Gleichzeitig berief Herr Shah, der eine befehlende Präsenz zeigte, den Sicherheitsbeauftragten ein, um die zügige Umsetzung einer spezifischen Anweisung sicherzustellen.

Auf Anweisung von Herrn Shah wurde der Sicherheitsbeauftragte beauftragt, die Schaffung einer vorübergehenden Ruhestätte innerhalb der Grenzen des Bungalows zu orchestrieren. Dieser improvisierte Raum sollte mit sorgfältig angeordneten Eiszellen und einer Fülle von Blumen geschmückt werden, die die darunter liegende Plattform verbargen, die den Körper des verstorbenen Führers wiegen würde. Die Absicht war, einen würdigen und ästhetisch ansprechenden Rahmen für die vorläufige Ruhe von Gautam Seth zu schaffen, bis Krishna, dringend aus den Vereinigten Staaten vorgeladen, das nachfolgende Verfahren überwachen konnte.

Die gemeinsamen Bemühungen von Mahadeo und Herrn Shah waren maßgeblich daran beteiligt, die nahtlose Durchführung dieser Vereinbarungen zu erleichtern. Mahadeo zeigte trotz seiner Trauer unerschütterliche Entschlossenheit und organisatorischen Scharfsinn. Seine Rolle bei der Koordination der Organisation, der Führung des Personals und der Sicherstellung der zeitnahen Umsetzung der Richtlinien trug wesentlich zur Gesamteffizienz des Betriebs bei.

Die strategische Vision und das maßgebliche Kommando von Herrn Shah spielten dagegen eine entscheidende Rolle, um sicherzustellen, dass jedes Detail des Prozesses sorgfältig beachtet wurde. Seine Voraussicht, die Plattform mit Blumen zu verbergen, war nicht nur eine logistische Entscheidung, sondern eine Demonstration der Sensibilität und des Respekts für die Verstorbenen, in Anerkennung der tiefgreifenden Auswirkungen solcher Vereinbarungen auf den Trauerprozess für die Familie und das gesamte Unternehmen.

Während sich die Vorbereitungen entfalteten, umhüllte ein Gefühl der Feierlichkeit das Unternehmen, und der Bungalow wurde zu einem vorübergehenden Zufluchtsort, zu einem würdevollen Raum für den Abschied. Die sorgfältige Liebe zum Detail in den Arrangements zeugte von der Schwere des Anlasses und der Verpflichtung von Mahadeo und Herrn Shah, das Andenken an den verstorbenen Führer in einer Weise zu ehren, die seiner Statur entsprach.

In diesen schwierigen Momenten war die Synergie zwischen Mahadeos praktischer Ausführung und Mr. Shahs strategischer Führung ein Beweis für ihre Führungsfähigkeiten. Das Duo bewältigte in seinen konzertierten Bemühungen nicht nur die logistischen Herausforderungen mit Effizienz, sondern bot auch einen mitfühlenden und würdevollen Rahmen, um Abschied von einer verehrten Figur zu nehmen. Ihre gemeinsamen Bemühungen verdeutlichen die Widerstandsfähigkeit und Stärke, die erforderlich sind, um die komplizierten Nuancen der Unternehmensverantwortung inmitten des tiefgreifenden Verlustes, den das Unternehmen erlitten hat, zu bewältigen.

6. „Eine schicksalhafte Nacht und die Bande der Familie"

In einer schicksalhaften Nacht, die sich mit tiefer Trauer entfaltete, ereignete sich eine Kaskade von Ereignissen innerhalb der geschätzten Krishna-Unternehmensgruppe. Der ehrwürdige Deo Mahadeo hat zusammen mit einem anderen Regisseur als Reaktion auf eine unvorhergesehene Tragödie schnelle und entschlossene Maßnahmen ergriffen. Der Ernst der Situation wog schwer, als Gautam Seth, ein geschätztes Mitglied der Organisation, den unerbittlichen Händen des Schicksals erlag.

Nach den polizeilichen Verfahren und der Obduktion wurde der leblose Körper von Gautam Seth zärtlich seiner trauernden Familie übergeben. Deo Mahadeo und sein Kollege orchestrierten eine Reihe von beschleunigten Maßnahmen, um sicherzustellen, dass die anschließenden Verfahren mit größter Würde und Respekt durchgeführt wurden. Ein Hauch von düsterer Effizienz durchdrang die Atmosphäre, als die Familie unter der Leitung von Shakuntala Mami und ihrer Tochter Mohini mit der mitfühlenden Unterstützung der engagierten Mitarbeiter des Unternehmens zusammenarbeitete.

Schweren Herzens wurde ein dringender Anruf an Krishna, den Sohn des Verstorbenen, gerichtet, der sein Studium in Amerika fortsetzte. Die verheerende Nachricht wurde ihm übermittelt und erschütterte die Distanz, die ihn von seiner trauernden Familie trennte. Als Beweis für das Engagement des Unternehmens, das eigene Unternehmen zu unterstützen, arrangierte Shah Sir umgehend einen gecharterten Flug, der aus den Ressourcen des Unternehmens stammte und Krishnas schnelle Rückkehr nach Indien ermöglichte.

Als der leblose Körper von Gautam Seth in einem klimatisierten Krankenwagen in eine für diesen Anlass sorgfältig vorbereitete Halle transportiert wurde, war die Atmosphäre voller Trauer und dem spürbaren Gewicht des Verlustes. Jedes Detail wurde mit Präzision behandelt, passend zu einem ergreifenden Abschied, ein Beweis für das Engagement des Unternehmens für seine Mitarbeiter und ihre Familien in Zeiten immenser Trauer.

Während dieser tragischen Saga waren die Widerstandsfähigkeit und der Zusammenhalt der Krishna-Unternehmensgruppe offensichtlich, da alle Beteiligten eine entscheidende Rolle bei der Bewältigung der emotionalen Turbulenzen spielten, die einen so tiefgreifenden Verlust begleiteten. Die krasse Realität von Gautam Seths Abreise hing schwer in der Luft und hinterließ unauslöschliche Spuren in den Herzen derer, die das Privileg hatten, ihn zu kennen. Als sich das Unternehmen in dieser dunklen Stunde zusammentat, hallten die tiefgreifenden Auswirkungen des Verlustes nicht nur innerhalb der Organisation, sondern auch in der breiteren Gemeinschaft wider, die um den Abgang einer respektierten und geliebten Persönlichkeit trauerte.

Der folgende Tag begann mit einer beispiellosen Welle von Aktivitäten, die alle eng mit der Seth-Familie verband. Die herzzerreißende Nachricht von Gautam Seths Tod sorgte in den Medien für umfassende Berichterstattung und verstärkte die Trauer der Familie auf eine breitere Leinwand. Die Telefonleitungen innerhalb der Residenz klingelten unaufhörlich, und das gesamte Wohngebiet hallte mit der Anwesenheit von VIP-Besuchern, Medienvertretern und zahlreichen Ü-Wagen wider, die strategisch positioniert waren, um die Besuche von politischen Persönlichkeiten und Prominenten einzufangen. Die Luft war dicht mit einem Hauch von Aufregung und einem spürbaren Gefühl der Trauer.

Das unerbittliche Tempo dieses chaotischen Zeitplans hielt bis zum späten Abend an, als der Sohn Krishna in der von Trauer geplagten Residenz ankam. Seine Ankunft markierte einen ergreifenden Moment in der sich entfaltenden Saga, als die Atmosphäre von einem überwältigenden Gefühl der Trauer erfüllt war. Krishnas Gesicht trug das Gewicht eines tiefen Schocks und zerschmetterter Emotionen, seine Trauer überschritt die Grenzen der Vorstellungskraft. Die Luft war von einer düsteren Schwerkraft erfüllt, die die gesamte Umgebung zu umhüllen schien.

Im Vorfeld seiner Rückkehr gelang es Krishna, nur flüchtige Momente zu stehlen, um mit seiner geliebten Frau Elizabeth über das Mobiltelefon vom John F. Kennedy International Airport aus zu kommunizieren. Trotz ihres Beharrens darauf, ihn in dieser Zeit der Trauer zu begleiten, sprach Krishna ihr, um sie vor unmittelbarer Angst zu schützen, sein Beileid aus und versicherte ihr, dass er mit der gegenwärtigen Situation umgehen würde. Er übermittelte tapfer, dass sie sich ihm später anschließen könnte, wenn ihre Anwesenheit notwendig würde, und drängte sie, trotz ihrer physischen Distanz stark zu bleiben.

Als Krishna auf das Gelände seines Familienhauses trat, schien sich die kollektive Trauer zu intensivieren und eine Umgebung zu schaffen, in der die Zeit selbst stillzustehen schien. Die traurigen Echos des Beileids und der visuelle Wandteppich der Medienpräsenz entfalteten sich vor einer in Trauer gehüllten Residenz. In diesem ergreifenden Moment wurden Krishnas Belastbarkeit und Stärke auf die Probe gestellt, als er durch das Labyrinth der Trauer navigierte und versuchte, inmitten des Wirbelwinds von Beileidsbekundungen und Medienaufmerksamkeit Trost zu finden. Der vorzeitige Tod von Gautam Seth hatte nicht nur eine Lücke in der Familie hinterlassen, sondern auch einen Schatten auf die gesamte Gemeinschaft geworfen, die ihn kennen und respektieren gelernt hatte.

In den ruhigen Korridoren des Bungalows, der der Familie Seth gehörte, hing das Gewicht der Tragödie schwer in der Luft, als Krishna, der einzige Sohn, der von seinen Eltern verehrt wurde, mit dem plötzlichen und verheerenden Verlust seines Vaters zu kämpfen hatte. Die Nachricht von dem tödlichen Unfall hatte wie ein Blitz geschlagen und eine Leere hinterlassen, die unmöglich zu füllen schien. Die Lorbeeren, die für die Familie eine Quelle des Stolzes sein sollten, standen nun in krassem Gegensatz zu der überwältigenden Trauer, die sie umgab.

Krishna stand, sein Herz zerschmettert, vor dem leblosen Körper seines Vaters, die Realität der Situation versank mit jedem Augenblick. Der freudige Anlass, der sie nach Amerika gebracht hatte, verwandelte sich nun in eine unvorstellbare Tragödie. Der Raum hallte mit dem Klang von Krishnas untröstlichem Weinen wider, ein ergreifender Ausdruck des tiefen Schmerzes, den er beim Verlust eines geliebten Elternteils empfand.

Inmitten der gequälten Schreie näherten sich Mahadeo Mama und Shah Sir, die das Bedürfnis nach Trost erkannten, Krishna mit Einfühlungsvermögen und Verständnis. Ihre sanften Worte und ihre unterstützende Präsenz wurden zu einem Leuchtfeuer der Stärke im Meer der Trauer. Mit großen Schwierigkeiten gelang es ihnen, Krishna von der herzzerreißenden Szene wegzuführen und ihn in einen Empfangsraum zu führen, in dem das Gewicht der Trauer wie eine unerbittliche Kraft auf sie drückte.

Als Krishna versuchte, seinem verstorbenen Vater seinen Respekt zu erweisen, wurde sein Geist von Erinnerungen an die Momente überflutet, die sie geteilt hatten – eine Vielzahl von Emotionen, die von Liebe bis Trauer reichten. Die feierliche Atmosphäre des Raumes spiegelte die tiefgreifenden Auswirkungen des Verlustes auf Krishna wider, so dass er Schwierigkeiten hatte, Trost zu finden.

Trotz der unerträglichen Schmerzen winkte ein tiefes Pflichtgefühl und die Sorge um seine verletzte Mutter Krishna ins Krankenhaus. Die Reise zur Intensivstation (ICU) war von einer schweren Stille geprägt, die nur von den gedämpften Schluchzern unterbrochen wurde, die Krishnas Lippen entkamen. Die harte Realität des kritischen Zustands seiner Mutter fügte einer bereits herzzerreißenden Situation eine weitere Schicht von Angst hinzu.

Als Krishna die Intensivstation betrat, sah er seine tief verletzte Mutter regungslos liegen, verbunden mit Monitoren und Maschinen, die mit einem düsteren Rhythmus summten. Der Raum schien von der Intensität der Emotionen zu vibrieren – eine Mischung aus Angst, Trauer und einem überwältigenden Wunsch nach der Genesung seiner Mutter. Der Anblick ihres zerbrechlichen Zustands verstärkte nur Krishnas Angst, und er fand sich mit der Zerbrechlichkeit des Lebens und der harten Realität der Sterblichkeit konfrontiert.

Inmitten dieses emotionalen Sturms klammerte sich Krishna an die Hoffnung, dass seine Mutter durchziehen würde, die Kraft seiner Liebe diente als Leuchtfeuer des Lichts in der Dunkelheit, die ihn umgab. Die Formalitäten des Krankenhausumfelds traten in den Hintergrund, als sich die tiefgreifende menschliche Erfahrung von Verlust und Widerstandsfähigkeit entfaltete, so dass Krishna mit der

Unterstützung derer, die sich um ihn kümmerten, durch das komplexe Terrain der Trauer navigieren musste.

In den engen Grenzen der Intensivstation (ICU) sah sich Krishna einem Anblick gegenüber, den er nie ergründet hatte – seiner geliebten Mutter, einer Säule der Stärke, die jetzt in einem schrecklichen Zustand liegt. Die Schwere der Situation lastete schwer auf ihm und machte ihn von einer tiefen Traurigkeit überwältigt, die in den Kern seines Wesens zu sickern schien.

Als er am Bett seiner Mutter stand, die Luft voller düsterer Stille, strömten Tränen unvermindert über Krishnas Gesicht. Die Angst, die er empfand, war spürbar, aber er war nicht in der Lage, die Tiefe seiner Gefühle zu artikulieren. Der emotionale Aufruhr in ihm schuf eine stille Symphonie der Trauer, die in der gedämpften Atmosphäre der Intensivstation nachhallte.

Ein Gefühl der Hilflosigkeit ergriff Krishna, als er sich danach sehnte, seiner kranken Mutter Worte des Trostes und der Zuneigung zu übermitteln. Die Unfähigkeit, den Strom der Emotionen auszudrücken, die in ihm wirbelten, verstärkte den Schmerz in seinem Herzen. Die Verletzlichkeit des Augenblicks lag offen, als Krishna sich mit der tiefen Stille auseinandersetzte, die ihn umhüllte, ein ergreifender Kontrast zu den Piepmaschinen und gedämpften Gesprächen des medizinischen Personals.

In diesem ergreifenden Tableau begleiteten ein leitender Arzt und sein Mitarbeiter, die Wächter der Hoffnung und Heilung, Krishna durch die quälende Reise. Das Gewicht ihrer Anwesenheit bot einen Anschein von Unterstützung, doch die Tiefe von Krishnas Trauer schien unüberwindbar. Der Zusammenfluss von Jugend und Tragödie zeichnete ein ergreifendes Bild – ein Sohn, der am Abgrund des Verlustes stand und Trost in den sterilen Grenzen der medizinischen Einrichtung suchte.

Trotz Krishnas Bemühungen, Gelassenheit zu bewahren, wurde die stille Symphonie der Trauer, die in ihm spielte, durch ein unerwartetes Eindringen unterbrochen. Sein Handy, das pflichtbewusst gemäß den Anweisungen des Krankenhauses in den lautlosen Modus versetzt wurde, begann in seiner Tasche zu vibrieren. In einer kurzen Pause von der überwältigenden emotionalen Flut zog Krishna sein Telefon zurück und warf einen Blick auf die Anrufer-ID. Es war Elizabeth, seine Frau aus Amerika, ein Leuchtfeuer der Unterstützung und Verbindung inmitten seines Herzschmerzes.

Krishna verspürte das Bedürfnis nach einer kurzen Pause, entschuldigte sich und suchte den Trost eines privateren Raums. In Begleitung des leitenden Arztes trat er aus der Intensivstation und hinterließ das sterile, klinische Ambiente für einen Moment der emotionalen Zuflucht. Das sich entfaltende Drama von Leben und Verlust setzte sich innerhalb der Grenzen des Krankenhauses fort, während Krishna schweren Herzens dem Ruf aus einem fernen Land folgte und eine momentane Flucht vor den überwältigenden Emotionen suchte, die ihn zu verschlingen drohten.

Im Gefolge der tragischen Umstände, die Krishna befallen hatten, zeigte sich die emotionale Belastung in seinen Versuchen, eine komponierte Fassade aufrechtzuerhalten, während er mit seiner Frau Elizabeth sprach, die liebevoll als Liz bekannt ist. Liz, eine Frau von bemerkenswerter Sensibilität und Intellekt, spürte scharf die unsicheren Untertöne in Krishnas Stimme und enthüllte die Tiefe seines emotionalen Aufruhrs.

Krishnas Bemühungen, einen ausgewogenen Ton zu vermitteln, schwankten, als ein unkontrollierbares Zittern das wahre Ausmaß seiner Trauer verriet. Liz reagierte mit einem gelassenen Auftreten und einem tiefen Verständnis für den Schmerz ihres Mannes mit stabilen Gefühlen. Als sie den Ernst der Situation spürte, ging sie vorsichtig auf das Thema ein, nach Indien zu reisen, um während der Trauerfeier für seinen Vater an Krishnas Seite zu stehen.

Während des kürzlichen kurzen Aufenthalts von Gautam und Shantai in Amerika hatte Liz eine starke Bindung zu ihnen aufgebaut und eine Fülle von Zuneigung und Liebe erfahren. Die sentimentale Bindung, die sie mit Krishnas Eltern hatte, fügte ihrem Wunsch, in dieser herausfordernden Zeit anwesend zu sein, eine weitere Ebene des Einfühlungsvermögens hinzu.

Trotz Krishnas anfänglicher Zurückhaltung, getrieben von der Sorge um Liz 'Wohlbefinden, als sie sich durch den heiklen Zustand der Schwangerschaft navigierte, präsentierte Liz geschickt ihren Fall. Mit einem herzlichen Appell bat sie Krishnas Erlaubnis, sich ihm in Indien anzuschließen, und betonte, wie wichtig es sei, während des Begräbnisverfahrens Unterstützung anzubieten. Liz erkannte die Dringlichkeit der Situation an und äußerte den Wunsch, Krishnas Vater Respekt zu zollen und zumindest seine kranke Mutter zu besuchen.

Die Verhandlungen zwischen dem Paar entfalteten sich mit einem zarten Tanz der Liebe und Praktikabilität. Liz, die sich des emotionalen Tributs bewusst war, den der Verlust auf Krishna genommen hatte, versuchte, die physische Distanz zu überbrücken und in dieser schwierigen Zeit eine Säule der Stärke zu sein. Letztendlich gab Krishna mit einer Mischung aus Widerwillen und Verständnis Liz 'herzlicher Bitte nach und erteilte ihr die Erlaubnis, die Reise nach Indien zu unternehmen, trotz der Herausforderungen, die ihre Schwangerschaft mit sich brachte.

Als die Pläne für Liz 'Ankunft in Gang gesetzt wurden, zeichnete sich die Schwere der bevorstehenden Beerdigung ab. Der komplexe Wandteppich der Emotionen, der in die Erzählung eingewoben war – von Trauer und Verlust bis hin zu Liebe und Entschlossenheit – fügte der sich entfaltenden Geschichte einer Familie, die sich mit den unerwarteten Wendungen des Lebens auseinandersetzte, eine Tiefe hinzu.

In den ruhigen Ecken des weitläufigen Wohnbungalows entfaltete sich ein heimliches Drama, das von Shakuntala Mami und ihrer Tochter Mohini inszeniert wurde. Die ältere Frau, Shakuntala, übernahm die Rolle eines Puppenspielers und riet ihrer Tochter mit Nachdruck, die Gelegenheit zu nutzen, das Herz ihres Neffen Krishna zu erobern. Ohne dass sie es wussten, stand Krishna vor der tiefen Trauer, seinen Vater zu verlieren und sich mit der bevorstehenden Verantwortung als alleiniger Erbe des ausgedehnten Seth-Königreichs auseinanderzusetzen, das treffend Krishna Group of Companies genannt wurde und das die großen Städte in Indien beherrschte.

Shakuntala Mami übermittelte Mohini mit einem überzeugenden Ton die Größe, die sie als potenzielle Maharani und süße Prinzessin dieses hübschen Sprosses des Seth-Imperiums erwartete. Die aufwendige Erzählung von Shakuntala zeichnete das Bild einer zufälligen

Vereinigung, die nicht nur Krishnas Zuneigung, sondern auch einen prestigeträchtigen Platz innerhalb des riesigen Geschäftsvermächtnisses sichern würde.

Shakuntala und Mohini und in der Tat jeder andere in Indien außer dem schwer kranken und bewusstlosen Shantai kannten die entscheidenden Details, die den Verlauf dieses sich entfaltenden Dramas verändern würden. Krishna war in der Tat bereits verheiratet und erwartete die Ankunft seines ersten Kindes. Die Wahrheit blieb in Geheimhaltung gehüllt und stellte eine faszinierende Wendung der Erzählung dar.

Mohini, die zwischen ihrer Loyalität zu den Bestrebungen ihrer Familie und ihren Wünschen in Konflikt stand, hegte eine langjährige Liebe zu ihrer College-Liebe. Ihr Herz passte nicht zu dem von ihrer Mutter dargelegten machiavellistischen Plan. Darüber hinaus betrachtete Mohini Krishna nicht als potenziellen Liebhaber, sondern als Cousin und Bruder, was die Dynamik der Situation verkomplizierte.

Die drohende Kollision zwischen dem orchestrierten Design von Shakuntala Mami und den echten Gefühlen von Mohini versprach eine turbulente Entfaltung des Schicksals. Die unsichtbaren Kräfte der Liebe, Loyalität und familiären Erwartungen standen kurz davor, aufeinander zu prallen und einen komplexen Wandteppich von Emotionen zu schaffen, der die Zukunft derer prägen würde, die in diesem Beziehungsgeflecht verstrickt sind. Als das Drama des Schicksals seine komplizierten Muster weiter webte, waren die Charaktere einer unvorhersehbaren Handlung ausgeliefert und ließen das Publikum des Schicksals über die Wendungen nachdenken, die auf dem bevorstehenden Weg erwarteten.

Widerwillig verabschiedete sich Krishna aus dem Krankenhaus und verstand, dass ihn zahlreiche Vorkehrungen in seiner Wohnung erwarteten. Der bevorstehende Zustrom von VIPs, Industriemagnaten, Vorstandsmitgliedern, leitenden Angestellten und sogar einigen Ministern, von denen erwartet wurde, dass sie dem verstorbenen Gautam Seth ihren Respekt zollen, erforderte Krishnas Anwesenheit zu Hause. Der leitende Direktor, Shah Sir, unterhielt eine ständige Kommunikation mit Mahadeo Mama und Krishna und betonte die Bedeutung von Krishnas Rolle bei der Aufnahme der ausgezeichneten Besucher.

Trotz des hartnäckigen Jetlags hielt sich Krishna stoisch an das strenge Protokoll, das von der feierlichen Gelegenheit diktiert wurde. Er war sich der Notwendigkeit bewusst, persönliche Gefühle zum Wohle der Zukunft seiner Branche beiseite zu legen, und fuhr mit den anstehenden Verantwortlichkeiten fort. Das überwältigende Pflichtgefühl lastete schwer auf ihm, und obwohl er sich nach einer kurzen Ruhepause und dem Trost seiner geliebten Frau sehnte, ließen die drängenden Anforderungen der Situation beides nicht zu.

Als Krishna aus dem Krankenhaus zurückkehrte, wurde er von einem unerwarteten Anblick begrüßt – Shakuntala Mami und ihre charmante Tochter Mohini erwarteten ihn zu Hause. Auf der Veranda des Bungalows standen sie bereit, ihn zu empfangen, als er aus dem von einem Chauffeur angetriebenen BMW stieg. Die Überraschung über ihre Anwesenheit fügte Krishnas bereits belastetem Gemütszustand eine Schicht von Komplexität hinzu.

Während der Trauer entfaltete sich das Tableau mit Shakuntala Mami und Mohini, die bereit waren, sich mit Krishna zu beschäftigen, ihre Motive versteckten sich unter einem Äußeren vorgetäuschter Besorgnis. Die Luft war voller unausgesprochener Erwartungen, als Krishna durch das empfindliche Gleichgewicht zwischen Anstand und seinen emotionalen Turbulenzen navigierte. Die Formalität des Anlasses kollidierte mit den zugrunde liegenden Spannungen und schuf eine Atmosphäre voller Vorfreude und Unsicherheit.

Als das Trio auf der Veranda des Bungalows zusammenkam, deutete die unausgesprochene Dynamik ihrer Beziehungen auf ein bevorstehendes Kapitel in dieser sich entfaltenden Saga hin. Die Pflichten, die Krishna innerhalb der Grenzen seines Zuhauses erwarteten, gingen über bloße zeremonielle Formalitäten hinaus, da er sich in einem komplexen Netz familiärer Erwartungen, gesellschaftlicher Normen und der persönlichen Trauer verstrickt fand, die ihn zu überwältigen drohte. Die Bühne war für einen zarten Tanz zwischen Pflicht und Verlangen bereitet, als Krishna sich den Herausforderungen stellte, die nach dem Tod seines Vaters vor ihm lagen.

In der feierlichen Atmosphäre, die den Raum umhüllte, trat Shakuntala, geschmückt mit dem Gewicht der unerwarteten Nachrichten, mit ihrer Tochter Mohini im Schlepptau vor. Sie hielt Mohinis Hand sanft und wandte sich mit einer Stimme, die eine Mischung aus Verletzlichkeit und Stärke trug, an Krishna. Mit einer Zärtlichkeit, die nur eine enge familiäre Bindung hervorrufen konnte, nannte sie ihn mit dem liebevollen Spitznamen seiner Kindheit „Baba". Shakuntala erkannte den Ernst der Situation, die ihre Familie befallen hatte, und verglich sie mit dem Aufprall einer fallenden Axt. Trotz der Schwere des Augenblicks flehte sie Krishna an, der Welt mutig entgegenzutreten.

In ihrer komponierten, aber emotional aufgeladenen Rede schlug Shakuntala Krishna und Mohini eine Atempause in der Privatsphäre ihres gemeinsamen Schlafzimmers vor. Sie stellte sich diesen vorübergehenden Rückzug als Gelegenheit für sie vor, ihre Gedanken zu sammeln und vielleicht für Mohini, sich um bestimmte wesentliche Angelegenheiten zu kümmern, die sie belasteten. Shakuntalas Widerstandskraft strahlte durch ihre Worte, als sie die Unumkehrbarkeit des Geschehens anerkannte und gleichzeitig betonte, wie wichtig es ist, sich mutig den bevorstehenden Herausforderungen zu stellen.

Allerdings lehnte Krishna, mit einem Pflichtgefühl, das in seinem Charakter verwurzelt war, respektvoll den gut gemeinten Vorschlag seiner Tante ab. Trotz der unbestreitbaren emotionalen Belastung der Situation hielt er seine Anwesenheit in der Halle in diesem Moment für entscheidender. Sein Fokus lag auf der Erfüllung der Rolle, die ihm die Umstände aufgezwungen hatten. Während Krishna sich für die gezeigte Besorgnis bedankte, betonte er, dass es für ihn und Mohini genügend Zeit geben würde, sich wieder zu verbinden und ihre Gedanken zu teilen.

Die Dynamik zwischen Krishna und Mohini entfaltete sich vor dem Hintergrund einer gemeinsamen Geschichte, die bis in ihre Kindheit zurückreicht. Trotz der langen Zeit der Trennung waren die Vertrautheit und der Komfort zwischen ihnen offensichtlich. Krishna erkannte die Bedeutung ihrer Wiedervereinigung an und versicherte Shakuntala, dass er und Mohini zu gegebener Zeit sinnvolle Gespräche führen würden. Mohini wiederum bestätigte ihre Zustimmung zu Krishnas Entscheidung und drückte ihre Bereitschaft zu Gesprächen aus, wenn das Timing günstiger war.

Als sich die Familie mit den Folgen eines unvorhergesehenen Ereignisses auseinandersetzte, wurden die Bande der Verwandtschaft, der Belastbarkeit und des Pflichtgefühls in das Gewebe ihrer Interaktionen eingewoben. Die Luft im Raum war voller unausgesprochener Emotionen, doch inmitten der Unruhen herrschte ein gemeinsames Verständnis, dass die bevorstehenden Herausforderungen eine kollektive und standhafte Herangehensweise erforderten. Die Erzählung entfaltete sich als Beweis für die Stärke familiärer Verbindungen und den Mut, die unerforschten Gewässer der unerwarteten Wendungen des Lebens zu durchqueren.

Als die Nacht hereinbrach und die Flut der Gratulanten zurückging, fand Krishna endlich einen Moment, um sich in sein Schlafzimmer zurückzuziehen. Die Erschöpfung durch die Ereignisse des Tages verzehrte ihn jedoch, und er erlag einem unruhigen Schlaf, ohne seine Kleidung zu wechseln. Der neue Tag begann damit, dass Mahadeo Mama, eine vertrauenswürdige Persönlichkeit, Krishna persönlich weckte und ihn an die bevorstehenden Beerdigungsarrangements erinnerte. Der Tag begann mit einer sorgfältig organisierten Beerdigung, die von Shah Sir und seinen Mitarbeitern gemäß den kulturellen Normen und familiären Traditionen beaufsichtigt wurde.

Die Bestattungsprozedur erstreckte sich bis weit in den Nachmittag hinein und ließ Krishna körperlich und emotional ausgelaugt zurück. Die Schwere der Ereignisse des Tages, kombiniert mit der Abwesenheit seines Vaters, verstärkte seine Sehnsucht nach Trost und Kameradschaft. Als er nach Hause zurückkehrte, wurde die Sehnsucht nach der tröstlichen Gegenwart seines Lebenspartners und der mütterlichen Liebe seiner Mutter immer spürbarer. Die Leere, die die Abreise seines Vaters hinterlassen hatte, verstärkte Krishnas Bedürfnis nach familiärer Unterstützung und Zuneigung.

In den stillen Momenten, die folgten, dachte Krishna über die tiefgreifenden Auswirkungen der Ereignisse des Tages nach. Die Abwesenheit seines Vaters war nicht nur ein greifbarer Verlust, sondern auch ein Katalysator für eine Verschiebung der

Familiendynamik. Die Erkenntnis, dass er nun die Stütze für seine Mutter und die Familie war, dämmerte ihm mit ernüchterndem Gewicht. Als Krishna Trost in der Umarmung seines Zuhauses suchte, hatte die Reise zur Heilung und Anpassung gerade erst begonnen.

Als Krishna sich in die stillen Grenzen seiner Gedanken zurückzog, fand er sich in einem Wandteppich von geliebten Erinnerungen aus seiner Kindheit wieder. Die Korridore der Erinnerung führten ihn durch die wertvollen Momente, die er mit seinen Eltern verbrachte - erfüllt von der Wärme familiärer Bindungen und den freudigen Anlässen, die ihre gemeinsamen Erfahrungen kennzeichneten. Diese Reminiszenzen entfalteten sich wie eine Reihe von Vignetten, die die Essenz von Inlandsreisen zu Pilgerorten und historischen Sehenswürdigkeiten einfangen und die Erzählung einer Familie erzählen, die von Liebe und Tradition gebunden ist. Auf der Leinwand seines Geistes konnte er sich lebhaft an das Lachen, die gemeinsamen Geschichten und die kollektiven Erfahrungen erinnern, die seine familiären Beziehungen definierten.

Eingebettet in diese Erinnerungen war die häufige Anwesenheit von Mohini, einem Kindheitsfreund, dessen Gesellschaft mit dem Gewebe von Krishnas Erziehung verflochten war. Bei vielen Gelegenheiten hatte sie sich der Familie auf ihren Ausflügen angeschlossen und ihren Abenteuern eine zusätzliche Schicht Kameradschaft hinzugefügt. Das gemeinsame Lachen und die gemeinsamen Erfahrungen schufen einen Wandteppich aus miteinander verbundenen Leben, in dem die Bindungen zwischen Freunden und Familie nahtlos ineinander übergingen.

Als das Gewicht der Gegenwart auf ihn drückte, sehnte sich Krishna, immer noch in den Kokon der Erinnerungen gehüllt, nach der tröstlichen Gegenwart Mohinis. Der Impuls, sich wieder mit einem lieben Freund zu verbinden, die Last der sich entfaltenden Umstände zu teilen, zerrte an ihm.

Trotz des Wunsches, Mohini zu erreichen, erkannte Krishna, wie wichtig es ist, sich um das Wohlergehen seiner Mutter zu kümmern. Die Verantwortung, in ihrer Zeit der Not eine Quelle der Unterstützung und des Trostes zu sein, hatte Vorrang vor persönlichen Sehnsüchten. Als er aus der Einsamkeit seiner Gedanken auftauchte, beschloss Krishna, den Rest des Tages mit seiner Mutter zu verbringen und bot den Trost, den nur die Anwesenheit eines Sohnes bieten konnte.

Im praktischen Bereich übermittelte Krishna seine Absichten Mahadeo Mama, einer vertrauenswürdigen Vertrauten und Unterstützerin in der familiären Landschaft. Die Entscheidung, persönliche Wünsche zugunsten der familiären Pflicht beiseite zu legen, spiegelte die Reife und das Verantwortungsbewusstsein wider, die Krishna verkörperte. Er ging ins Krankenhaus, die Dringlichkeit der Situation trieb ihn auf einen Weg, der durch kindliche Verpflichtungen bestimmt war.

Während Krishna durch die Korridore des Krankenhauses navigierte, trug er nicht nur das Gewicht der gegenwärtigen misslichen Lage mit sich, sondern auch das Reservoir gemeinsamer Erinnerungen, das den Wandteppich seiner familiären Bindungen definierte. Die Reise durch den Tag wurde zu einem empfindlichen Gleichgewicht zwischen Vergangenheit und Gegenwart, zwischen persönlichen Wünschen und familiären Verantwortlichkeiten, als Krishna sich auf die ergreifende Erforschung der komplizierten Fäden begab, die das Gewebe seines Lebens miteinander verwoben.

7. „Whispers Over High Tea: Bonds Unveiled"

In der ruhigen Umarmung des späten Abends kehrte Krishna mit einem von den Sorgen des Tages beladenen Herzen aus dem Krankenhaus nach Hause zurück. Die vorangegangenen Stunden waren der aufmerksamen Betreuung seiner geliebten Mutter Shantai gewidmet, die sich im Krankenhaus ausruhte. Die Korridore der medizinischen Einrichtung hatten Krishnas unerschütterliche Hingabe erlebt, und als er das Heiligtum seines Hauses betrat, trug er die Echos seiner familiären Verantwortung mit sich.

Krishna sehnte sich nach einem Moment der Ruhe und machte sich schnell frisch, um die Sorgen des Tages loszuwerden. Ein vorbestimmter Plan verharrte in den Tiefen seines Geistes und veranlasste ihn, sich an seine Tante Shakuntala zu wenden. Die Resonanz seiner Stimme vermittelte eine Bitte um die Gesellschaft ihrer Tochter Mohini für ein gemeinsames Intermezzo bei High Tea. Shakuntala Mami, berührt von der Wärme von Krishnas Geste, empfing die Einladung mit herzlicher Freude und erkannte die Bedeutung, die unter der Oberfläche lag.

Ohne Verzögerung übermittelte sie Krishnas Bitte an ihre liebe Tochter Mohini. Die unerwartete Einladung erregte eine sanfte Überraschung bei Mohini, die in ihren Vorbereitungen für den Abend einen unausgesprochenen Zweck hinter Krishnas Anruf spürte. Trotz des Elements der Neugier nahm Mohini die Einladung mit echtem Glück an, da er sich bewusst war, dass Krishnas Absichten in einer tieferen Verbindung und einem tieferen Verständnis wurzelten.

Als Mohini sich auf das Treffen vorbereitete, näherte sie sich dem Anlass mit einer Mischung aus Eifer und Neugier. Die sorgfältige Vorbereitung spiegelte ihre Vorfreude wider und erkannte an, dass dieses Rendezvous eine besondere Bedeutung in Krishnas Herzen hatte. Die Luft war von einem unausgesprochenen Verständnis erfüllt, und als sie sich auf den Weg machte, um mit Krishna High Tea zu teilen, trug Mohini ein Gefühl der Empfänglichkeit mit sich, bereit, die Schichten der Verbindung zu entwirren, die sie miteinander verbanden.

Krishnas Gesicht leuchtete mit echter Wärme auf, als er Mohini in seinem Zimmer begrüßte, wobei seine Geste mit von Herzen kommender Aufrichtigkeit mitschwang. Das effiziente Haushaltspersonal, das auf Krishnas Wünsche eingestellt war, erhielt schnell den Befehl, sich auf ein kleines, aber bedeutendes Treffen vorzubereiten. Im Trubel der Küche wurden Vorbereitungen in Gang gesetzt, mit heißem Tee und köstlichen Snacks, die im äußeren Empfangsraum serviert wurden. Die Bühne wurde akribisch für einen intimen Austausch zwischen Krishna und Mohini vorbereitet.

Mit der Präzision, die einem gut geführten Haushalt zusteht, entstand eine ausgezeichnete Anordnung im Empfangsraum, als die schöne Mohini hereinkam. Das Ambiente strahlte ein Gefühl der Ruhe aus, so dass die beiden jungen Seelen den Raum hatten, sich mit wichtigen Dingen zu beschäftigen. Shakuntalas durchdachte Planung hatte eine Umgebung geschaffen, in der Privatsphäre und Komfort an erster Stelle standen.

Die subtile Orchestrierung des Treffens entfaltete sich nahtlos und gab Krishna und Mohini die Möglichkeit, in einen Dialog einzutreten, der in die Intimität des Raums gehüllt war. Als sich das Haushaltspersonal diskret zurückzog, verlagerte sich die Luft im Raum und förderte eine Atmosphäre, die herzlichen Gesprächen förderlich war. Das sanfte Klirren von Teetassen und das Aroma von frisch gebrühtem Tee umhüllten den Raum und bildeten die Bühne für den sich entfaltenden Diskurs.

In der Stille des Empfangsraums begann der Austausch mit Mohinis weichem Beileid, ihre Worte trugen einen Hauch von Empathie für Krishnas jüngste Bemühungen. Als Reaktion darauf initiierte Krishna mit einer freundlichen und sanften Stimme das Gespräch, wobei seine Gedanken sorgfältig artikuliert wurden. Die Luft zwischen ihnen summte von einem gemeinsamen Verständnis, als sich die Diskussion in den gedämpften Tönen zweier Personen entfaltete, die durch eine Verbindung verbunden waren, die über bloße familiäre Bindungen hinausging.

Der Austausch verebbte und floss, geleitet vom Strom ihrer gemeinsamen Geschichte und den unausgesprochenen Nuancen, die ihre Beziehung charakterisierten. Krishna vermittelte mit maßvollen Worten und aufrichtiger Aufrichtigkeit das Wesen seiner Gedanken und lud Mohini ein, an der sich entfaltenden Erzählung teilzunehmen. Der zarte Tanz des Gesprächs ging weiter, jedes Wort und jede Geste trugen zur allmählichen Offenbarung des Zwecks bei, der sie bei dieser Gelegenheit zusammengezogen hatte.

Als die Minuten verstrichen, hallte die Resonanz ihres Diskurses durch den Raum, ein Beweis für die Tiefe ihrer Verbindung. Das mit Sorgfalt und Absicht inszenierte Treffen entwickelte sich zu einem ergreifenden Austausch und legte den Grundstein für Verständnis und gegenseitige Unterstützung. Im Kokon des Empfangsraums navigierten Krishna und Mohini durch die Feinheiten ihrer gemeinsamen Reise, die von einem Wandteppich aus Fäden der Liebe, des Einfühlungsvermögens und des unausgesprochenen Verständnisses, das nur enge Beziehungen besitzen, gebunden war.

In einem sorgfältig inszenierten Moment der Transparenz entschied sich Krishna, Mohini, seinem Kindheitsfreund und Vertrauten, die Feinheiten seines Lebens zu offenbaren. Mit einem bewussten und leisen Auftreten begann er, die tiefen Gefühle und die einzigartige Verbindung zu Elizabeth, seiner Klassenkameradin, während ihres Masterstudiums in Amerika, zu teilen. Die Intimität seiner Offenbarungen zeugte von dem Vertrauen, das er in Mohini, seine schwesterliche Gestalt, setzte.

Während Krishna die Kapitel seines Lebens entfaltete, hörte Mohini aufmerksam zu und nahm die Details seiner Liebesgeschichte mit Elizabeth in sich auf. Die Luft hielt eine zarte Mischung aus Überraschung und Bewunderung bereit, als Krishna offen über ihre geheime Ehe sprach, eine Verbindung, die den Segen seiner Eltern erhalten hatte. Die Nachricht von einer bevorstehenden Familienergänzung bereicherte die Erzählung weiter und zeichnete ein Bild freudiger Erwartungen.

Trotz des Schocks der unerwarteten Enthüllungen schätzte Mohini, ein Zeugnis ihrer aufrichtigen Zuneigung zu Krishna, die

Aufrichtigkeit und Zuversicht, mit der er die intimen Details seines Lebens teilte. Ihre Bewunderung für seine Fähigkeit, eine brüderliche Beziehung von solcher Tiefe und eine intime Freundschaft mit Würde und Stolz aufrechtzuerhalten, hallte in ihren Augen wider.

Mit einem warmen und beglückwünschenden Ton drückte Mohini ihr aufrichtiges Glück für Krishna und Elizabeth aus und erkannte die Bedeutung der Nachricht an. Ihre Aufrichtigkeit nahm jedoch eine ergreifende Wendung, als sie ihre Besorgnis über die mögliche Reaktion ihrer Mutter auf diese unerwartete Entwicklung zum Ausdruck brachte. Mohini spürte, dass ihre Mutter die Nachricht aufgrund vorgefasster Pläne für Krishnas Ehe nicht bereitwillig annehmen würde, und navigierte durch das empfindliche Terrain der Emotionen und wählte ihre Worte mit Sorgfalt.

In einer Demonstration von Verständnis und Einfühlungsvermögen bat Mohini Krishna, bei der Offenlegung der Beziehung zwischen ihm und Elizabeth vorerst Diskretion zu üben. Sie übermittelte ihren Eifer, Elizabeth als Schwägerin willkommen zu heißen, während sie die Art ihrer Beziehung diskret hielt und ihrer Mutter Zeit gab, die Nachrichten zu verarbeiten. Mohinis aufrichtige Sorge um die Gefühle ihrer Mutter unterstrich die Tiefe ihrer familiären Verbindung.

Mohini respektierte das Timing und die Emotionen im Spiel und deutete an, ihre Geheimnisse zu teilen, entschied sich aber weise dafür, die Offenbarung auf einen günstigeren Moment zu verschieben. Das Versprechen zukünftiger Gespräche hatte ein Gefühl der Vorfreude, das es den beiden Freunden ermöglichte, sich in den Feinheiten ihres Lebens in einem Tempo zurechtzufinden, das der Sensibilität der sich entfaltenden Umstände gerecht wurde.

Als sich das Gespräch entfaltete, hallten Mohinis Worte mit einer Mischung aus Wärme, Verständnis und einem unerschütterlichen Engagement für ihre Bindung wider. Die Luft zwischen ihnen blieb von einem Gefühl der gemeinsamen Geschichte erfüllt, und in der Umarmung dieses Moments fanden sich Krishna und Mohini in den Komplexitäten des Lebens, der Liebe und des zarten Tanzes familiärer Beziehungen wieder.

Krishna, bekannt für seine Intelligenz und seine geschickten Entscheidungsfähigkeiten, nahm Mohinis weisen Vorschlag schnell mit einem Gefühl der Dankbarkeit an. Er verpflichtete sich, während seines Aufenthalts in Indien Diskretion über seine Beziehung zu Elizabeth zu bewahren und versicherte Mohini, dass er auch seine Frau bitten würde, die Vertraulichkeit zu wahren. Das Gewicht dieses Versprechens lag in der Luft, ein Beweis für das Vertrauen und Verständnis, das ihr Gespräch durchdrang.

Im Laufe des Gesprächs ging Krishna vorsichtig auf das Thema seiner bevorstehenden Abreise mit Elizabeth ein und verwies auf die unvermeidlichen Verpflichtungen, die mit ihrem Besuch an der Universität im Ausland verbunden waren. Trotz der Dringlichkeit, die seine Worte unterstrichen, drängte er Mohini ernsthaft, seiner Mutter Shantai während seiner Abwesenheit ihre Fürsorge und Unterstützung zukommen zu lassen. Die Verantwortung für das Wohlergehen seiner Mutter war eine Geste des Vertrauens, die Krishna bereitwillig auf Mohinis Schultern legte.

Als Krishna die neuesten Informationen über Shantais Gesundheit teilte, vermittelte er einen Hoffnungsschimmer, der von der Beruhigung der leitenden Ärzte im Krankenhaus ausging. Die allmähliche Verbesserung von Shantais Zustand war eine Quelle des Trostes und ebnete den Weg für die Möglichkeit ihres Umzugs in eine komfortablere Umgebung. Mit Pflichtbewusstsein und familiärer Hingabe drückte Krishna sein Vertrauen in Mohinis Fähigkeit aus, die Verantwortung für die Pflege seiner Mutter in dieser entscheidenden Zeit zu übernehmen.

Die Schwere der Situation lag in der Luft, als Krishna die wesentlichen Details vermittelte und das empfindliche Gleichgewicht zwischen familiären Verantwortlichkeiten und den Erfordernissen seines persönlichen Lebens offenbarte. Die Schichten des Vertrauens und des Verständnisses zwischen Krishna und Mohini wurden immer offensichtlicher und zeigten die Stärke ihrer Bindung bei der Bewältigung der Feinheiten der Herausforderungen des Lebens.

Als Krishna die Dynamik seiner bevorstehenden Reise mit Elizabeth artikulierte, unterstrich eine subtile Dringlichkeit seine Worte. Die sich abzeichnende Notwendigkeit ihrer Abreise für akademische Engagements im Ausland fügte dem Gespräch ein Gefühl von Schärfe hinzu. Die bevorstehende Trennung wurde jedoch durch Krishnas unerschütterliches Vertrauen in Mohini gemildert, was ihre Rolle als Stütze in seiner Abwesenheit festigte.

In Anerkennung von Mohinis zentraler Rolle drückte Krishna seine Dankbarkeit für ihre Bereitschaft aus, die Verantwortung für die Pflege von Shantai zu übernehmen. Das unausgesprochene Verständnis zwischen ihnen spiegelte ein gemeinsames Engagement für die Familie wider und verkörperte die Essenz ihrer dauerhaften Freundschaft und die Tiefen des Vertrauens, die im Laufe der Jahre entstanden waren.

Die Luft im Raum trug das Gewicht der bevorstehenden Übergänge, doch unter der Oberfläche wurde ein Teppich aus familiären Bindungen, Verantwortung und gegenseitiger Unterstützung gewebt. Als Krishna sich darauf vorbereitete, das nächste Kapitel seines Lebens mit Elizabeth zu beginnen, verließ er mit der Gewissheit, dass Mohini als Leuchtfeuer der Stärke stehen würde, um das Wohlergehen seiner Mutter zu schützen und das empfindliche Gleichgewicht zwischen Pflicht und persönlichen Bestrebungen aufrechtzuerhalten. Der Verlauf ihres Lebens, wenn auch vorübergehend divergierend, blieb durch die Fäden der Verwandtschaft und des unerschütterlichen Vertrauens miteinander verflochten.

Das High Tea Treffen zwischen Krishna und Mohini, zwei alten und intimen Freunden, endete mit einer Note der Zufriedenheit und hinterließ ein schwingendes Gefühl der Kameradschaft und des gemeinsamen Verständnisses. Als sie sich verabschiedeten, lag ein greifbares Glück in der Luft, ein Beweis für die Tiefe ihrer Verbindung und die Wärme, die während ihres Gesprächs ausgetauscht wurde. Das Echo ihres Lachens und der gemeinsamen Erinnerungen schuf eine Atmosphäre der Nostalgie und unterstrich die dauerhafte Natur ihrer Freundschaft.

Nach dem Treffen standen sowohl Krishna als auch Mohini am Abgrund bedeutender Ereignisse in ihrem Leben. Krishna trug mit der bevorstehenden Ankunft seiner Frau Elizabeth und der Aussicht auf ihre Abreise zu akademischen Zwecken im Ausland die Last der familiären Verantwortung. Mohini hingegen war bereit, während seiner Abwesenheit eine entscheidende Rolle bei der Betreuung von Krishnas Mutter Shantai zu übernehmen. Das unausgesprochene

Verständnis zwischen ihnen wurde zum stillen Faden, der sich durch das Gewebe ihrer gemeinsamen Reise schlängelte.

Im Gefolge ihres Treffens lag die Vorfreude auf Elizabeths Ankunft in der Luft und versprach ein neues Kapitel in Krishnas Leben. Die Aussicht auf eine Wiedervereinigung zwischen Krishna, Elizabeth und Mohini versprach gemeinsame Freude, markierte aber auch den Beginn einer Zeit des Übergangs und der Anpassung für alle Beteiligten. Die Dynamik ihrer Beziehungen war bereit, sich zu entwickeln, wobei jedes Mitglied eine unverwechselbare Rolle in der sich entfaltenden Erzählung spielte.

Mohini stand mit ihrer warmherzigen Natur bereit, die ihr von Krishna anvertraute Verantwortung zu übernehmen. Die Verpflichtung, sich um Shantai zu kümmern, war nicht nur eine Pflicht, sondern ein Spiegelbild der Bindungen, die über herkömmliche familiäre Bindungen hinausgingen. Als sie sich auf diese lebenswichtige Rolle vorbereitete, ging Mohini mit einer delikaten Mischung aus Mitgefühl und Entschlossenheit an die Verantwortung heran und war sich der Bedeutung bewusst, die sie für Krishna und seine Familie hatte.

Im Laufe der Tage wurde die Vorfreude auf Elizabeths Ankunft ausgeprägter und brachte ein Gefühl der Aufregung in Krishnas Haushalt. Die Aussicht, ein neues Mitglied in den engen Freundeskreis einzuführen, fügte der sich entwickelnden Erzählung eine Schicht Freude hinzu. Mohini, immer unterstützend und verständnisvoll, erwartete die bevorstehenden Veränderungen mit einem gelassenen Auftreten, bereit, Elizabeth mit offenen Armen in der Herde willkommen zu heißen.

Im komplizierten Wandteppich ihres Lebens diente das High Tea Meeting als ergreifender Moment der Verbindung und verstärkte die Bindungen, die den Test der Zeit überstanden hatten. Die Befriedigung, die sich aus der Begegnung ergab, hallte durch ihre Herzen und bereitete die Bühne für die sich entfaltenden Kapitel, die auf jeden von ihnen warteten. Mit einem Gefühl der Erfüllung und gegenseitigen Unterstützung gingen Krishna und Mohini in die Zukunft, wo die Echos ihres gemeinsamen Lachens und die Stärke ihrer dauerhaften Freundschaft weiterhin die Konturen ihrer miteinander verflochtenen Schicksale prägen würden.

In der Stille des frühen Morgens landete der Flug mit Elizabeth um 2.30 Uhr am Indira Gandhi International Airport in Mumbai. Ein eifriger Krishna, der sein unerschütterliches Engagement demonstrierte, war gekommen, um sie persönlich zu empfangen. Als Elizabeth aus dem Ankunftstor kam, erfüllte ein spürbares Gefühl der Freude die Luft. Trotz der Sehnsucht, ihre Zuneigung körperlich auszudrücken, hielt sie das Gewicht ihrer gegenwärtigen Umstände zurück und führte stattdessen zu einem warmen und liebevollen Händedruck.

Als sie sich in den luxuriösen Grenzen ihres Autos auf den Heimweg machten, teilte Krishna mit Elizabeth die Feinheiten der Situation und lieferte eine prägnante Erzählung der Ereignisse, die sich entfaltet hatten. Er erklärte, dass sie vorerst das Geheimnis ihrer Beziehung wahren und die Offenbarung auf einen späteren Besuch oder einen dauerhaften Aufenthalt im Land beschränken würden. Elizabeth, die die Komplexität des Stücks verstand, akzeptierte diese Entscheidung anmutig, als sie sich ihrem Zuhause näherten.

Als Krishna den Bungalow erreichte, führte er Elizabeth zum Gästehaus, wo sie untergebracht werden würde. Die Entscheidung, ihre Beziehung bis zu einem günstigeren Zeitpunkt geheim zu halten, unterstrich die Sensibilität ihrer Umstände. Mit einem gemeinsamen Verständnis für das Bedürfnis nach Diskretion nahm Elizabeth die Notwendigkeit dieser Handlung an, noch bevor sie in die Grenzen ihres Hauses trat.

Die Ankunft im Bungalow war sowohl für Krishna als auch für Elizabeth eine Überraschung, da Mohini sie mit einem einladenden Auftreten erwartete. Das gepflegte Gästehaus wurde zum Schauplatz ihrer ersten gemeinsamen Momente in Indien. Nachdem das Trio alle anfänglichen Verfahrensverzögerungen überwunden hatte, betrat es die Wohnung, und Krishna, der sich des Anlasses bewusst war, erlaubte Mohini und Elizabeth, ihre Zusammengehörigkeit zu genießen, während er sich in sein Schlafzimmer zurückzog.

Die Geste war nicht nur ein Akt der Trennung, sondern eine durchdachte Überlegung für Elizabeths Wohlergehen. Krishna erkannte die Müdigkeit und den Jetlag, die sich auf der langen Reise angesammelt hatten, und priorisierte ihr Bedürfnis nach Ruhe, sodass sie sich bequem von zu Hause aus entspannen konnte. Die mit Wärme und Gastfreundschaft geschmückte Atmosphäre im Gästehaus diente als Kokon für die blühende Verbindung zwischen Elizabeth und Mohini.

Innerhalb der Mauern des Gästehauses schmiedeten die beiden Frauen die anfänglichen Bande ihrer Beziehung. Die unausgesprochene Kameradschaft und das gemeinsame Verständnis zwischen Mohini und Elizabeth legten den Grundstein für eine harmonische Verbindung und betonten die Stärke der Bande, die sie banden. In der Zwischenzeit erwartete Krishna in seinem abgeschiedenen Rückzugsort den richtigen Moment, um sich ihnen anzuschließen, so dass die Luft der Vorfreude und Wärme die Räume ihres gemeinsamen Zuhauses durchdringen konnte.

Als die Morgendämmerung die Landschaft erhellte, wurde der Bungalow Zeuge der sich entfaltenden Kapitel ihres Lebens. Der zarte Tanz der Beziehungen, verwoben mit Geheimhaltung, Verständnis und Rücksichtnahme, entwickelte sich weiter. Die Liebe, die Krishna, Elizabeth und Mohini verband, überschritt die Zwänge des gegenwärtigen Augenblicks und versprach eine Zukunft, in der die Fäden ihres gemeinsamen Schicksals einen Teppich aus Verbindung, Belastbarkeit und dauerhafter Kameradschaft weben würden.

8. „Morgengespräche und unausgesprochene Bindungen"

Am nächsten Morgen war es ein bisschen spät und die Wanduhr an der Wand zeigte die Zeit an, es war gegen 9 Uhr. Krishna kam aus seinem Zimmer, nur um Elizabeth und Mohini in ein ernstes Gespräch im Flur vertieft zu finden. Fasziniert näherte er sich ihnen und veranlasste sie, ihre Diskussion zu unterbrechen und ihm herzliche Grüße zu übermitteln. Als Antwort richtete Krishna einen fragenden Blick auf Elizabeth, die mit einem subtilen Lächeln antwortete und erklärte, dass ihr Gespräch lediglich ein Ergebnis der „Neugierde einiger Damen" sei. Mohini, der Elizabeth zustimmte, lächelte und nickte zustimmend.

Elizabeth fuhr fort zu erläutern, dass ihr Eifer, Krishnas Mutter zu treffen, gepaart mit Mohinis Wunsch, sie zu begleiten, sie dazu veranlasste, sich frühzeitig vorzubereiten. Mit zufriedenem Gesichtsausdruck enthüllte sie, dass ihr erholsamer Schlaf während des Fluges ihr jeglichen Jetlag erspart hatte. Krishna, erleichtert über die Nachricht, drückte seine Absicht aus, sich ihnen nach dem Frühstück anzuschließen. Elizabeth warf jedoch ein und enthüllte, dass sie bereits reichlich Snacks mit ihrem Morgentee gegessen hatten, und schlug vor, dass sie weitermachten, ohne auf ein formelles Frühstück zu warten.

Mit einem zustimmenden Nicken gab Krishna Elisabeths Vorschlag nach, und sie kündigte ihren Plan an, Krishnas Mutter sofort zu besuchen. Krishna war bestrebt, auch Zeit mit seiner Mutter zu verbringen, und stimmte zu, ihnen zu folgen, sobald er bereit war. Krishna erkannte ihre Bereitschaft und rief seinen vertrauten Autofahrer zu sich, um den Komfort und die Sicherheit seiner geschätzten Begleiter während der Fahrt ins Krankenhaus zu gewährleisten.

Als Elizabeth und Mohini sich auf den Weg zu Krishnas Mutter machten, war die Atmosphäre im Fahrzeug voller Vorfreude und Kameradschaft. Das Stadtbild entfaltete sich vor ihnen, und das rhythmische Brummen des Motors des Autos begleitete ihre Reise. In der Zwischenzeit nahm sich Krishna die Zeit, sich auf den Tag vorzubereiten und über die bevorstehende Wiedervereinigung zwischen Elizabeth und seiner Mutter nachzudenken.

Als sie das Krankenhaus erreichten, wurden Elizabeth und Mohini von der ruhigen Atmosphäre der medizinischen Einrichtung begrüßt. Der Empfangsbereich strahlte einen Hauch von Professionalität und Fürsorge aus und förderte ein Gefühl der Beruhigung. Nachdem Krishna seine Vorbereitungen abgeschlossen hatte, schlossen sie sich ihnen kurz an, und gemeinsam wagten sie sich in den Raum, in dem Krishnas Mutter auf ihre Ankunft wartete.

Die Wiedervereinigung zwischen Elisabeth und Krishnas Mutter war von Wärme und Zuneigung geprägt. Elizabeth engagierte sich mit aufrichtigem Interesse in herzlicher Zweisamkeit mit Krishnas Mutter und überbrückte die Kluft zwischen ihnen. Auch Mohini wurde Teil des harmonischen Austauschs und schuf eine Atmosphäre familiärer Einheit.

Krishna war überrascht zu sehen, dass seine Mutter Shantai gestern nicht viel antwortete, aber heute reagierte sie gut auf alle. Ein kleines warmes Lächeln spiegelte sich auch in ihrem Gesicht wider, und obwohl sie nicht bei vollem Bewusstsein und nicht in der Lage war, ein Wort zu sagen, hielt sie die Hand von Elizabeth fest, während ihre zerbrechliche Hand an der Kochsalzlösungsflasche befestigt war. Im Laufe des Tages verbrachte das Trio wertvolle Zeit mit Krishnas Mutter, um Geschichten zu erzählen, zu lachen und schöne Erinnerungen zu schaffen. Das Krankenhauszimmer verwandelte sich in eine Oase der Freude, die über die klinische Umgebung hinausging. Die Verbindung zwischen Elizabeth, Mohini und Krishnas Mutter vertiefte sich und stellte eine Verbindung her, die die Formalitäten bloßer Bekanntschaften übertraf.

Während ihrer Interaktionen beobachtete Krishna die nahtlose Integration von Elizabeth und Mohini in seinen Familienkreis und wurde Zeuge der aufrichtigen Fürsorge und Sorge, die sie seiner Mutter entgegenbrachten. Der Tag entfaltete sich als Beweis für die Stärke von Beziehungen und betonte die Bedeutung gemeinsamer

Momente und die Kraft echter Verbindungen, die die Grenzen von Zeit und Umständen überschreiten.

Als der Abend anbrach, verabschiedete sich das Trio von Krishnas Mutter und verließ das Krankenhaus mit Herzen voller Dankbarkeit und Zufriedenheit. Bei der Rückkehr bat Krishna seinen Fahrer, nach Hause zu fahren, da er beabsichtigte, sich Liz und Mohini bei der Rückkehr nach Hause anzuschließen. Die Autofahrt zurück nach Hause war von einer nachdenklichen Stille geprägt, da die Ereignisse des Tages in jedem von ihnen nachhallten. Elizabeth, Mohini und Krishna teilten ein kollektives Gefühl der Erfüllung und erkannten die Bedeutung familiärer Bindungen und die dauerhafte Wirkung echter Gesten der Fürsorge und Zuneigung.

Während Krishna, Mohini und Elizabeth durch die belebten Straßen von Mumbai schlenderten, führten ihre Schritte sie zur ruhigen Küste von Chapatti, einem ikonischen Restaurant, das seinen Ruf als kulinarischer Zufluchtsort im Herzen der Stadt verdient hatte. Die Luft war von den verlockenden Aromen von Gewürzen und knisternden Köstlichkeiten durchdrungen, während die Geräusche von fröhlichem Lachen und lebhaften Gesprächen die Umgebung umhüllten. Der lebendige Farbteppich der verschiedenen Stände und Schaufenster zeichnete ein lebendiges Bild der vielfältigen kulinarischen Kultur der Stadt.

Als sie sich der Küste näherten, besang die rhythmische Melodie der krachenden Wellen ihre Sinne. Der Horizont erstreckte sich endlos und verschmolz die azurblaue Weite des Arabischen Meeres mit den warmen Farbtönen des Himmels, als die Sonne ihren Abstieg begann. Die Meeresbrise trug ein sanftes Flüstern mit sich, ein Echo der Geschichten, die die Wellen im Laufe der Jahre erlebt hatten.

Krishna führte Elizabeth mit einem warmen Lächeln zu einem ruhigen und etwas abgelegenen Ort, weg von der geschäftigen Menge. Hier konnten sie ungestört die Schönheit des Augenblicks genießen. Die Sonne warf einen goldenen Glanz auf das Wasser und schuf einen schimmernden Lichttanz, der sich in Elizabeths Augen widerspiegelte. Das entfernte Lachen von Kindern, die im Sand spielen, und das entfernte Geschwätz von Familien, die ihren Abend genießen, ergänzten die Symphonie der Emotionen, die die Luft erfüllten.

Sie ließen sich nieder, umgeben von der lebhaften Atmosphäre und dem Aroma frisch zubereiteter Chapattis, die von den nahegelegenen Ständen wehten. Die mit lebhaften Tischdecken und flackernden Kerzen geschmückten Tische schufen einen intimen Rahmen, perfekt für das herzliche Gespräch, das sie erwartete. Die sanfte Wellenruhe bildete eine harmonische Kulisse, als Krishna und Elizabeth zusammen mit Mohini in die Wärme ihrer Freundschaft eintauchten.

Während sie die berühmten Chapatti-Köstlichkeiten genossen, wurde jeder Bissen zu einer köstlichen Reise durch die Aromen des kulinarischen Erbes von Mumbai. Die knusprigen Texturen und exquisiten Gewürzmischungen entfalteten sich wie ein kulinarisches Sonett und hinterließen unauslöschliche Spuren am Gaumen. Die Umgebung schien zu verblassen, so dass Krishna und Elizabeth die Kameradschaft ihrer gemeinsamen Geschichte und die tiefe Verbindung, die den Test der Zeit bestanden hatte, genießen konnten.

Im verblassenden Licht des Abends, unter dem sanften Schein der Straßenlaternen und dem bezaubernden Dämmerhimmel fanden Krishna, Mohini und Elizabeth Trost in der Einfachheit des Augenblicks. Die Küste von Chapatti wurde zu einer zeitlosen Oase, in der sich die Essenz wahrer Freundschaft mit den Aromen von Mumbai vermischte und eine geschätzte Erinnerung schuf, die für immer in den Wandteppich ihres Lebens eingraviert sein würde.

Inmitten der ruhigen Umgebung von Chapattis Küste fanden sich Krishna, Elizabeth und Mohini in einem Abend voller herzlicher Geständnisse und ergreifender Offenbarungen wieder. Die Sonne tauchte unter den Horizont und warf einen warmen Schein, der den emotionalen Austausch zwischen den drei engen Freunden widerspiegelte. Die Luft schien das Gewicht gemeinsamer Geschichten, Geheimnisse und der unausgesprochenen Bindungen zu halten, die ihr Leben seit ihrer Kindheit miteinander verwoben hatten.

Als die sanften Wellen eine rhythmische Kulisse für ihr Gespräch bildeten, hörte Krishna aufmerksam zu, sein Blick auf Mohini gerichtet, als sie die heimliche Affäre entwirrte, die im Herzen ihres miteinander verbundenen Lebens Wurzeln geschlagen hatte. Die Enthüllung von Mohinis Intimität mit ihrem Geliebten, einem Mitarbeiter in Krishnas Organisation, löste eine tiefe Welle in der

Atmosphäre aus und fügte ihrer Beziehung eine unerwartete Komplexität hinzu.

Die Schatten verlängerten sich, und das flackernde Kerzenlicht auf dem Tisch warf ein weiches, leuchtendes Leuchten auf die Gesichter des Trios. Der Austausch von Geheimnissen wurde zu einem ergreifenden Tanz der Verletzlichkeit, in dem Vertrauen und Verständnis die Grundlage ihrer dauerhaften Freundschaft bildeten. Mohini offenbarte mit einer Mischung aus Reue und Entschlossenheit ihr Bewusstsein für die Feinheiten von Krishnas Ehe und ihr Engagement für die Wahrung der heiklen Dynamik der Familie.

In diesem vergänglichen Moment der gemeinsamen Verwundbarkeit schmiedete das Trio einen Vertraulichkeitspakt und versprach, die Geheimnisse des anderen zu hüten, bis der richtige Zeitpunkt für die Offenbarung gekommen sei. Das Gewicht unausgesprochener Wahrheiten hing in der Luft, aber das Band der Freundschaft blieb ungebrochen, gestärkt durch das Verständnis, dass einige Realitäten geschützt werden sollten, bis die Umstände ihre Enthüllung erlaubten.

Mohini, die eine einzigartige Mischung aus Belastbarkeit und Mitgefühl verkörperte, versicherte Krishna und Elizabeth ihr unerschütterliches Engagement für das Wohlergehen von Shantai, Krishnas liebster Mutter. Das Versprechen, Shantai zu schützen und die Familienangelegenheiten in ihrer Abwesenheit zu verwalten, bot einen bittersüßen Trost inmitten der Komplexität ihres persönlichen Lebens.

Der Abend, obwohl er von der Trauer einer verstorbenen Seele geprägt war, erwies sich als Schmelztiegel der Emotionen und des gemeinsamen Verständnisses. Als sie sich im Glanz der untergehenden Sonne sonnten, fand das Trio einen Anschein von Frieden darin, die Praktikabilität des Lebens anzuerkennen. Mit einer tiefen Erkenntnis, dass einige Geheimnisse der Dreh- und Angelpunkt waren, der ihre Beziehungen intakt hielt, verließen sie die Küste und trugen das Gewicht von Freude und Trauer in ihren Herzen. Die Heimreise war zwar von einem Gefühl des Verlusts geprägt, versprach jedoch eine Zukunft, in der der zarte Wandteppich ihres Lebens neu gewebt werden würde, geleitet von den Fäden der Freundschaft und dem gemeinsamen Verständnis der komplizierten Komplexitäten des Lebens.

Nachdem sie sich von der ruhigen Küste von Chapatti verabschiedet hatten, kehrten Krishna und Elizabeth mit einer Vielzahl von Emotionen nach Hause zurück. Die Wärme des Abends verweilte in ihren Herzen, ein krasser Kontrast zu der tiefen Trauer, die den kürzlichen Abgang einer geliebten Seele begleitete. Trotz der Schwere ihrer Gedanken durchdrang die Erkenntnis der Praktikabilität ihren Geist und veranlasste eine bittersüße Akzeptanz der Umstände, die sie erwarteten.

Nach ihrer Rückkehr fand das Trio Trost in den vertrauten Grenzen der Heimat, einer Oase, die die Ebbe und Flut ihres Lebens miterlebt hatte. Die Luft war von einem Gefühl der Ruhe durchdrungen und bot eine Kulisse für die sich entfaltenden Kapitel ihrer miteinander verflochtenen Schicksale. Die gedämpfte Beleuchtung wirft ein sanftes Leuchten, akzentuiert die Schatten, die entlang der Wände tanzten, und spiegelt die komplizierte Komplexität ihrer Beziehungen wider.

Als sie sich in der tröstlichen Umarmung ihres Wohnsitzes niederließen, trat das Bedürfnis nach Nahrung in den Hintergrund der Erschöpfung, die nach einem emotional aufgeladenen Abend an ihnen haftete. Mit einem kollektiven Verständnis beschlossen sie, auf das Abendessen zu verzichten und sich stattdessen in ihre jeweiligen Zimmer zurückzuziehen, um sich dort eine dringend benötigte Pause zu gönnen. Die Vorfreude auf die Herausforderungen, die sie am nächsten Tag erwarteten, hing in der Luft und schuf eine Atmosphäre von Spannung und Entschlossenheit.

In der Stille ihrer einzelnen Räume kämpften Krishna und Elizabeth mit den bevorstehenden Anforderungen des nächsten Tages. Das Gewicht der Verpackung für ihre bevorstehende Abreise in die Vereinigten Staaten war groß, begleitet von der entmutigenden Aussicht auf eine Notfallversammlung in Krishnas Organisation. Ihre Herzen waren nicht nur mit der Verantwortung der Familie und des Geschäfts belastet, sondern auch mit der heiklen Aufgabe, Shantai, die kranke Matriarchin, über ihre bevorstehende Reise zu informieren.

Während sie in der Stille ihrer Zimmer lagen, warf der Mond einen sanften Schein durch die Fenster und schuf einen Schattenteppich, der den komplizierten Teppich ihres Lebens widerspiegelte. Die Luft schien von einer Mischung aus Vorfreude und Nostalgie erfüllt zu sein, eine ergreifende Erinnerung an die bevorstehende Reise. Das schwache Licht der Nacht bot eine Leinwand zur Reflexion, die es ihnen ermöglichte, die Komplexität ihrer Emotionen und die miteinander verbundenen Fäden ihrer miteinander verflochtenen Schicksale zu durchforsten.

Mit dem Gewicht der Verantwortlichkeiten und Emotionen, die in ihren Herzen zerrten, erlagen Krishna und Elizabeth der Umarmung des Schlafes und suchten Trost in der Ruhe, der sie für die Herausforderungen des nahenden Tages stärken würde. Sie wussten nicht, dass die Stunden, die auf sie warteten, nicht nur praktische Entscheidungen erfordern würden, sondern auch eine unerschütterliche Kraft, um die Feinheiten der Familie, der Freundschaft und der Verfolgung ihrer Bestrebungen an fremden Ufern zu bewältigen.

9. „Übergänge im Sitzungssaal und darüber hinaus"

Das düstere Ambiente umhüllte den opulenten Sitzungssaal der Krishna-Unternehmensgruppe, als die Uhr um 10 Uhr schlug. Das Gewicht des jüngsten Verlustes ihres geschätzten Führers Mahadeo lag spürbar in der Luft und warf einen Schatten auf den normalerweise belebten Raum. Die Vorstandsmitglieder, deren Gesichter vor Trauer geätzt waren, versammelten sich nach drei Tagen der Trauer, wobei jedes die schwere Last der unerwarteten Abreise ihres Obersten Chefs trug.

Zu Beginn des Treffens untersuchte Shah Sir, der sorgfältige Hüter der Details, jeden Aspekt genauestens und stellte sicher, dass keine potenziellen Krisen das Verfahren beeinträchtigen würden. Der Raum hallte mit einem tiefen Verantwortungsbewusstsein wider, als die Vorstandsmitglieder, die in formelle Kleidung gekleidet waren, ihre Plätze mit einem kollektiven Verständnis einnahmen, dass die Zukunft der Krishna-Unternehmensgruppe in ihren Händen lag.

Bemerkenswert anwesend war Krishna, eine Figur von Bedeutung, obwohl sie keine formelle Position im Vorstand innehatte. Seine Anwesenheit, zusammen mit der eines vertrauenswürdigen Mitarbeiters, unterstrich den Ernst der Situation. Die Agenda für diese Notfallversammlung war klar – um das durch Gautam Seths Tod entstandene Vakuum zu beseitigen und Krishna die Verantwortung für die Überwachung der nahtlosen Fortführung der Geschäftstätigkeit des Unternehmens zu übertragen.

Das Verfahren begann mit einem Moment der Stille, einer kollektiven Hommage an die verstorbene Seele von Gautam Seth, in Anerkennung seiner zentralen Rolle bei der Steuerung des Unternehmens in Richtung eines beispiellosen Fortschritts seit seiner Gründung. Die Vorstandsmitglieder dankten Seth in einer harmonischen Geste dafür, dass er das Fundament für Exzellenz gelegt hatte, das den Weg des Unternehmens definierte.

Shah Sir, mit einem Verhalten, das sowohl Trauer als auch Entschlossenheit widerspiegelt, steuerte das Treffen durch eine emotionale, aber zielgerichtete Reise. Er vertiefte sich in die komplizierten Details der Angelegenheiten des Unternehmens und ließ nichts unversucht, um einen reibungslosen Übergang im Gefolge der Führungslücke zu gewährleisten. Obwohl Krishna offiziell kein Vorstandsmitglied war, übernahm er eine zentrale Rolle in den Diskussionen, trug wertvolle Erkenntnisse bei und zeigte sein Engagement für die Wahrung des von Mahadeo hinterlassenen Erbes.

Die Atmosphäre verlagerte sich allmählich von Trauer zu Resilienz, als sich die Vorstandsmitglieder gemeinsam verpflichteten, das Andenken an ihre verstorbenen Führungskräfte zu ehren, indem sie das Unternehmen in Richtung anhaltenden Erfolg lenkten. Die bevorstehenden Herausforderungen wurden anerkannt, aber die Einigkeit und Entschlossenheit innerhalb des Sitzungssaals versprach einen Weg nach vorne.

In einer zentralen Vorstandssitzung schlug Herr Shah eine bedeutende Entwicklung für das Unternehmen vor, indem er Herrn Krishna als ständiges Vorstandsmitglied nominierte und ihm die angesehenen Positionen des Vorsitzenden und Geschäftsführers anvertraute. Dieser Vorschlag, der von Herrn Mahadeo unterstützt wurde, fand bei den Vorstandsmitgliedern einstimmig Anklang und symbolisierte ein kollektives Vertrauensvotum in die Fähigkeiten von Herrn Krishna.

Herr Krishna drückte seine Dankbarkeit aus und stand vor der geschätzten Versammlung, um seine aufrichtige Wertschätzung für die Annahme als Vorstandsmitglied auszudrücken. Er würdigte das ihm entgegengebrachte Vertrauen für die Übernahme derart kritischer Rollen im Unternehmen. Herr Krishna machte auf sein laufendes Studium in den USA aufmerksam und bat den Vorstand demütig um die Erlaubnis, sich für die nächsten 6 bis 8 Monate beurlauben zu lassen. Während dieser Zeit schlug er vor, dass Herr Shah als interimistischer Geschäftsführer der Gesellschaft fungiert.

In einem herzlichen Moment teilte Herr Krishna positive Nachrichten über die Gesundheit seiner Mutter und eines anderen geschätzten Vorstandsmitglieds, Frau Shantai, mit. Während er die Fortschritte in ihrer Gesundheit anerkennt, bedankt er sich für die kollektive

Unterstützung durch den Vorstand. Herr Krishna übermittelte dann seine Hoffnung, dass Frau Shantai nach ihrer Genesung und Rückkehr zur aktiven Teilnahme als Vorsitzende des Unternehmens geehrt würde. Er unterstrich ihre maßgebliche Rolle neben seinem Vater, um das Unternehmen zu seinem derzeit geschätzten Status zu erheben.

Die Vorstandsmitglieder waren tief bewegt von Herrn Krishnas Gefühlen und den nachdenklichen Vorschlägen, die sie vorbrachten, und nahmen seine Wünsche einstimmig an und würdigten sie. Dieser entscheidende Moment im Sitzungssaal spiegelte nicht nur eine strategische Entscheidung für die Führung des Unternehmens wider, sondern auch eine ergreifende Anerkennung des miteinander verbundenen persönlichen und beruflichen Lebens seiner Mitglieder.

Als das Treffen endete, wurde die anhaltende Traurigkeit mit einem Sinn für Zweck und erneutem Engagement gegenübergestellt. Die bevorstehende Reise war ungewiss, aber die Krishna-Unternehmensgruppe stand widerstandsfähig da und war bereit, sich der Zukunft mit einer kollektiven Stärke zu stellen, die im Schmelztiegel des Verlustes und der Entschlossenheit geschmiedet wurde.

Die Bedeutung der bevorstehenden Sitzung hallte innerhalb der Grenzen des Sitzungssaals wider, und inmitten der Diskussionen und Entscheidungen hob sich eine stille Beobachterin, Elizabeth, hervor. Ihre große Aufmerksamkeit galt nicht nur dem Protokoll der Sitzung, sondern auch den tiefen Gefühlen, der Hingabe und der Zuneigung, die von jedem Vorstandsmitglied gegenüber der Familie Seth ausgingen. Insbesondere spürte sie eine kollektive Anerkennung und Verehrung für die verstorbene Seele von Gautam Seth, eine ergreifende Erinnerung an die emotionalen Bindungen, die über den beruflichen Bereich hinausgehen.

Elizabeth fühlte das Gewicht ihrer Beobachtungen und traf die feste Entscheidung, ihre Einsichten und Erfahrungen zum frühestmöglichen Zeitpunkt mit ihrem Ehemann Krishna zu teilen. Sie erkannte, wie wichtig es ist, die Nuancen des Treffens zu vermitteln und ihm ein tieferes Verständnis für die Gefühle und Dynamiken zu vermitteln, die sich unter den Vorstandsmitgliedern entwickelten.

Als das Treffen zu Ende ging, nahm Krishna, der sich der Anwesenheit von Elizabeth und des Wertes, den sie in sein Leben brachte, bewusst war, es auf sich, ihre Integration in das Umfeld des Unternehmens sicherzustellen. Neben Herrn Shah und Herrn Mahadeo führte Krishna sie durch die verschiedenen wichtigen Abteilungen des Unternehmens. Elizabeth, die als besonderer Gast vorgestellt und als Prinzessin aus einem einflussreichen europäischen Staat gefeiert wurde, wurde der ihr gebührende Respekt gezollt. Die nahtlose Interaktion mit den Würdenträgern zeigte nicht nur die Professionalität des Unternehmens, sondern auch die Wärme, die denjenigen entgegengebracht wurde, die mit der Familie Seth verbunden waren.

In dieser einzigartigen Erfahrung wurde Elizabeth nicht nur Zeuge der Unternehmensdynamik, sondern auch der echten Kameradschaft und Unterstützung unter den Vorstandsmitgliedern. Die Anerkennung ihrer Anwesenheit als besonderer Gast war ein Beweis für ihre Wertschätzung für die Vernetzung des persönlichen und beruflichen Lebens innerhalb des Unternehmens.

Anschließend verließen Krishna und Elizabeth das Unternehmen, um sich einer Angelegenheit von noch größerer Bedeutung zu widmen - dem Wohlergehen von Krishnas kranker Mutter. Dieser Übergang vom beruflichen zum persönlichen Bereich unterstrich das komplizierte Gleichgewicht, das Menschen wie Krishna zwischen ihrer Verantwortung als Führer und ihrer Rolle in ihren Familien aufrechterhielten.

Als sie ins Krankenhaus reisten, war die Luft mit einer Mischung aus Vorfreude und Besorgnis erfüllt. Elizabeth, die das kollektive Engagement der Vorstandsmitglieder miterlebt hatte, trug ein tiefes Verständnis für die emotionalen Bindungen mit sich, die die Seth-Familie sowohl mit ihren geschäftlichen Bemühungen als auch mit ihren persönlichen Kämpfen verbanden. Die sich entfaltenden Ereignisse prägten nicht nur die Entwicklung des Unternehmens, sondern vertieften auch die emotionalen Verbindungen zwischen seinen Mitgliedern, so dass Elizabeth in den Momenten des Trostes, die sie erwarteten, einen reichen Teppich von Erfahrungen mit Krishna teilen konnte.

Als sie das Krankenhaus erreichten, sahen sich Krishna und Elizabeth durch ein Gefühl der Dringlichkeit gezwungen, sich mit dem Chef der Chirurgen zu treffen. Ihr Ziel war es, in die Feinheiten der laufenden Behandlung von Shantai einzutauchen und alle potenziellen Anforderungen oder die Zusammenarbeit zu besprechen, die das Krankenhaus von der Familie Seth erfordern könnte. Der Chefchirurg erkannte den Ernst der Situation und gewährte Krishna sofort Zugang zu seiner Kammer.

In diesem privaten Treffen übermittelte der Chefchirurg ermutigende Nachrichten über Shantais Fortschritte. Sie sprachen von ihrer bemerkenswerten Zusammenarbeit während der gesamten Behandlung und versicherten Krishna, dass sie sich allmählich, aber stetig verbesserte. Es wurde die Aussicht auf einen möglichen Umzug von Shantai in einen VIP-Raum innerhalb des Krankenhauses vorgestellt, zusammen mit der Einschätzung, dass sie möglicherweise noch einen Monat in medizinischer Behandlung bleiben muss, um ihre Gesundheit vollständig wiederzuerlangen.

In einer berührenden Offenbarung versicherte der Chefchirurg Krishna, dass das Krankenhaus keine unmittelbaren Anforderungen an die Unterstützung der Familie Seth habe. Dies wurde dem Wohlwollen des verstorbenen Shri Gautam Seth zugeschrieben, der zuvor bedeutende Beiträge für das Krankenhaus geleistet hatte. Das Establishment drückte tiefe Dankbarkeit aus und erkannte eine langjährige Schuld gegenüber der Familie Seth für ihre großzügige Unterstützung an.

Krishna nutzte die Gelegenheit, den Chefchirurgen über seine bevorstehende Abreise zu einem höheren Auslandsstudium zu informieren, und vermittelte sein Engagement, in ständiger Kommunikation zu bleiben. Trotz seiner körperlichen Abwesenheit versicherte er dem medizinischen Team, dass er sich aktiv an Shantais Pflege beteiligen und aus der Ferne Fortschritte machen würde. Der Doktor erkannte Krishnas aufrichtige Besorgnis und nahm diese Vereinbarung mit Wertschätzung an und wünschte ihm von Herzen alles Gute für seine akademischen Aktivitäten.

Nach Abschluss ihres Treffens mit dem medizinischen Team begaben sich Krishna und Elizabeth auf die Intensivstation (ICU), auf der

Shantai behandelt wurde. Ihr Besuch war nicht nur eine bloße Formalität, sondern eine zutiefst emotionale Erfahrung. Als ich Zeuge von Shantais Kampf um Genesung wurde, wurden sowohl bei Krishna als auch bei Elizabeth Gefühle der Besorgnis und Hoffnung geweckt. Die sterilen Wände des Krankenhauses schienen zu verblassen, als sie am Bett standen und aus erster Hand die Widerstandsfähigkeit und Stärke von Shantai bezeugten.

In diesen ergreifenden Momenten wurde die Verflechtung von beruflichen Verantwortlichkeiten und persönlichen Beziehungen deutlich. Das Krankenhaus, einst eine bloße Institution, verkörperte nun einen Raum, in dem die Bande der Dankbarkeit und der familiären Bindungen zusammenfielen. Als Krishna und Elizabeth an Shantais Seite standen, hallten die Korridore mit den Echos der kollektiven Stärke, Widerstandsfähigkeit und unerschütterlichen Unterstützung einer Familie angesichts von Widrigkeiten wider. Krishna war nicht überrascht zu sehen, dass Mohini Shantai sehr aufmerksam besuchte, wie es Krishna versprochen wurde.

Mit hoffnungsvollen Herzen und der Verpflichtung, ihren Lieben beizustehen, verließen Krishna und Elizabeth das Krankenhaus in dem Wissen, dass Shantais Weg zur Genesung einer sein würde, auf dem sie gemeinsam navigierten und Kraft aus dem Erbe der Großzügigkeit und des Mitgefühls schöpfen würden, das der verstorbene Shri Gautam Seth eingeflößt hatte. Madhavi wird da sein, um sich gut um sie zu kümmern, während sie beide weg sind, was ihre Zuneigung und ihr Bedürfnis nach persönlicher Aufmerksamkeit für Krishnas kranke Mutter Shantai tröstet.

Die letzten Stunden des Tages entfalteten einen Wirbelsturm der Aktivität für Krishna und Elizabeth, als sie sich akribisch mit der mühsamen Aufgabe beschäftigten, zu packen und sich auf ihre bevorstehende Abreise in den späten Stunden der Nacht vorzubereiten. Inmitten des Trubels schwebte Shakuntala Mami, eine anspruchsvolle Präsenz im Haushalt, um sie herum. Sie schien jede ihrer Bewegungen mit einem Hauch unnötiger Wachsamkeit zu beobachten, ihre Neugierde war von einem subtilen Gefühl des Misstrauens geprägt.

Bei ihrer genauen Untersuchung behielt Shakuntala Mami ein fast komisch aufrechtes Verhalten bei und versuchte, Anzeichen einer aufkeimenden romantischen Verbindung zwischen den beiden jungen Menschen zu erkennen. Zu ihrer scheinbaren Erleichterung fand sie jedoch keinen Grund für ihren Verdacht. Die Interaktionen zwischen Krishna und Elizabeth blieben rein platonisch, ohne jede absichtliche Zuneigung oder geheime Aktivitäten, die ihre Spekulationen hätten anheizen können.

Dieser Mangel an wahrgenommener romantischer Verstrickung brachte Shakuntala Mami ein Gefühl der Befriedigung, doch unter der Oberfläche verharrte eine subtile Vorsicht in ihrem Kopf. Trotz des Fehlens von Beweisen, die ihren Verdacht stützten, sah sie sich gezwungen, wachsam zu bleiben und ihre unausgesprochene Absicht zu wahren, schließlich eine tiefere Beziehung zwischen Krishna und ihrer eigenen Familie zu fördern.

Im Laufe des Tages schien die familiäre Atmosphäre voller unausgesprochener Dynamik zu sein. Shakuntala Mami, vielleicht motiviert durch den Wunsch, ihre familiären Bestrebungen zu verwirklichen, behielt Krishna und Elizabeth im Auge. Die sentimentalen Werte in dem Stück waren komplex und vermischten familiäre Anliegen, gesellschaftliche Erwartungen und das subtile Zusammenspiel von Emotionen, die die Aussicht auf die Vereinigung zweier Individuen in der Ehe begleiten.

Der Akt des Packens, normalerweise eine Routineangelegenheit, wurde symbolisch für eine Übergangsphase für Krishna und Elizabeth. Ihr bevorstehender Abschied symbolisierte eine Trennung von den vertrauten Grenzen der Familie und führte ein Element der Unsicherheit und des Wandels ein. Die Sentimentalität, die in den Prozess des Abschiednehmens eingebettet ist, fügte Schichten von Emotionen zu einer ansonsten pragmatischen Aufgabe hinzu.

Shakuntala Mami schätzte zwar äußerlich das Fehlen einer scheinbaren romantischen Beteiligung, navigierte aber innerlich durch das empfindliche Gleichgewicht zwischen ihren familiären Absichten und der Notwendigkeit, die organische Entwicklung von Beziehungen zu respektieren. Ihre unausgesprochene Entschlossenheit, Krishna in Zukunft zu einem integralen Bestandteil der Familie werden zu sehen, warf einen Schatten auf den gegenwärtigen Moment und erfüllte die Luft mit einer Mischung aus Vorfreude und Zurückhaltung.

In diesem komplizierten Wandteppich familiärer Dynamik bildeten die Abreisevorbereitungen eine Kulisse für unausgesprochene Bestrebungen und emotionale Unterströmungen. Als Krishna und Elizabeth sich auf die bevorstehende Reise vorbereiteten, wurden sie unwissentlich zu zentralen Figuren in einer Erzählung, die über die unmittelbare Logistik des Reisens hinausging und den zarten Tanz familiärer Erwartungen und die inhärente Unvorhersehbarkeit von Beziehungen verkörperte.

Als der Abend anbrach, war die Luft von einer bittersüßen Atmosphäre erfüllt, die die bevorstehende Abreise von Krishna und Elizabeth markierte. Ein bescheidener High Tea wurde zur Kulisse für ihre letzten Momente, bevor sie sich auf eine Reise begaben, die sie von der familiären Wärme, in die sie eingetaucht waren, wegführen würde. Während sie sich schweren Snacks hingeben, hallt die Ankündigung ihrer Absicht, das Abendessen zu überspringen, durch den Raum und signalisiert die Schwere ihrer bevorstehenden Abreise.

Der Flug, der für die späten Nacht- oder frühen Morgenstunden des folgenden Tages geplant war, hing in der Luft als greifbare Erinnerung an die physische Trennung, die sich abzeichnete. Das unerwartete Angebot von Herrn Shah, seine Bereitschaft auszudrücken, sie zum Flughafen zu begleiten, unterstrich die Tiefe der Bande, die im familiären und beruflichen Bereich geschmiedet wurden. Sowohl Krishna als auch Elizabeth lehnten jedoch höflich ab und erkannten die potenzielle unnötige Belastung, die sie Herrn Shah und Mahadeo Mama auferlegen könnte.

Die Entscheidung, das Angebot von Herrn Shah abzulehnen, wurde nicht aus reiner Formalität getroffen, sondern beruhte auf dem aufrichtigen Wunsch, ihren geschätzten Kollegen unnötige Unannehmlichkeiten zu ersparen. Stattdessen schlugen Krishna und Elizabeth eine alternative Anordnung vor. Sie bedankten sich für die angebotene Unterstützung und schlugen vor, dass Mahadeo Mama und seine Tochter Mohini sie zum Flughafen begleiten. Diese durchdachte Geste zielte darauf ab, sicherzustellen, dass die Abreise von einer vertrauten und beruhigenden Präsenz geprägt war, was den Abschied weniger entmutigend machte.

Tee, der mit Wärme und Sorgfalt serviert wurde, wurde zu einem Symbol für die gemeinsamen Momente und Verbindungen, die sich während des Aufenthalts von Krishna und Elizabeth entwickelt hatten. Es war mehr als nur ein Getränk; es verkörperte die Gastfreundschaft und Kameradschaft, die ihre Zeit innerhalb der Seth-Familie definiert hatten. Als die letzten Schlucke genommen wurden, wurden Dankbarkeitsbekundungen ausgetauscht, und der Raum füllte sich mit einer stillen Anerkennung der unvermeidlichen, aber vorübergehenden Trennung.

Die Abflugvorbereitungen verliefen nahtlos, geleitet von einem unausgesprochenen Verständnis der Emotionen. Mahadeo Mama und Mohini, die die Bedeutung des Augenblicks verstanden, begleiteten Krishna und Elizabeth bereitwillig zum Flughafen. Diese kollaborative Entscheidung spiegelte die Vernetzung ihres Lebens wider und erkannte die Rolle an, die jeder im breiteren Geflecht familiärer und beruflicher Beziehungen spielte.

Als die Gruppe die Türen des Internationalen Flughafens in Mumbai betrat, überschwemmte sie eine Welle der Sentimentalität. Das geschäftige Flughafenumfeld stand in scharfem Kontrast zu der intimen Umgebung, die sie hinter sich ließen. Die ausgetauschten Abschiede waren geprägt von einer Mischung aus Vorfreude auf neue Erfahrungen und dem emotionalen Gewicht, ein Kapitel zu hinterlassen, das die Fäden von Familie, Freundschaft und Berufsvereinigung miteinander verwoben hatte.

Der Flughafen wurde zu einem Übergangsraum, der das Vertraute mit dem Unbekannten verband. Die Umarmung und die guten Wünsche, die an den Abfahrtstoren ausgetauscht wurden, hielten in ihnen das Versprechen zukünftiger Wiedervereinigungen. Der Akt des Abschiednehmens, der zwar durch physische Distanz gekennzeichnet war, wurde durch das Verständnis untermauert, dass die während dieses Aufenthalts geschmiedeten Bindungen Bestand haben und die geografische Trennung überwinden würden. Als Krishna und Elizabeth sich auf ihre Reise begaben, hallte der Flughafen mit Echos von gemeinsamen Erfahrungen, gegenseitigem Respekt und den dauerhaften Verbindungen wider, die trotz der Meilen, die vor ihnen lagen, bestehen blieben.

10. „Soaring Aspirations: A Transatlantic Journey of Dreams and Determination"

Der Transatlantikflug, der sowohl von Krishna als auch von Liz unternommen wurde, erwies sich als bemerkenswert fruchtbar und förderte ein Umfeld, das sinnvolle Diskussionen und den Austausch zahlreicher Erkenntnisse förderte. Während der ausgedehnten Reise befanden sich die beiden in einem Zustand höchsten Komforts, ein Beweis für die engagierte Gesellschaft, die dazu beitrug, die potenzielle Belastung zu lindern, die mit langen, auf einen einzigen Raum beschränkten Arbeitszeiten verbunden ist. Der nahtlose Gesprächsfluss machte den Flug nicht nur angenehm, sondern legte auch den Grundstein für eine Kameradschaft, die ihre professionelle Zusammenarbeit definieren sollte.

Nach Einhaltung ihres sorgfältig geplanten Zeitplans landeten Krishna und Liz erfolgreich auf dem renommierten internationalen Flughafen J.F. Kennedy in New York. Der Zweck der Reise, in erster Linie ein Praktikum, bedeutete einen bedeutenden Schritt in ihren jeweiligen Karrierewegen. Während sie durch die Feinheiten der Visumverfahren navigierten, zeigte das Duo ein Gefühl der Bereitschaft und Professionalität und gab einen vielversprechenden Ton für ihren bevorstehenden Einsatz an.

Eine wichtige Entscheidung, die während ihrer Reise getroffen wurde, war Liz 'Beharren auf dem Zusammenleben während der Praktikumszeit. Obwohl Krishna anfänglich zögerte, gab er schließlich zu und erkannte die potenziellen Vorteile einer solchen Vereinbarung. Diese Wahl zeigte nicht nur eine Verpflichtung zur Zusammenarbeit, sondern deutete auch auf den gegenseitigen Respekt, die intime Beziehung als Ehemann und Ehefrau und das Verständnis hin, das bereits begonnen hatte, zwischen den beiden zu gedeihen.

Nachdem die Visumformalitäten erledigt waren, begaben sich Krishna und Liz eifrig auf die nächste Etappe ihrer Reise - auf dem Weg zu Liz 'Wohnung, ihrem gewählten Wohnsitz während des Praktikums. Die Vorfreude auf einen gemeinsamen Wohnraum ergänzte ihre Berufsgenossenschaft um eine interessante Dimension und versprach, ihre Verbindung über die Grenzen des Arbeitsplatzes hinaus weiter zu vertiefen. Als sie amerikanischen Boden betraten, ergriff das Duo die Möglichkeiten, die vor ihnen lagen, und war bereit, in eine neue Kultur und ein neues berufliches Umfeld einzutauchen.

Die Entscheidung, zusammen zu bleiben, bezeugte die praktischen Erwägungen der Bequemlichkeit und der gemeinsamen Ziele. Liz schaffte es mit ihren überzeugenden Fähigkeiten, Krishnas anfängliche Vorbehalte zu zerstreuen und ein Umfeld des gegenseitigen Vertrauens zu schaffen. Diese bewusste Wahl des Zusammenlebens zielte nicht nur darauf ab, ihre gemeinsamen Bemühungen zu verbessern, sondern auch eine förderliche Atmosphäre für den Austausch von Ideen und die Entwicklung einer robusten beruflichen Beziehung zu schaffen. Diese Anordnung wurde von Krishna geschätzt, damit er sich während ihrer Schwangerschaft gut um seine geliebte Frau kümmern kann und im Notfall sofort zur Verfügung steht.

Die ersten Schritte in einem fremden Land wurden mit einer gemeinsamen Zielstrebigkeit und Optimismus unternommen. Die Aussicht, die Herausforderungen eines Praktikums zu meistern, war nun mit dem Versprechen einer unterstützenden Wohngestaltung verflochten. Auf dem Weg vom Flughafen zu ihrem neuen Wohnort waren Krishna und Liz bereit für eine bereichernde Erfahrung, sowohl beruflich als auch persönlich, die auf dem Fundament aufbaut, das während ihres Transatlantikfluges gelegt wurde.

Der folgende Tag an der Universität markierte einen entscheidenden Moment für Krishna und Liz, als sie an der Zuweisung von Organisationen für ihre bevorstehenden Praktika teilnahmen. Eifrig und gut vorbereitet nahm das Duo das Verfahren vorweg, zuversichtlich in ihrer Stellung als hochrangige Studenten an der Universität. Ihre Erwartungen wurden mit erfreulichen Ergebnissen erfüllt, da sie begehrte Chancen bei renommierten und weltweit renommierten Organisationen sicherten. Diese Anerkennung spiegelte nicht nur ihre akademischen Fähigkeiten wider, sondern auch die Anerkennung ihres Potenzials durch diese geschätzten Institutionen.

Nachdem sie diese begehrten Praktika absolviert hatten, erhielten Krishna und Liz vor Beginn ihres Praktikums eine kurze Begnadigung. Mit zwei Tagen zur Verfügung, beschäftigten sich die beiden mit einer Flut von Aktivitäten und konzentrierten sich in erster Linie auf die wesentlichen Vorbereitungen für das professionelle Unternehmen, das sie erwartete. Ihr gemeinsames Engagement, diese Gelegenheit optimal zu nutzen, manifestierte sich in einer Reihe gut durchdachter Maßnahmen.

In Anbetracht des bevorstehenden Beginns ihres Praktikums widmeten Krishna und Liz viel Zeit den wesentlichen Aufgaben, vor allem einem gründlichen Einkaufsbummel. Dies beinhaltete nicht nur die Beschaffung professioneller Kleidung, die für ihre Rollen geeignet war, sondern auch die Beschaffung der erforderlichen Werkzeuge oder Geräte, die einen nahtlosen Übergang in ihre neuen Arbeitsumgebungen ermöglichen würden. Die Bedeutung dieser Vorbereitungen wurde durch die gemeinsame Freude an der Erfahrung gesteigert, als das Duo in der Kameradschaft schwelgte, die sich während ihrer Reise und ihrer universitären Aktivitäten entwickelt hatte.

Der Genuss, der sich aus der Shopping-Eskapade ergab, beschränkte sich nicht nur auf die utilitaristischen Aspekte. Krishna und Liz erkannten die Bedeutung des Aufbaus einer starken Grundlage für ihre Praktika und nutzten auch die Gelegenheit, die lokale Kultur zu erkunden und zu schätzen. Dies gab ihren Vorbereitungen eine zusätzliche Dimension und sorgte dafür, dass sie nicht nur in ihre beruflichen Sphären eintraten, die mit den erforderlichen Ressourcen ausgestattet waren, sondern auch mit einem differenzierten Verständnis der Umgebung, in die sie eintauchen wollten.

Die beiden Tage vor Beginn des Praktikums waren nicht nur von sorgfältiger Vorbereitung, sondern auch von gemeinsamer Begeisterung und Vorfreude geprägt. Krishnas und Liz 'Herangehensweise an diese Vorbereitungen spiegelte ihr Engagement für Exzellenz wider und stellte sicher, dass jeder Aspekt ihres Eintritts in den professionellen Bereich gründlich überlegt wurde. Die

Mischung aus praktischen Vorbereitungen und Momenten der Freude unterstrich die Balance, die sie zwischen den Anforderungen ihrer kommenden Rollen und der Kameradschaft, die zu einem integralen Bestandteil ihrer Reise geworden war, zu finden suchten.

Als die Uhr bis zum Beginn ihres Praktikums tickte, standen Krishna und Liz an der Schwelle zu einer transformativen Erfahrung, bewaffnet sowohl mit den praktischen Notwendigkeiten als auch mit einer gemeinsamen Begeisterung für die Herausforderungen, die sie erwarteten. Die Schnittstelle von Vorbereitung, beruflichen Möglichkeiten und den in dieser entscheidenden Zeit geschmiedeten Bindungen legte den Grundstein für ein vielversprechendes Kapitel in ihrer aufkeimenden Karriere.

Die knappe sechsmonatige Praktikumszeit verlief sowohl für Krishna als auch für Elizabeth nahtlos und hinterließ unauslöschliche Spuren auf ihrem beruflichen Weg. Die leitenden Angestellten, die ihre Praktikumsprojekte beaufsichtigten, waren nicht nur mit ihrer Leistung zufrieden, sondern waren auch bestrebt, ihre Dienste als leitende Angestellte innerhalb derselben Organisation nach der Einberufung beizubehalten. Dieses Vertrauensvotum war ein Beweis für das Kaliber der Arbeit von Krishna und Elizabeth während ihrer Amtszeit und bereitete die Bühne für eine vielversprechende Fortsetzung ihrer Karriere.

Da die Universität den Termin für die Einberufung bereits beschlossen und bekannt gegeben hatte, fügte der bevorstehende Übergang von Praktikanten zu Offizieren diesem akademischen Meilenstein eine Bedeutungsschicht hinzu. Die Aussicht, ihre Rollen innerhalb der Organisation zu formalisieren, markierte einen entscheidenden Moment in ihrer beruflichen Laufbahn und versprach ein neues Kapitel der Herausforderungen und des Wachstums.

Inmitten der beruflichen Fortschritte blieb Krishna standhaft in seinem Engagement für seine Familie, insbesondere für seine geliebte Mutter Shantai. Vor der Einberufung hielt er ständigen Kontakt mit Mohini, Shah Sir, dem Chefchirurgen in Indien, und erkundigte sich eifrig nach dem Wohlergehen seiner Mutter. Die erhebende Nachricht, dass sich ihr Zustand von Tag zu Tag verbesserte, brachte Krishna immense Freude. Mohinis engagierte und intime Fürsorge war maßgeblich an Shantais Genesung beteiligt, und sie war in einer speziellen Suite gut untergebracht, die bereit war, ihre Unabhängigkeit in Kürze wiederzuerlangen.

Der Chefchirurg versicherte, dass Shantai sich des tragischen Todes ihres Mannes Gautam Seth bewusst war. Schon vor dem Bewusstseinsverlust nach dem Unfall hatte sie die herzliche Nachricht vom Tod ihres Mannes mit einer ergreifenden Mischung aus Traurigkeit und Tapferkeit verarbeitet. Die Anerkennung dieser Realität deutete auf Shantais Stärke bei der Bewältigung von Widrigkeiten hin, und ihre Akzeptanz des unglücklichen Schicksals von Gautam Seth zeigte eine Widerstandsfähigkeit, die tief in Krishna widerhallte.

Das empfindliche Gleichgewicht zwischen persönlichen Anliegen und beruflichen Leistungen unterstrich die Vielschichtigkeit von Krishnas Reise. Die bevorstehende Einberufung versprach nicht nur die akademische Anerkennung, sondern auch die Formalisierung eines neuen Fachkapitels. Die Verflechtung von Familien-Updates mit beruflichen Fortschritten unterstreicht Krishnas Fähigkeit, die Komplexität des Lebens mit Anmut und Belastbarkeit zu bewältigen.

Als Krishna sich darauf vorbereitete, in die Phase nach der Einberufung einzutreten, schuf der Zusammenfluss dieser Elemente einen reichen Teppich von Erfahrungen. Die Mischung aus persönlicher und beruflicher Dynamik bildete die Grundlage für eine Zukunft, die das Potenzial für anhaltenden Erfolg, persönliches Wachstum und sinnvolle Verbindungen birgt. Die ergreifende Reise von Krishna und Elizabeth, die von Errungenschaften und familiären Bindungen geprägt war, war ein Beweis für das komplizierte Zusammenspiel der vielfältigen Facetten des Lebens.

Mohini, der als entscheidende Brücke zwischen Krishna und seiner Familie in Indien fungierte, lieferte zusätzliche Informationen über das Wohlbefinden von Tante Shantai. Sie drückte ihre tiefe Trauer über den zufälligen Tod von Krishnas Vater Gautam aus und vermittelte Tante Shantais unerschütterliche Entschlossenheit, sich mit ihrem Sohn Krishna wieder zu vereinen, und erwartete gespannt die Ankunft von Elizabeth und ihrem erwarteten Baby. In ihrer detaillierten

Kommunikation mit Krishna teilte Mohini nicht nur die wesentlichen Aktualisierungen mit, sondern offenbarte auch die emotionale Belastbarkeit, die Tante Shantai angesichts von Widrigkeiten zeigte.

Trotz der tiefen Trauer, die von Gautams Verlust herrührte, blieb Tante Shantai standhaft in ihrem Wunsch, sich mit Krishna, Elizabeth und ihrem erwarteten Kind wieder zu vereinen. Mohini teilte die Gefühle von Tante Shantai und vermittelte ihre hartnäckige Hoffnung auf eine bessere Zukunft, in der die bevorstehende Freude über den neuen Familienzuwachs die anhaltende Trauer überschatten würde.

Mohinis Erzählung nahm eine ergreifende Wendung, als sie sich mit beschreibenden und intimen Vorfällen befasste, die sie während ihrer Zeit in Amerika mit Elizabeth und Krishna verbrachte. Durch diese gemeinsamen Erinnerungen malte sie ein lebendiges Bild der Wärme und Kameradschaft, die ihre gemeinsamen Momente auszeichneten. Mohinis Erzählung diente nicht nur als Quelle emotionaler Verbindung, sondern deutete auch auf das Potenzial für zukünftige Momente der Freude hin, insbesondere nachdem die junge Familie nach Indien zurückgekehrt war.

Die Vorfreude auf Krishna, Elizabeth und ihr erwartetes Baby, das nach Indien kam, trug ein tiefes Gefühl der Hoffnung und Heilung für Tante Shantai mit sich. Mohinis Worte vermittelten nicht nur die Sehnsucht nach familiärer Wiedervereinigung, sondern auch die Erwartung gemeinsamer Freude, die als Heilmittel für die Trauer dienen würde, die die Familie getroffen hatte. Die Aussicht, gemeinsam neue Erinnerungen zu schaffen, wurde zu einem Leuchtturm des Optimismus inmitten der Schatten des Verlustes.

In diesem Austausch verflochten sich Gefühle von Liebe, Verlust und Hoffnung und schufen eine Erzählung, die geografische Entfernungen überschritt. Durch Mohinis herzliche Kommunikation erhielt Krishna nicht nur Neuigkeiten über den sich verbessernden Zustand seiner Mutter, sondern auch Einblick in die emotionale Belastbarkeit und Entschlossenheit, die Tante Shantais Geist ausmachten. Der Austausch wurde zu einem Beweis für die Macht familiärer Bindungen und versprach eine Zukunft, in der Freude und Zusammengehörigkeit über die anhaltende Trauer über Gautams vorzeitigen Abschied siegen würden.

Krishna hegte den innigen Wunsch, dass entweder seine Mutter Shantai oder sein Onkel Mahadev Mama an seiner Einberufungszeremonie aus Indien teilnehmen könnten. Dieser Wunsch wurde jedoch mit der krassen Realität von Shantais Gesundheitszustand erfüllt, was sie unfähig machte, die Reise zu unternehmen. Die Verantwortung, das florierende Familienunternehmen zu beaufsichtigen und das Wohlergehen von Shantai zu gewährleisten, stellte gewaltige Herausforderungen dar, die es für jedes Familienmitglied unmöglich machten, bei der Einberufung anwesend zu sein. Dieses Gefühl der Hilflosigkeit lastete schwer auf Krishna, der sich während dieses bedeutenden Meilensteins auf seiner akademischen Reise nach der tröstlichen Gegenwart seiner Familie sehnte.

Shantais empfindliche Gesundheit wurde zu einem ergreifenden Faktor im Entscheidungsprozess und überschattete den freudigen Anlass von Krishnas Einberufung. Die widersprüchlichen Emotionen des Stolzes auf seine akademischen Leistungen und die Sehnsucht nach familiärer Unterstützung schufen eine bittersüße Unterströmung. Die Unfähigkeit, diesen Moment mit seinen Lieben, insbesondere seiner Mutter, zu teilen, fügte einem ansonsten feierlichen Ereignis eine melancholische Schicht hinzu.

Auf der anderen Seite der Gleichung stand Elizabeths Familie vor einem ähnlichen Zwang. Das Fehlen überlebender Mitglieder, gepaart mit dem frühen Verlust beider Elternteile, ließ Elizabeth als einzige Überlebende in ihrer Familie zurück. Die durch diese familiäre Tragödie geschaffene Leere machte die Aussicht auf die Teilnahme eines Familienmitglieds an der Einberufung nicht existent. Diese ergreifende Realität verlieh Elizabeths Reise einen Hauch von Feierlichkeit und betonte die Stärke und Widerstandsfähigkeit, die sie angesichts ihres persönlichen Verlustes zeigte.

Die parallelen Erzählungen von Krishna und Elizabeth unterstrichen den vielfältigen Wandteppich der Lebenserfahrungen. Während Krishna aufgrund gesundheitlicher Einschränkungen und geschäftlicher Verpflichtungen mit der Unfähigkeit kämpfte, seine Familie anwesend zu haben, sah sich Elizabeth der ergreifenden Realität gegenüber, die einzige Überlebende ihrer Familie zu sein. Die

Überschneidung dieser einzelnen Geschichten zeichnete ein kollektives Bild von Resilienz angesichts der Herausforderungen des Lebens.

Als sich das Einberufungsdatum näherte, wurde die emotionale Landschaft zu einer nuancierten Mischung aus Stolz, Sehnsucht und Akzeptanz. Krishna und Elizabeth standen trotz der Abwesenheit von Familienmitgliedern an der Schwelle zu bedeutenden Erfolgen und symbolisierten nicht nur den akademischen Erfolg, sondern auch die Stärke, die sich aus der Überwindung persönlicher Widrigkeiten ergab. Der unerfüllte Wunsch nach familiärer Präsenz diente als ergreifende Erinnerung an die Opfer und Einschränkungen, die der Lebensreise innewohnen, doch die gemeinsame Entschlossenheit, durchzuhalten, blieb ein kraftvoller narrativer Faden.

Als das mit Spannung erwartete Datum der Einberufungszeremonie näher rückte, summte die Studentengemeinschaft mit der unerwarteten Offenbarung von Liz und Krishnas geheimer Ehe, liebevoll Chris genannt. Das Flüstern ihrer Vereinigung und die freudige Erwartung ihres ersten Kindes wurden zum Mittelpunkt von Gesprächen unter Gleichaltrigen. Das junge Paar entschied sich in Abkehr von der Geheimhaltung für Transparenz und Offenheit und teilte seine aufregenden Neuigkeiten mit Freunden und Bekannten gleichermaßen. Der sichtbare Beweis für Liz 'bevorstehende Mutterschaft, ihr Babybauch, zeigte stolz die greifbare Manifestation ihrer gemeinsamen Freude.

Weit davon entfernt, ihre Beziehung zu verbergen, nahmen Liz und Krishna die Aufmerksamkeit und Diskussionen um ihre geheime Ehe und die bevorstehende Elternschaft an. Die unbestreitbare Liebe und das Engagement, die sie teilten, wurden zu einer Quelle der Inspiration für ihre Mitmenschen. Inmitten der akademischen Leistungen und der bevorstehenden Einberufung sonnte sich das Paar im Glanz ihres außergewöhnlichen Erfolges sowohl an der persönlichen als auch an der akademischen Front.

Ihre Entscheidung, offen über ihre Beziehung zu sprechen, stieß auf breite Akzeptanz und Unterstützung von Freunden, Kollegen und Professoren. Die Anerkennung und Feier ihrer Gewerkschaft hallte in der gesamten akademischen Gemeinschaft wider und schuf eine

Atmosphäre der Wärme und Akzeptanz. Die gemeinsame Freude unter Gleichaltrigen und Mentoren festigte das Gemeinschaftsgefühl, das sich während ihrer akademischen Reise entwickelt hatte.

Der sichtbare Babybauch auf Liz diente als ergreifendes Symbol für Neuanfänge und gemeinsame Träume. Das Paar, stolz auf seine Liebe, seine Ehe und die bevorstehende Erweiterung seiner Familie, feierte sowohl akademische Leistungen als auch persönliche Meilensteine. Die Konvergenz dieser Aspekte fügte ihrer Einberufungserfahrung eine Ebene von Tiefe und Reichtum hinzu, was sie zu einem wirklich bedeutsamen Ereignis machte.

Während Liz und Krishna sehnsüchtig auf den letzten Tag der Zeremonie warteten, wurde das Gefühl der Vorfreude durch die kollektive Freude und den gemeinsamen Enthusiasmus der Menschen um sie herum verstärkt. Die bevorstehende Einberufung war nicht nur eine Anerkennung akademischer Leistungen, sondern auch ein Fest der Liebe, des Engagements und der Beginn eines neuen Kapitels als Eltern. Die Reise des Paares, die von Offenheit, Akzeptanz und gegenseitiger Unterstützung geprägt war, gipfelte in einem Moment des gemeinsamen Stolzes und Glücks, ein Beweis für die Verflechtung von persönlichem und akademischem Erfolg.

Die langwierige Vorfreude gipfelte in der Ankunft des lang erwarteten letzten Tages und läutete die für 11 Uhr geplante Einberufungszeremonie ein. Im Anschluss an das förmliche Verfahren erwartete die Eingeladenen ein üppiges Mittagessen, darunter die angesehenen Schüler mit hervorragenden Leistungen, unter denen Krishna und Elizabeth einen wohlverdienten Platz einnahmen. Die sorgfältig geplante Veranstaltung entfaltete sich mit Erhabenheit, geprägt von feierlichen Momenten, wohlverdienten Belohnungen und einem Gesamtambiente, das sie unvergesslich machte.

Während der großen Feierlichkeiten befanden sich Krishna und Elizabeth in der Freude über ihre akademischen Leistungen und den gemeinsamen Erfolg ihrer Beziehung. Die Einberufungszeremonie wurde zu einem entscheidenden Moment, nicht nur für die von ihr anerkannten akademischen Leistungen, sondern auch für die vertiefte Verbindung zwischen den beiden, deren Weg sowohl mit beruflichen als auch mit persönlichen Meilensteinen verbunden war. Die gemeinsame Begeisterung während der Zeremonie unterstrich die Bedeutung des Tages als Höhepunkt jahrelanger Hingabe, harter Arbeit und unerschütterlicher Unterstützung füreinander.

Inmitten der festlichen Atmosphäre schwelgte das Paar im Stolz auf ihre Leistungen und in der Wärme der Anerkennung durch Gleichaltrige und Mentoren. Die gemeinsamen Blicke und das Lächeln zwischen Krishna und Elizabeth spiegelten die tiefe Verbindung wider, die sie während ihrer akademischen Reise geknüpft hatten. Als die Zeremonie endete, brach das Duo am späten Nachmittag in ihre designierte Wohnung auf, ohne sich der Wendungen des Schicksals bewusst zu sein, die darauf warten, sich wieder in ihrem Leben zu entfalten.

Wenig wussten sie oder jemand anderes über das unsichtbare Spiel des Schicksals, das vor ihnen lag. Der Tag, der anfänglich von Jubel und einem Gefühl der Erfüllung geprägt war, deutete auf die Unvorhersehbarkeit des Lebens hin. Die scheinbar gewöhnliche Abfahrt am Nachmittag in ihre Wohnung verbarg die unvorhergesehenen Ereignisse, die bald den Verlauf ihres Lebens auf unerwartete Weise prägen sollten.

Als Krishna und Elizabeth das Einberufungsgelände verließen, verharrten die Echos ihres Erfolgs und ihrer gemeinsamen Freude. Das ahnungslose Paar, das sich der bevorstehenden Wendungen nicht bewusst war, trug die Erinnerungen an einen Tag mit sich, an dem nicht nur akademische Leistungen, sondern auch die tiefe Verbindung, die sie gepflegt hatten, gefeiert wurden. Die Endgültigkeit der Ereignisse des Tages bereitete die Bühne für ein neues Kapitel, das sich mit seinen eigenen Überraschungen, Herausforderungen und unvorhergesehenen Wendungen entfalten und der Erzählung ihres Lebens eine faszinierende Schicht hinzufügen würde.

11. „Zerbrochene Ruhe: Ein Tag der Freude wird zur Tragödie"

An diesem Tag beschloss Liz, ihrem Chauffeur einen wohlverdienten freien Tag zu gewähren, und entschied sich stattdessen dafür, dass Krishna die Räder übernahm. Der Zeitplan des Paares war frei von programmierten Verpflichtungen, da sie sich der genauen Dauer der Zeremonie, die bei der Einberufung der Universität stattfand, nicht bewusst waren. Als sie in ihre Residenz zurückkehrten, war die Luft von einer ansteckenden, fröhlichen Stimmung erfüllt, obwohl die späte Nachmittagssonne einen warmen Glanz auf ihre Umgebung ausstrahlte.

Der ursprüngliche Plan bei der Ankunft zu Hause war, sich vor der abendlichen High Tea Session eine dringend benötigte Pause zu gönnen. Danach wollten Liz und Krishna einkaufen gehen, insbesondere um Dinge zu sammeln, die für Liz 'bevorstehende postnatale Lieferung unerlässlich waren. Mit größter Sorgfalt führte Krishna das Auto in den Kellerparkplatz ihres Mehrfamilienhauses. Bei der Ankunft entging jedoch die Abwesenheit des Wachmanns, der normalerweise seinen regulären Platz einnahm, Krishna nicht. Wenn der Wärter eine kurze Pause eingelegt haben könnte, wies er die Angelegenheit ab und konzentrierte sich stattdessen darauf, seiner geliebten Frau zu helfen.

Die Ruhe des Parkplatzes hallte mit einem Gefühl der Ruhe wider und schuf eine Atmosphäre, die der gewünschten Entspannung förderlich war. Das Paar, das nun in einen Kokon des gemeinsamen Glücks eingetaucht war, umarmte das gemächliche Tempo des Tages. Der Gedanke an eine bevorstehende High Tea Session und einen Abend, der dem Einkaufen für ihren Neuzugang gewidmet war, brachte eine zusätzliche Aufregung in die Atmosphäre.

Als Krishna das Auto sanft an die vorgesehene Stelle navigierte, schien der Keller des Wohnhauses ungewöhnlich ruhig zu sein. Die Abwesenheit des wachsamen Wachmanns, der normalerweise anwesend sein würde, weckte ein flüchtiges Gefühl der Neugier. Nichtsdestotrotz konzentrierte sich Krishna weiterhin darauf, Liz 'Komfort und Sicherheit zu gewährleisten. Das Paar begab sich zu ihrer Residenz, wo das Versprechen der Ruhe und die Vorfreude auf einen angenehmen Abend auf sie warteten.

Das Sonnenlicht, das durch die Fenster gefiltert wurde, warf einen warmen Schein auf den Wohnraum, als sie sich für eine kurze Pause niederließen. Das ruhige Ambiente ermöglichte es ihnen, die Momente der Ruhe vor den Aktivitäten des Abends zu genießen. Sie ahnten nicht, dass diese unerwartete Pause in ihrer Routine ihrem Tag ein Element der Spontaneität hinzufügen und Erinnerungen schaffen würde, die in ihren Herzen verweilen würden.

In diesem ruhigen und entspannten Moment wurde die Ruhe der Szene durch das plötzliche und erschütternde Eindringen eines unvorhergesehenen Vorfalls erschüttert. Aus dem Nichts materialisierte sich eine rauflustige und zerzauste Figur, grotesk übergewichtig, vor Elizabeth. Die Abruptheit seines Aussehens überraschte sowohl Liz als auch Krishna, ihr idyllischer Tag nahm eine bedrohliche Wendung. Der Eindringling schwang ein scharfes Messer bedrohlich in seine linke Hand und fügte der Situation ein sofortiges und spürbares Gefühl der Gefahr hinzu.

Mit einer schnellen und kraftvollen Bewegung verdrehte die bedrohliche Gestalt Liz die Hand und zwang sie zu einem abrupten Halt. Der Schock der unerwarteten Begegnung ließ Krishna für einen Moment erstarren, seine Augen weiteten sich ungläubig über die sich vor ihm entfaltenden Ereignisse. Er beruhigte sich jedoch schnell, erkannte die Dringlichkeit der Situation und fühlte ein tiefes Verantwortungsbewusstsein für die Sicherheit seiner Frau.

Um die eskalierende Spannung zu zerstreuen, hob Krishna beide Hände in einer Geste der Kapitulation und wandte sich ruhig an den Angreifer. »Lass die Dame in Ruhe, mein Freund. Nimm dir, was du willst, aber lass sie bitte sofort frei ", flehte er, sein Tonfall wurde gemessen und sein Verhalten versuchte, an die Vernunft zu appellieren. Trotz Krishnas Bitte blieb der Angreifer unbewegt, sein schäbiges Aussehen und sein hartes Auftreten spiegelten eine Gleichgültigkeit gegenüber der Vernunft wider.

Der Eindringling artikulierte mit einer kalten und gefühllosen Stimme seine Forderungen: „Ich brauche dein Auto. Lass die Schlüssel in der Zündung und beweg dich weg, oder ich werde diesem Mädchen die Kehle aufschlitzen. Halte dich von mir fern." Die Schwere der Bedrohung lag in der Luft und schuf eine Atmosphäre voller Spannung und Angst. Angesichts der unmittelbaren Gefahr für Liz 'Leben gehorchte Krishna widerwillig und aus reinem Zwang den Befehlen des Angreifers. Er ließ die Schlüssel zögerlich in der Zündung des Autos und distanzierte sich vom Fahrzeug, während er den wachsamen Blick auf den Kriminellen bewahrte.

Die sich entfaltende Szene zeichnete ein lebendiges Bild von Verletzlichkeit und Verzweiflung, als Liz hilflos stand, ihre Sicherheit gefährdet war und Krishna sich mit der hilflosen Realität der Situation auseinandersetzte. Das unerwartete Eindringen hatte ihren friedlichen Tag in eine packende Tortur verwandelt, die ihr Leben unauslöschlich prägte und die Zerbrechlichkeit der Ruhe angesichts unvorhergesehener Umstände unterstrich.

In einer plötzlichen und brutalen Wendung der Ereignisse stieß der kriminell gesinnte Eindringling Elizabeth mit einer Kraft, die sie taumelnd über den Parkplatz schickte, kaltschnäuzig von ihm weg. Schockierend behielt er seinen Griff an der scharfen Waffe und hielt sie gegen die zerbrechliche Haut des Halses der schönen Dame. Die Bedrohung hielt an und warf einen bedrohlichen Schatten auf die sich entfaltende Tragödie.

Als Elizabeth darum kämpfte, ihr Gleichgewicht zu halten, stürzte sie sich unwissentlich auf den Tisch, der normalerweise vom Wachmann besetzt war. Die Kollision war unvermeidlich, und mit einem Schlag prallte sie mit erheblicher Kraft darauf. Der Aufprall wurde durch die scharfe Waffe verstärkt, die immer noch gegen ihren Hals gedrückt wurde, wodurch eine gefährliche und chaotische Szene entstand. Der schwere Schlitz, der durch die Waffe verursacht wurde, begann sofort stark zu bluten, was der sich entfaltenden Krise eine alarmierende Dimension hinzufügte.

Inmitten der Verwirrung verlor Liz, die jetzt sowohl desorientiert als auch verwundet war, ihre Vorsicht bei der chaotischen Kollision mit dem Tisch. Die Schwere ihrer Verletzungen eskalierte, als die scharfe Ecke des Tisches in ihren Bauch eindrang und eine bereits schreckliche Situation verschlimmerte. Die Kombination aus dem Schnitt der Waffe und dem Aufprall auf die Tischecke zeichnete ein düsteres Bild von Verletzlichkeit und Leiden.

Krishnas unmittelbarer Instinkt, Zeuge der sich entfaltenden Tragödie zu werden, bestand darin, an die Seite seiner Frau zu eilen und hilflos zu schreien, während er versuchte, den Ernst der Situation zu verstehen. Ein Gefühl der Verzweiflung und Ohnmacht durchdrang die Luft, als er Liz nach der brutalen Begegnung unterstützte. Der Verbrecher, der den richtigen Moment ergriff, eilte kaltblütig mit dem gestohlenen Auto davon und hinterließ eine Spur von Chaos und Trauma.

Der einst ruhige Parkplatz zeugte nun von den Nachwirkungen einer gewalttätigen und sinnlosen Tat. Das Echo von Liz 'Schmerz und Krishnas hilflosen Schreien hielt an und warf einen düsteren Schatten über das, was als friedlicher und fröhlicher Tag gedacht war. Die abrupte Abreise des Angreifers mit dem gestohlenen Auto markierte das Ende der schrecklichen Episode, aber die Narben, die das Leben des Paares hinterlassen hatte, würden bestehen bleiben, eine deutliche Erinnerung an die Verletzlichkeit, die selbst die gewöhnlichsten Momente begleiten kann.

Die abrupte Beschleunigung des Fahrzeugs und Krishnas verzweifelter Schrei hallten durch die ruhige Weite der Parkbucht und erregten sofort die Aufmerksamkeit der Menschen in der Nähe. Als Reaktion auf die Dringlichkeit sprang der Wachmann, der in der Nähe des Waschraums stationiert gewesen war, schnell auf den Tumult zu und seine Augen scannten die sich entfaltende Szene.

Krishna, sein Gesicht voller Panik, flehte die Wache dringend an: "Ruf einen Krankenwagen, kontaktiere die Polizei, ich flehe dich an - es ist ein schrecklicher Notfall!" Der Wachmann trat in Aktion, holte hastig sein Handy ab und wählte mit einem Gefühl der Dringlichkeit. Innerhalb weniger Augenblicke kündigte die Symphonie der heulenden Sirenen die Ankunft eines Polizeiwagens und eines

Krankenwagens an, deren laute Alarme den Ernst der Situation unterstrichen.

Inmitten der Kakophonie konzentrierte sich Krishna intensiv darauf, die karmesinrote Flut einzudämmen, die von der empfindlichen Wunde am Hals seiner geliebten Frau Elizabeth ausging. Ängstliche Gedanken schossen ihm durch den Kopf, als er sich mit der unmittelbaren Notwendigkeit eines medizinischen Eingriffs auseinandersetzte. Die Szene entfaltete sich mit einem surrealen Gefühl der Dringlichkeit, als hätte sich die Zeit selbst im Tandem mit den Rennfahrzeugen beschleunigt.

Als der Polizeibeamte, eine standhafte Figur inmitten des Aufruhrs, die Schwere des Umstands wahrnahm, brüllte er Anweisungen an die Ambulanzmannschaft. »Schnell, transportiere die verletzte Frau ins nahegelegene Stadtkrankenhaus«, befahl er, das Gewicht der Verantwortung zeigte sich in seiner Stimme. Mit flinker Effizienz sicherte Krishna mit zitternden Händen ein Taschentuch fest um Liz 'verwundeten Hals und bot eine behelfsmäßige, aber entscheidende Maßnahme, um die Blutung zu kontrollieren.

Im Herzen des sich entfaltenden Dramas stützte Krishna seine Frau auf die wartende Trage im hinteren Teil des Krankenwagens, wobei seine Augen sowohl Verzweiflung als auch Entschlossenheit widerspiegelten. Als das Fahrzeug in das Labyrinth der verkehrsberuhigten Straßen vorrückte, ertönten die Sirenen ihren dringenden Refrain, der den Ernst der Situation für diejenigen widerspiegelte, die Zeugnis gaben. Die Reise ins Krankenhaus wurde zu einer gespannten Odyssee, mit Krishna standhaft an Liz 'Seite, ein Porträt der Sorge, das auf sein Gesicht geätzt wurde, während die dringende Sirene des Krankenwagens die Symphonie der Stadt durchbohrte, ein verzweifeltes Plädoyer für einen schnellen Übergang zur Erlösung.

Bei ihrer Ankunft auf der Veranda des Krankenhauses stand ein vorab vereinbartes Notfallteam, das von dem wachsamen Polizeibeamten, der den Fall beaufsichtigte, vorgewarnt wurde, bereit, Elizabeth zu empfangen. Die orchestrierte Reaktion auf den Notruf war offensichtlich, als Liz schnell in den Operationssaal geführt wurde und

Krishna besorgniserregend im sterilen Ambiente der Krankenhauslounge stationiert war.

Als Krishna ängstlich auf die Nachricht vom Zustand seiner geliebten Frau wartete, näherte sich ihm ein Polizist, düster und entschlossen. Krishna wurde zu einem ausgewiesenen Sitzbereich geleitet und fand sich in die Formalitäten einer polizeilichen Untersuchung gestürzt. Das Verfahrensverhör begann, wobei der Offizier akribisch Details aus Krishnas erschütterten, aber entschlossenen Erinnerungen extrahierte. Jedes von Krishna ausgesprochene Wort webte einen Teppich der Angst, seine Gefühle der Dringlichkeit waren in jeder Silbe spürbar, als er den erschütternden Vorfall mit Elizabeth erzählte.

Krishnas Erzählung, die in der krassen Krankenhauslounge saß, enthüllte die rohen Emotionen eines Mannes, der sich mit der krassen Realität des gefährlichen Zustands seiner Frau auseinandersetzte. Er sprach von dem Schrecken, der sich auf dem Parkplatz entfaltet hatte, seine Worte trugen das Gewicht einer Seele in Not. Der Polizeibeamte, eine stoische Figur, transkribierte fleißig den Bericht, wobei sein Ausdruck eine gemeinsame Sorge um das Opfer widerspiegelte.

Gleichzeitig wurden die Räder der Gerechtigkeit in Gang gesetzt. Die Polizei, bewaffnet mit Krishnas detaillierter Aussage, leitete eine schnelle und gründliche Untersuchung ein. Ihr Fokus richtete sich auf das gestohlene Fahrzeug, ein wichtiges Puzzleteil, um die Identität des böswilligen Täters zu entschlüsseln. In einer unerwarteten Kurve wurde das vermisste Auto auf einer isolierten Strecke in der Nähe der Staatsstraße verlassen aufgefunden, ein stummer Zeuge des verzweifelten Versuchs des Kriminellen, der Gefangennahme zu entgehen.

Weitere Ermittlungen führten die Strafverfolgungsbehörden zu einer Enthüllung: Der listige Täter hatte inmitten der geschäftigen Anonymität von stark überfüllten Transportwagen auf der Autobahn Zuflucht gesucht. Die Ermittlungen nahmen eine breitere Dimension an, da die Polizei, getrieben von der gemeinsamen Entschlossenheit mit Krishna, den Übeltäter vor Gericht zu bringen, in einen Wettlauf gegen die Zeit und schwer fassbare Schatten verwickelt war. Die Erzählung entfaltete sich nicht nur als ein Streben nach Gerechtigkeit, sondern auch als ein ergreifendes Streben nach Schließung und

Vergeltung für die zerstörte Ruhe von Krishnas und Elizabeths einst idyllischer Existenz.

Die Veranda des Krankenhauses, eine Bühne für die sich entfaltende Tragödie, summte von den orchestrierten Bewegungen eines medizinischen Notfallteams. Der Anruf des alarmierten Polizeibeamten hatte die Reaktionsmühlen in Gang gesetzt und dafür gesorgt, dass ein Kader von Angehörigen der Gesundheitsberufe auf die Ankunft von Elizabeth wartete, die bereits gut über den Ernst der Situation informiert war. Krishna, ein Sturm von Emotionen, der in ihm aufwirbelte, wurde Zeuge des schnellen Übergangs, als Liz in den Operationssaal geführt wurde, umgeben von einem Team von Ärzten und der Dringlichkeit des medizinischen Personals.

Die sterile, klinische Atmosphäre der Krankenhauslounge umhüllte Krishna, als er in die Rolle eines wartenden Zuschauers versetzt wurde. Die Minuten fühlten sich wie Ewigkeiten an, jede Sekunde verging ein qualvoller Herzschlag, synchron mit seiner aufsteigenden Angst. Ein Polizeibeamter, eine Figur der Autorität und Untersuchung, näherte sich Krishna mit einem feierlichen Auftreten. Die Formalität der Erklärungen und Untersuchungen begann und zwang Krishna, die erschütternden Ereignisse, die sie zu diesem Abgrund der Verzweiflung geführt hatten, noch einmal zu erleben. Er erzählte den Vorfall mit akribischen Details, seine Worte trugen das Gewicht der Dringlichkeit und Verzweiflung für Elizabeths Wohlergehen.

Als die Polizei ihre Verfahrensuntersuchungen durchführte, kam ein Team von Ärzten aus dem Operationssaal, deren Äußerungen eine Mischung aus düsterer Besorgnis und professioneller Entschlossenheit waren. Krishna spürte einen Hoffnungsschimmer und näherte sich ihnen, seine Augen suchten nach Antworten. Ein leitender Arzt, der ernste Nachrichten überbrachte, verwickelte Krishna in ein zärtliches, aber direktes Gespräch. Der leitende Arzt, der das Band der Liebe und Sorge erkannte, legte eine beruhigende Hand auf Krishnas Schulter und bot Worte an, die ihn sowohl trösten als auch auf die bevorstehende beschwerliche Reise vorbereiten sollten.

Mit einer Schwerkraft, die schwer in der Luft hing, erklärte der Oberarzt den kritischen Zustand von Elizabeth. Die Enthüllung ihres erheblichen Blutverlustes und der Tribut, den sie an ihrer zerbrechlichen Form genommen hatte, traf Krishna wie ein Blitz. Die Erwähnung eines leichten Herzinfarkts, eine Folge des abrupten Schocks und der Verletzung im Mutterleib, verstärkte die Tiefe der Tragödie. Die Worte des Arztes waren nicht nur ein klinischer Bericht, sondern eine tiefgreifende Offenbarung der Zerbrechlichkeit des Lebens, die mit dem möglichen Verlust von Elizabeth und ihrem ungeborenen Kind in Einklang stand.

In diesem Moment der gemeinsamen Verwundbarkeit flehte der leitende Arzt Krishna an, Vertrauen in eine höhere Macht zu setzen. Die ergreifende Berührung der Hände des Arztes auf Krishnas Schulter vermittelte nicht nur medizinisches Fachwissen, sondern auch ein echtes Verständnis für den emotionalen Sturm, der in ihm wütete. Das mitfühlende Plädoyer des Arztes für das Gebet war eine Brücke zwischen den Bereichen Medizin und Spiritualität und erkannte, dass manchmal angesichts der tiefsten Herausforderungen des Lebens menschliche Kraft mit göttlichem Eingreifen verflochten sein muss. Der Krankenhauskorridor wurde zu einem Zufluchtsort für eine verzweifelte Bitte, als Krishna, geleitet von den Worten des Arztes, ein intensives Gebet einleitete, wobei jedes Wort mit der Hoffnung auf die Rettung seiner geliebten Frau und des ungeborenen Lebens in ihr mitschwang.

Der Krankenhauskorridor verwandelte sich in eine heilige Passage, die von der stillen Symphonie von Krishnas Trauer widerhallte. Die drohende Möglichkeit, seine geliebte Frau Elizabeth zu verlieren, ergriff seine Seele und entfesselte einen Strom von Tränen, der ungehindert aus den Tiefen seines schmerzenden Herzens floss. Die Angst, die zu tief war, um sie einzudämmen, manifestierte sich in den stillen Bächen, die über sein Gesicht strömten, und er fand sich vergeblich dabei, zu versuchen, die Flut mit dem rauen Stoff seines Hemdes einzudämmen, sein Taschentuch, das in der Dringlichkeit des Augenblicks geopfert wurde.

Inmitten des Schattens der Trauer näherte sich eine Krankenschwester Krishna mit einem feierlichen Vorsatz und trug offizielle Papiere, die seine Unterschrift erforderten. Die mechanischen Bewegungen der

Nachgiebigkeit verbargen den Sturm der Emotionen, die in ihm wirbelten, eine Fassade, die die tiefe Trauer verhüllte, die in sein Gesicht eingraviert war. Als er durch den Papierkram navigierte, verrieten die eingefärbten Striche seiner Unterschrift das Zittern eines Herzens, das in einem Ozean der Verzweiflung versunken war.

In einer unnachgiebigen Demonstration der Verantwortung wandte sich Krishna mit ruhiger, aber angespannter Stimme durch eine Reihe von Anrufen an einige wenige ausgewählte enge Freunde. Die Schwere der Situation wurde mit jedem sorgfältig ausgewählten Wort vermittelt, ein empfindliches Gleichgewicht zwischen Transparenz und dem Wunsch, sie vor dem vollen Gewicht seiner Angst zu schützen. Gleichzeitig kontaktierte er die Haushälterin, die mit dem Heiligtum ihrer Wohnung betraut war, und sorgte dafür, dass das Echo der Unsicherheit nicht durch die Räume hallte, die von den gemeinsamen Freuden und Leiden ihres gemeinsamen Lebens zeugten.

Doch die Zeit schien sich zu verziehen und zu dehnen, jede tickende Sekunde glich der Ewigkeit, als Krishna sich in dem unerbittlichen Griff der Angst verstrickt sah. Das Krankenhaus mit seinen labyrinthischen Gängen und dem umgebenden Summen gedämpfter Gespräche wurde zum Hintergrund seiner inneren Unruhe. Die Rückkehr des medizinischen Teams in den Operationssaal, die durch das Gewicht der verlängerten Minuten gekennzeichnet war, verstärkte die spürbare Spannung, die in der Luft hing. Der Lauf der Zeit, sowohl gemessen als auch unermesslich, war eine grausame Erinnerung an die Zerbrechlichkeit des Lebens und schärfte Krishnas Bewusstsein für den heiklen Faden, an dem das Schicksal seiner geliebten Frau hing.

Im stillen Theater seines Geistes vermischten sich Erinnerungen an gemeinsames Lachen, Träume und geflüsterte Versprechen mit der allgegenwärtigen Angst vor einer ungewissen Zukunft. Jeder Moment des Wartens war mit dem Gewicht unausgesprochener Gebete beladen, die Sehnsucht nach einem positiven Ergebnis überstieg die Barrieren der gesprochenen Sprache. Während Krishna sich mit dem Unbekannten auseinandersetzte, pendelten seine Emotionen zwischen dem Stoizismus äußerer Gelassenheit und der turbulenten Unterströmung innerer Unruhe.

Das Krankenhaus, in der Regel eine Oase der Heilung, wurde zu einer ergreifenden Bühne für die Ebbe und Flut menschlicher Emotionen. Die sterilen Wände zeugten von der Qual eines Mannes, der vor der Möglichkeit stand, den Anker seines Lebens zu verlieren. In diesem Schmelztiegel der Emotionen spiegelte Krishnas Reise durch die labyrinthischen Korridore das Labyrinth seines eigenen Herzens wider und navigierte durch die Wendungen der Hoffnung und Verzweiflung, während er auf Nachrichten wartete, die den Verlauf seiner Existenz prägen würden.

Als die tickende Uhr die längere Zeit der Unsicherheit akzentuierte, näherte sich der Oberarzt, erschöpft von der Last der Verantwortung, Krishna. Verloren im Labyrinth seiner Gedanken, blieb Krishna sich der Anwesenheit des Arztes nicht bewusst, bis die sanfte Berührung des erfahrenen Arztes auf seiner Schulter ihn in die karge Realität des Krankenhauskorridors zurückbrachte. Der Arzt, der den Tumult im Kopf des jungen Mannes wahrnahm, erkannte die Müdigkeit, die über das Physische hinausging und die Seele berührte.

Mit einer seiner Erfahrung entsprechenden Zärtlichkeit signalisierte der Oberarzt sein Verständnis von Krishnas Geisteszustand. Die Berührung, eine stille Verbindung zwischen zwei Individuen, die sich mit dem Unbekannten auseinandersetzen, versuchte Empathie angesichts der Unvorhersehbarkeit des Lebens zu vermitteln. Als sich Krishna aus den Tiefen seiner Kontemplation rührte, strömte ein stilles Flehen aus seinen Augen, eine Sehnsucht nach Nachrichten, die die Last seines besorgten Herzens lindern könnten.

Krishna stand jetzt gespannt vor Vorfreude und flehte den Arzt still an, die Nachricht von Elizabeths Wohlergehen mitzuteilen. Der Arzt, erfahren in der heiklen Kunst, sowohl gute als auch düstere Nachrichten zu überbringen, räusperte sich in einer vorbereitenden Geste. Mit sanfter Stimme und Rücksicht teilte er die Nachrichten mit, die Krishnas Leben für immer verändern würden. „Herr Krishna, ich habe gute Nachrichten für Sie. Herzlichen Glückwunsch, du bist Vater eines gutaussehenden Jungen geworden."

Die Worte, wie ein Balsam für eine verwundete Seele, lösten eine Welle von Emotionen in Krishna aus. Tränen, ein Beweis für die Tiefe seiner Freude und Dankbarkeit, flossen frei über seine Wangen. Der Jubel war jedoch von einer zugrunde liegenden Sorge geprägt, da die Schwere des Verhaltens des Arztes Krishnas scharfer Wahrnehmung nicht entging. Mit besorgter Stimme drückte er seine Dankbarkeit für die freudige Offenbarung aus, konnte aber die quälende Sorge nicht unterdrücken.

Krishnas Dringlichkeit, das Wohlergehen von Elizabeth, der Frau, die gerade Leben in die Welt gebracht hatte, festzustellen, manifestierte sich in seinem ängstlichen Flehen. »Wie geht es der Mutter?«, flehte er und sein Herz schlug im Rhythmus seiner Worte. Der Arzt schüttelte in einer Geste, die auf die düstere Realität zugeschnitten war, die oft die Höhen und Tiefen des Lebens begleitet, sanft den Kopf. »Es tut mir leid, Sir. Das Baby wurde zu früh geboren, und wir müssen es für ein paar Wochen in einem Inkubator aufbewahren. Was die Mutter betrifft, so ist ihr Zustand kritisch, und unser medizinisches Team arbeitet unermüdlich daran, sie zu retten. Möglicherweise können Sie keinen von ihnen sofort sehen. Das tut mir so leid."

In diesem Moment koexistierten Freude und Trauer in Krishnas Herz, einem komplizierten Wandteppich, der aus den Fäden der Komplexität des Lebens gewebt war. Die Ankündigung eines neuen Lebens stand der Zerbrechlichkeit eines anderen gegenüber, und Krishna befand sich in einem Zwischenraum zwischen Begeisterung und Beklommenheit. Der Krankenhauskorridor, Zeuge der sich entfaltenden Kapitel der menschlichen Existenz, wurde zur Bühne für den zarten Tanz zwischen Hoffnung und Verzweiflung.

Als sich der Austausch zwischen dem Oberarzt und Krishna entfaltete, manifestierte sich eine plötzliche Störung in Form einer sich beeilenden Krankenschwester. Ihr dringendes Verhalten signalisierte eine Angelegenheit, die die sofortige Aufmerksamkeit des Arztes erforderte. In einer ruhigen, aber tiefgründigen Geste deutete die Krankenschwester auf den Arzt und vermittelte schweigend den Ernst der Situation. Als Reaktion auf die unausgesprochene Dringlichkeit entschuldigte sich der Arzt bei Krishna und führte die Krankenschwester ein wenig von dem neugierigen Blick des wartenden Ehemanns weg.

In dieser kurzen Pause, die vor Krishnas inbrünstiger Erwartung verborgen war, gab die Krankenschwester wichtige Informationen an den leitenden Arzt weiter. Der vertrauliche Austausch trug das Gewicht düsterer Nachrichten. Mit einem abweisenden Nicken verabschiedete sich der Arzt von der Krankenschwester, deren flüchtige Anwesenheit der Schlüssel zu einer bevorstehenden Offenbarung war. Als der Arzt seine Schritte in Richtung Krishna zurückverfolgte, deutete die Schwere seines Schrittes die bevorstehende Enthüllung an.

Mit einem gemessenen Tempo näherte sich der Arzt Krishna, die Schwere der Situation prägte sich in sein Gesicht ein. Mit einer Stimme voller Trauer wandte er sich sanft an Krishna: „Herr Krishna, es tut mir sehr, sehr leid. Trotz unserer unerschütterlichen Bemühungen hat die göttliche Kraft unsere Bemühungen nicht begünstigt, und Ihre Frau, Mrs. Elizabeth, gibt es nicht mehr. Es tut mir sehr leid." Die Worte, eine tiefe Anerkennung der Zerbrechlichkeit des Lebens, hingen in der Luft und webten einen unauslöschlichen Faden der Trauer, der Arzt und Patient in einem gemeinsamen Moment des Herzschmerzes verband.

Die Nachricht, eine erschütternde Offenbarung, ließ Krishna in einem stillen Abgrund der Trauer zurück. Das Gewicht der Worte des Arztes drückte auf ihn und machte ihn sowohl körperlich als auch emotional schwach. Als sich die Realität seines Verlustes festsetzte, weinte Krishna, von Trauer überwältigt, in stiller Angst. Die Bank, einst ein Sitz der hoffnungsvollen Erwartung, wiegte nun die zerschmetterten Überreste eines Mannes, der mit Spannung auf die Nachricht gewartet hatte, die ihn mit seiner geliebten Frau und seinem neugeborenen Kind wieder vereinen würde.

Der Krankenhauskorridor, ein stiller Zeuge des sich entfaltenden menschlichen Dramas, bezeugte den krassen Kontrast zwischen der überschwänglichen Verkündigung neuen Lebens und dem grausamen Dekret der vorzeitigen Abreise. Die Dualität von Freude und Leid, Leben und Tod vereinte sich in einem ergreifenden Moment, der Krishna mit den tiefgreifenden Auswirkungen der unvorhersehbaren Wendungen des Schicksals auseinandersetzte.

Nach der herzzerreißenden Enthüllung zog sich der Arzt zurück und ließ Krishna durch das Labyrinth der Trauer in der Einsamkeit navigieren. Das Krankenhaus, einst ein Leuchtfeuer der Heilung, hallte jetzt mit den Klagen eines Mannes wider, der nicht nur eine Frau verloren hatte, sondern auch das Versprechen einer gemeinsamen Zukunft. Als Krishna dort saß, spiegelten seine stillen Tränen die untröstliche Trauer wider, die sein gebrochenes Herz umhüllte. Die Bank, ein Zeuge sowohl der Erwartung als auch der Verwüstung, wurde zu einem ergreifenden Zeugnis für die Zerbrechlichkeit der menschlichen Existenz.

12. „Das verborgene Vermächtnis: Wahrheiten in Trauer und Königtum enträtseln"

Die Nachricht vom traurigen Tod blieb in Geheimhaltung gehüllt, die nur Krishna bekannt war, dem Träger einer Last, die für jede Seele zu schwer war, um sie allein zu ertragen. Als sich die düstere Wahrheit entfaltete, umhüllte eine ergreifende Stille das Krankenhausgelände. Allmählich versammelten sich die engen Freunde und engagierten Betreuer von Elizabeth, die von einem unsichtbaren Faden gemeinsamer Trauer zusammengezogen wurden, und spürten eine Atmosphäre tiefen Verlustes. Inmitten dieser gedämpften Versammlung saß Krishna in einer einsamen Gestalt, in der Nähe des Eingangs des Operationssaals, sein leerer Blick auf eine Welt gerichtet, die jetzt ohne die lebhafte Präsenz war, die sie einst zierte.

Seine einst lebhaften Augen, jetzt geschwollen und gerötet von dem unerbittlichen Strom traurigen Weinens, bezeugten das Gewicht der tragischen Nachrichten, die er trug. Die Schwere der Situation hing in der Luft, spürbar in den schweren Herzen derer, die sich Krishna mit einfühlsamer Sorge näherten. Frau Helen, die persönliche Assistentin der verstorbenen Elizabeth, navigierte vorsichtig durch das Meer der Trauer, um Krishnas Seite zu erreichen. In diesem trostlosen Moment entstand eine Symphonie aus Beileid und mitfühlenden Gesten als Beweis für die tiefen Verbindungen, die Elizabeth mit ihren Mitmenschen geknüpft hatte.

Krishnas stille Mahnwache ergab sich schließlich einer kathartischen Ausgießung von Emotionen, als Frau Helen sich ihm näherte. Er brach die tiefe Stille, seine Stimme, schwer vor Trauer und erstickt von Tränen, hallte durch die Stille des Krankenhauskorridors. »Hey!«, rief er, das Wort beladen mit einer Mischung aus Unglauben und Angst. "Wir sind gekommen, um unsere liebe Liz zu treffen, aber... aber sie hat uns hier allein gelassen und ist zu ihrer himmlischen Wohnung aufgestiegen, meine Liebe..." Jede Silbe hallte mit dem Gewicht des unwiderruflichen Verlustes wider, ein Wehklagen, das durch die Herzen aller Anwesenden hallte.

Als sich die Nachricht von Elizabeths Abreise wie ein schwerer Nebel beruhigte, verwandelte sich das Krankenhausgelände in ein Heiligtum der gemeinsamen Trauer. Die kollektive Trauer enger Freunde und hingebungsvoller Mitarbeiter wurde zu einer ergreifenden Hommage an ein Leben, das sie alle berührt hatte. In diesem Moment tiefer Trauer verschwanden die Formalitäten und Vortäuschungen und hinterließen einen rohen und ungefilterten Ausdruck der tiefgreifenden Auswirkungen, die Elizabeth auf diejenigen hatte, die das Glück hatten, ein Teil ihrer Welt gewesen zu sein.

Die Nachricht von Elizabeths vorzeitigem Tod entfaltete sich in feierlichem Rhythmus, geflüstert aus dem engen Kreis der Versammelten, deren Herzen durch die Sorge um ihren engen Freund und die herausragende Person, die sie war, gefesselt waren. Als die Nachricht unter der Versammlung zirkulierte, durchquerte eine Welle von Unglauben und Trauer den Raum und webte einen Teppich gemeinsamer Trauer, der die Grenzen individueller Beziehungen überschritt. In den stillen Gesprächen, die folgten, wurde das Gewicht des Verlustes tiefer und warf einen Schatten auf die einst hoffnungsvolle Atmosphäre.

Der anfängliche Schock löste eine Kettenreaktion unter den Anwesenden aus und führte zu einer düsteren Weiterleitung von Telefonanrufen an andere Freunde und Mitarbeiter, die Elizabeth hoch schätzten. Die tragischen Nachrichten, wie eine unerbittliche Welle, die durch das vernetzte Netzwerk von Beziehungen verbreitet wird, wobei jeder Anruf die schwere Last des Kummers trägt. Die kollektive Klage hallte in den Korridoren der gemeinsamen Erinnerungen wider, als sich jede Person mit der Realität auseinandersetzte, dass ihr lieber Freund das Reich der Lebenden verlassen hatte.

Inmitten dieser traurigen Verbreitung fügte eine unerwartete Wendung der sich entfaltenden Erzählung eine Schicht von Komplexität hinzu. Das Krankenhaus, ursprünglich ein Zufluchtsort der Trauer und Unterstützung, wurde zu einem Magneten für einen zusätzlichen Zustrom von Menschen – Medienreportern. Die Presseerklärung über den erschütternden Raubüberfall und die anschließende polizeiliche Intervention warfen ein Schlaglicht auf die ohnehin schon herzzerreißende Situation. Das Krankenhaus, einst ein Zufluchtsort für Trost, befand sich nun inmitten des Geschreis von Kameras und sondierenden Fragen, ein Eindringen, das die emotionalen Turbulenzen um Elizabeths Tod weiter verschärfte.

Die Konvergenz von persönlichem Verlust und dem öffentlichen Spektakel malte ein ergreifendes Bild der Trauer. Das Krankenhaus verwandelte sich in einen Konvergenzpunkt von Trauer und Medienaufmerksamkeit, der die Komplexität von Elizabeths Leben und die tiefgreifenden Auswirkungen widerspiegelte, die sie sowohl auf ihren unmittelbaren Kreis als auch auf die breitere Gemeinschaft hatte. Als sich die Nachricht verbreitete, wurde die Luft dicht mit einem Gefühl kollektiver Trauer, einer gemeinsamen Anerkennung der Leere, die durch die Abreise von jemandem hinterlassen wurde, der nicht nur ein Freund, sondern auch ein Leuchtturm des Guten im Leben vieler war.

Inmitten der turbulenten Nachwirkungen von Elizabeths tragischem Tod blieb ein entscheidendes Detail, das unter der Last von Trauer und Chaos begraben war, von der trauernden Menge unbemerkt – die Tatsache, dass sie in den letzten acht Monaten ein kostbares Leben in sich getragen hatte. Es war eine ergreifende Realität, die sich dem Bewusstsein aller Anwesenden entzog, die vom Schock ihrer vorzeitigen Abreise verzehrt wurden. In diesem Meer der Verzweiflung klammerte sich eine Person, Frau Helen, an das Bewusstsein von Elizabeths mütterlicher Reise, auch als sie sich mit der Annahme auseinandersetzte, dass das Baby nicht neben seiner Mutter überlebt hatte.

Frau Helen hegte inmitten ihrer Trauer einen Schimmer der Sorge um das ungeborene Kind. Obwohl sie wenig Hoffnung auf das Überleben des Babys hatte, führte ein anhaltender Drang, das Schicksal der noch nicht geborenen Seele zu bestätigen, dazu, dass sie sich an einen Arzt wandte, der in ihren letzten Augenblicken Teil des medizinischen Teams gewesen war, das sich um Elizabeth kümmerte. In diesem einsamen Streben nach Wissen entdeckte Frau Helen eine bemerkenswerte und unvorhergesehene Wahrheit – eine vorgereifte, aber erfolgreiche Scherengeburt hatte stattgefunden, und der Erbe des Vermächtnisses der verstorbenen Elizabeth war aufgetaucht, belastbar und lebendig.

Die Offenbarung dieses wundersamen Ereignisses, ein Beweis für die Fähigkeit des Lebens zur Hoffnung inmitten einer Tragödie, rührte eine tiefe Emotion in Frau Helen. In einem Ansturm von Erleichterung und Freude nutzte sie die Gelegenheit, dieses neu gewonnene Wissen mit dem Verwalter von Elizabeths Nachlass zu teilen. Das Anwesen, das einst in den düsteren Schatten des Verlustes gehüllt war, wurde nun zur Leinwand für einen zarten Pinselstrich der Erneuerung. Frau Helen, die die Verantwortung trug, diese kostbare Nachricht zu überbringen, übernahm die Aufgabe mit einem Herzen, das von der unerwarteten Wendung des Lebens inmitten des Todes erhoben wurde.

Als der Manager die Nachricht von der Scherenlieferung und dem Wohlergehen des Erben aufnahm, veränderte sich die Atmosphäre um Elizabeths Vermächtnis. Die Offenbarung warf wie ein Lichtstrahl, der durch einen stürmischen Himmel drang, einen Hoffnungsstrahl auf die Dunkelheit, die sich über dem Anwesen niedergelassen hatte. Die einst traurigen Hallen hallten jetzt mit dem Flüstern des neuen Lebens und der Widerstandsfähigkeit wider, die selbst angesichts einer tiefen Tragödie entsteht. In dem zarten Tanz zwischen Trauer und Freude fand sich das Vermächtnis von Elizabeth kompliziert in das Gewebe einer Geschichte eingewoben, die die Grenzen von Leben und Tod überschritt.

In den letzten Stunden des Abends machte sich eine Prozession angesehener Persönlichkeiten aus dem akademischen Bereich, bestehend aus Professoren, Mentoren und einem würdevollen Dekan, feierlich auf den Weg ins Krankenhaus, um einem brillanten Studenten zu huldigen, dessen Licht abrupt erloschen war. Die Atmosphäre war schwer von Trauer, als sie Krishna begegneten, dem engen Begleiter der verstorbenen Seele, dessen Geist durch den plötzlichen Verlust tief erschüttert wurde. Mit Worten, die als Trost gedacht waren, versuchten die Professoren und Mentoren, Krishna eine tröstliche Umarmung anzubieten und die unersetzliche Leere anzuerkennen, die ihr begeisterter und begabter Schüler hinterlassen hatte.

Als das Krankenhauspersonal in Zusammenarbeit mit dem Polizeichef den schwer operierten Körper auf seine letzte Reise vorbereitete, durchdrang ein Pflichtgefühl und Ehrfurcht die Luft. Die sorgfältig verpackten Überreste wurden für die Lieferung an den nächsten Verwandten des Verstorbenen vorbereitet, ein düsteres Ritual, das mit größtem Respekt durchgeführt wurde. Die sich entfaltende Erzählung nahm jedoch eine unvorhergesehene Wendung, als eine Botschaft vom Außenministerium der Regierung eintraf, die den Verlauf der Ereignisse änderte.

Das unerwartete Schreiben übermittelte eine Anweisung, die die Flugbahn von Elizabeth Madams letzter Reise veränderte. Anstatt an die nächstgelegenen Angehörigen übergeben zu werden, sollte die Leiche nach Großbritannien transportiert und dem Außenministerium unterstellt werden. Die Enthüllung sorgte für eine kollektive Überraschung unter dem Krankenhauspersonal, den akademischen Würdenträgern und sogar den anwesenden Medienvertretern. Das Geheimnis um Elizabeths Identität begann sich zu entwirren und enthüllte eine Wahrheit, die vor denen, die sie innig gekannt hatten, verborgen geblieben war.

In einer plötzlichen Wendung des Schicksals erfuhr die Versammlung, dass ihre geschätzte Freundin und Mitarbeiterin mehr als eine brillante Studentin war – sie war in der Tat eine Prinzessin eines Staates. Die Enthüllung fügte der kollektiven Trauer eine komplizierte Schicht hinzu, da die Auswirkungen ihrer königlichen Abstammung das feierliche Verfahren in einem anderen Licht erscheinen ließen. Das Krankenhaus, einst ein Ort für persönliche Abschiede, wurde nun mit diplomatischen Nuancen und den königlichen Protokollen verwoben. Die Feierlichkeit des Anlasses vertiefte sich, als die Erkenntnis dämmerte, dass sie nicht nur einen geliebten Freund verloren hatten, sondern auch ein Mitglied des Königshauses, was sowohl im akademischen als auch im diplomatischen Bereich unauslöschliche Spuren hinterließ.

Als die Räder eines gecharterten Flugzeugs den Rollfeld am internationalen Flughafen küssten, trug es in seinem Rumpf den obersten Treuhänder, der mit der monumentalen Verantwortung betraut war, das riesige Anwesen zu beaufsichtigen, das die verstorbene Seele hinterlassen hatte. Die Ankunft wurde mit der Präzision orchestriert, die solchen feierlichen Anlässen angemessen war, und der Würdenträger wurde vom Minister für auswärtige Angelegenheiten Amerikas mit gebührendem Respekt empfangen. Ihre gemeinsame Mission war tiefgreifend – die komplizierten Verfahren nach dem vorzeitigen Tod einer Frau zu steuern, deren Identität die Grenzen der Wissenschaft überschritten hatte, um das Königtum zu umarmen.

Schnell machte sich das Gefolge, bestehend aus wichtigen Unterzeichnern und Beamten, auf den Weg ins Krankenhaus, wo ihre verstorbene Prinzessin ihre letzten Momente verbracht hatte. Das Personal, das auf den Ernst der Situation eingestellt war, empfing herzlich und erkannte die Bedeutung der Personen an, die mit dem Vermächtnis der verstorbenen edlen Seele betraut waren. Der Verwalter, der Hüter des herrschaftlichen Anwesens, übernahm eine zentrale Rolle, als er den obersten Treuhänder im inneren Heiligtum der Residenz der verstorbenen Prinzessin begrüßte.

In einem Moment der Vertraulichkeit übermittelte der Manager dem obersten Treuhänder eine heikle Offenbarung, die das verborgene Kapitel des Lebens der verstorbenen Dame enthüllte. Die verstorbene Prinzessin, so wurde bekannt, hatte eine geheime Ehe mit ihrem Klassenkameraden geschlossen, eine geheime Verbindung, die den überlebenden Erben des weitläufigen Nachlasses hervorgebracht hatte. Die Schwere dieser Enthüllung lag in der Luft, ein kompliziertes Detail, das dem bereits komplizierten Wandteppich des Lebens der verstorbenen Prinzessin Schichten von Komplexität hinzufügte.

Mit diesem neu gewonnenen Wissen bewaffnet, suchte der oberste Treuhänder Krishna auf, den engen Begleiter und trauernden Partner der verstorbenen Seele. Der oberste Treuhänder huldigte ihm mit tiefem Respekt, ging behutsam auf das Thema ein und schlug vor, dass Krishna ihn nach Großbritannien begleiten solle. Die Absicht war, durch die komplizierten Verfahren zu navigieren, die mit dem Königtum verbunden sind, um sicherzustellen, dass die letzten Riten mit der Würde durchgeführt wurden, die der königlichen Abstammung der verstorbenen Prinzessin angemessen war.

Krishna lehnte jedoch mit unerschütterlicher Entschlossenheit die Bitte des obersten Treuhänders kategorisch und demütig ab. In einem Akt der tiefen Liebe und des Respekts stimmte er der Abreise der sterblichen Überreste seiner geliebten Frau mit der Delegation zu. Die Luft war schwer von der Last der Emotionen, als sich die letzten Kapitel des Lebens der verstorbenen Prinzessin entfalteten und die Stimmung mit den vom Königtum diktierten Formalitäten verwickelten. Die Abreise markierte nicht nur die körperliche Reise der verstorbenen Prinzessin, sondern auch den Beginn eines zarten Tanzes zwischen Trauer und der würdigen Anerkennung ihres königlichen Erbes.

Während sich die Vorbereitungen für die feierliche Reise der Überreste von Prinzessin Elizabeth nach Großbritannien entwickelten, sorgte das Krankenhaus dafür, dass ihr Körper in einen wohlverdienten und sorgfältig dekorierten Sarg gelegt wurde. Dieser ehrfürchtig geschmückte Sarg, ein Symbol des Respekts vor dem verstorbenen Königshaus, wurde in die Wohnwohnung transportiert, in der die verstorbene Prinzessin ihre letzten Momente verbracht hatte. Ein offener Jeep, der von einer würdevollen Gruppe begleitet wurde, die in stattlicher Kleidung geschmückt war und die Regierung repräsentierte, trug die kostbare Fracht durch die Straßen.

Bei der Ankunft in der Wohnung umhüllte eine Aura der Trauer die Atmosphäre, akzentuiert durch die Anwesenheit von Medienvertretern, Regierungsbeamten und einer Vielzahl von Freunden und Mitarbeitern, die gekommen waren, um ihren Respekt zu erweisen. Die Residenz wurde zu einem Zufluchtsort für kollektive Trauer und war Gastgeber eines Kondolenztreffens, das als ergreifender Abschied von einer Frau diente, deren Leben so viele berührt hatte. Die Luft war schwer von geteilter Trauer, als herzliche Ehrungen in den Räumen widerhallten, die einst von der verstorbenen Prinzessin geschmückt wurden.

Vor der letzten Fahrt zum Flughafen berief der oberste Treuhänder, der die Verantwortung für den Nachlass und das hinterlassene Erbe trug, eine Dringlichkeitssitzung mit dem örtlichen Personal ein. In einem Moment der Vertraulichkeit teilte er Anweisungen mit, die die heiklen Geheimnisse des Lebens der verstorbenen Prinzessin schützen würden. Die Mitarbeiter wurden aufgefordert, über ihre Beziehung und den überlebenden Erben Stillschweigen zu bewahren, bis alle notwendigen Papiere von den Behörden untersucht und geprüft worden waren.

Darüber hinaus forderte der oberste Treuhänder, der die potenziellen Bedrohungen für den überlebenden Erben erkannte, das Personal auf, wachsam zu sein. Die Sicherheit und das Wohlergehen des Erben wurden zu einem vorrangigen Anliegen, einer Pflicht, die von denen getragen wurde, die mit der Verantwortung für die Erhaltung des Vermächtnisses der verstorbenen Prinzessin betraut waren. In einer Geste des Mitgefühls erteilte der oberste Treuhänder dem Ehemann der verstorbenen Prinzessin, Krishna, die Erlaubnis, in ihrer Wohnung zu bleiben. Er sollte als Herr der Residenz geehrt werden, eine symbolische Anerkennung der Bindung, die er mit der verstorbenen Prinzessin teilte.

Um sicherzustellen, dass Krishna in dieser schwierigen Zeit die notwendige Unterstützung hatte, erlaubte der oberste Treuhänder, zusätzliches Personal einzustellen, wenn dies von Krishna als notwendig erachtet wurde. Diese Maßnahmen wurden erlassen, um die überlebende Familie vor übermäßigem Stress zu schützen und ihnen den Raum und die Würde zu geben, die sie verdienten. Mit diesen Vorkehrungen ging der oberste Treuhänder weg und hinterließ eine Residenz, die sowohl von Trauer als auch von dem zarten Versprechen geprägt war, die komplizierten Fäden des Lebens der verstorbenen Prinzessin zu schützen.

Während des aufwendigen Verfahrens blieb Krishna in einem abgelegenen Teil der Wohnung zurückgezogen und kämpfte mit einer überwältigenden Trauer, die ihn verschlang. Unsicher, wie er durch die komplizierten Feinheiten des königlichen Protokolls navigieren sollte, während er das Gewicht seiner Emotionen trug, stand er von der versammelten Menge distanziert da. Die eindringliche Sorge um die Gesundheit seines Sohnes war groß, das Kind lag zerbrechlich in einem Krankenhausinkubator unter der wachsamen Obhut eines Teams von erfahrenen Ärzten.

Krishna, belastet mit dem schweren Mantel der Trauer, erkannte, dass seine Hauptaufgabe nun darin bestand, die kostbaren Erinnerungen an seine verstorbene Liebe in Form ihres neugeborenen Sohnes zu bewahren. Er beschloss, sich ausschließlich dem Wohlergehen dieses geschätzten Geschenks zu widmen, eine ergreifende Erinnerung an die Liebe, die sie einst teilten. In der Einsamkeit der Nacht sammelte Krishna die Kraft, um Mohini zu erreichen, und übermittelte die herzzerreißende Nachricht von Elizabeths vorzeitigem Tod.

Mohini, schockiert von der plötzlichen Offenbarung, verbarg ihre eigenen Gefühle und erkannte das tiefe Bedürfnis nach moralischer Unterstützung, das Krishna in diesem Moment suchte. Trotz des Schmerzes, Liz zu verlieren, spielte sie die Rolle einer Säule der Stärke für Krishna und bot Trost und Trost in Hülle und Fülle. Mohini drückte ihren Wunsch aus, an seiner Seite zu sein, und enthüllte bedauerlicherweise, dass sie sich ihm nicht körperlich anschließen konnte.

Krishna verstand Mohinis missliche Lage und erkannte die Tiefe ihrer Gefühle an und bat sie anmutig um Diskretion. Er flehte sie an, die Nachrichten über seine Ehe und die Geburt seines Sohnes vertraulich zu behandeln und die heiklen Angelegenheiten vor den neugierigen Augen und Ohren der Welt zu schützen. In diesem gemeinsamen Moment der Trauer bildeten sich ein stilles Verständnis und ein Geheimhaltungspakt zwischen Krishna und Mohini, der sie in den Fäden des Mitgefühls und der Loyalität inmitten des turbulenten Meeres der Emotionen verband.

Nachdem Krishna sich ergreifend von der leblosen Form seiner liebsten und nächsten Geliebten, Elizabeth, verabschiedet hatte, befand er sich in einem überwältigenden Gefühl der Leere. Die Schwere der Situation traf ihn und ließ ihn mit der Erkenntnis zurück, dass er in diesem Moment keinen bestimmten Zweck hatte, außer der ständigen Sorge um das Wohlergehen seines einzigen Sohnes in dieser riesigen Welt. Während die kranke Gesundheit seiner Mutter ihn belastete, fand er Trost in der unerschütterlichen Hingabe, Hingabe und Zuneigung, die die Schwester seines Cousins, Mohini, gegenüber der Fürsorge für Shantai zeigte.

Trotz der Sehnsucht, die lebendige Erinnerung zu bewahren und zu pflegen, die Liz in Form ihres neugeborenen Sohnes hinterlassen hatte, sah sich Krishna der harten Realität gegenüber, dass die

Krankenhausbehörden solche Besuche nicht erlaubten. Die Unfähigkeit, sich körperlich mit der Verkörperung der Liebe seiner verstorbenen Frau zu verbinden, ließ ihn mit einer immensen Leere kämpfen, deren Tiefen unüberwindbar schienen. Die Ungewissheit darüber, wie lange diese tiefe Leere bestehen bleiben würde, ragte über ihn und warf einen Schatten auf den Weg, der vor ihm lag.

Als Krishna durch das Labyrinth der Trauer navigierte, war er hin- und hergerissen zwischen den drängenden Sorgen um die Zukunft seines Sohnes und den stillen Gebeten für seine kranke Mutter. Doch inmitten der emotionalen Turbulenzen zog er Kraft aus der Zusicherung, dass Mohinis unerschütterliche Unterstützung Shantai weiterhin eine Säule der Stabilität bieten würde. Die bevorstehende Reise schien entmutigend, aber Krishna drängte weiter, angetrieben von den Erinnerungen an seine geliebte Elizabeth und der tiefen Verantwortung, die jetzt auf seinen Schultern lag.

In diesem entscheidenden Moment näherte sich Madame Helen, die britische Begleiterin von Krishnas verstorbener Frau, um ihre tief empfundenen Gefühle sowohl für Krishna als auch für die verstorbene Seele zu vermitteln. Helen, eine Frau von bemerkenswerter Freundlichkeit und unerschütterlicher Loyalität, war seit ihrer Geburt ein integraler Bestandteil von Elizabeths Familie. Obwohl sie acht Jahre älter als Elizabeth war, ging ihre Beziehung über die bloße Kameradschaft hinaus; Helen hatte die Rolle der Hausmeisterin und Begleiterin von Elizabeth gespielt und eine Bindung gepflegt, die tief in der familiären Liebe verwurzelt war.

Die Feinheiten von Helens Leben entfalteten sich, als sie ihre Geschichte mit Krishna teilte. Da sie seit ihrer Geburt ein Teil von Elizabeths Familie war, war sie für eine kurze Zeit weggegangen, kehrte aber in einer Zeit der Not zurück, nachdem sie ihren Mann während der Schwangerschaft verloren hatte. Sie suchte Zuflucht und einen Zweck und fand Trost darin, der königlichen Familie zu dienen. Tragischerweise wurden ihre Kämpfe durch eine komplizierte Geburt noch verschlimmert, die zum Verlust ihres Kindes führte und sie in Zukunft unfähig machte, schwanger zu werden.

Helens Anwesenheit an diesem schwierigen Punkt brachte Krishna ein Gefühl des Trostes. Ihre Erfahrung eines tiefen Verlustes erlaubte es ihr, sich in die Trauer, die ihn umhüllte, einzufühlen und eine Bindung zu schaffen, die die Grenzen der Nationalität und der Umstände überschritt. Während sie sich unterhielten, schien das Gewicht des gemeinsamen Kummers zuzunehmen, ersetzt durch ein gegenseitiges Verständnis und einen Schimmer von Trost.

Der Dialog zwischen Krishna und Helen wurde zu einem therapeutischen Austausch, einem Raum, in dem Emotionen frei flossen. Helens beruhigende Worte und die gemeinsamen Erinnerungen an Elizabeth wurden zu einer Quelle der Stärke für Krishna und halfen ihm, durch das turbulente Meer der Emotionen zu navigieren. In dieser Gemeinschaft der Trauer fanden sie eine einzigartige Verbindung, die kulturelle und persönliche Unterschiede transzendierte und eine bittersüße Atempause angesichts des tiefen Verlustes bot.

In einem Moment der tiefen Beruhigung verspricht Helen, die britische Begleiterin von Krishnas verstorbener Frau, seine Sorgen um seinen neugeborenen Sohn zu lindern. Mit einer Aufrichtigkeit, die in ihren Worten widerhallte, versprach Helen, das Baby so zu behandeln, als wäre es ihr eigenes. Dieses Engagement trug das Gewicht eines tiefsitzenden Verlangens in Helen – eine Sehnsucht, die Freuden der Mutterschaft zu erleben, eine Tatsache des Lebens, die ihr schwer fassbar geblieben war.

Trotz der Herausforderungen, die das Leben ihr gestellt hatte, waren Helens mütterliche Instinkte und echte Zuneigung zur Familie spürbar. Ihr Angebot, eine lebenslange Hausmeisterin für Krishnas Sohn zu werden, war mit einer selbstlosen Hingabe verbunden, die über die bloße Pflicht hinausging. Sie drückte eine tiefe Bereitschaft aus, die Verantwortung und Freuden der Mutterschaft anzunehmen und versprach, die bedingungslose Liebe und Fürsorge zu bieten, die jedes Kind verdient.

Krishna, berührt von der Aufrichtigkeit von Helens Worten, fand Trost in der Vorstellung, dass sein Sohn von jemandem genährt werden würde, der so tief engagiert war. Dankbarkeit stieg in ihm auf, als er Helens Angebot bereitwillig annahm und ihr aus tiefstem Herzen aufrichtig dankte. Die Sorge um die Zukunft seines Sohnes nahm zu, ersetzt durch ein neu gefundenes Gefühl des Vertrauens in die Bindung, die sich zwischen Helen und dem Säugling bildete.

Der Austausch zwischen Krishna und Helen markierte einen bedeutenden Wendepunkt, als sich das Schicksal darauf vorbereitete, ein unvorhergesehenes Kapitel in Krishnas Leben zu weben. Die tiefe Verbindung, die sich durch dieses gemeinsame Verständnis bildete, versprach, eine einzigartige Mischung aus Mitgefühl und Stabilität in den Haushalt zu bringen und eine nährende Umgebung für das kleine Kind zu schaffen.

Als Krishna über diese unerwartete Wendung in seiner Lebensgeschichte nachdachte, konnte er nicht umhin, die komplizierte Art und Weise zu bestaunen, in der sich das Schicksal entfaltet. Er ahnte nicht, dass sich die Vereinigung der Herzen zwischen Helen und seinem Sohn zu einer Geschichte von gemeinsamer Liebe, Widerstandsfähigkeit und der erlösenden Kraft der menschlichen Verbindung entwickeln würde. Der Grundstein für ein neues Kapitel war gelegt worden, eines, das das Potenzial hatte, die Konturen von Krishnas Leben auf eine Weise neu zu definieren, die er nicht hätte ergründen können.

Als sich das dringend benötigte Gespräch zwischen Krishna und Helen seinem Ende näherte, erschütterte eine plötzliche Unterbrechung die feierliche Atmosphäre. Der unverwechselbare Klingelton aus Krishnas Tasche kündigte einen eingehenden Anruf an, und als er auf den Bildschirm schaute, wurde er von dem Namen seines Onkels mütterlicherseits, Mahadeo Mama, begrüßt, der auf dem Display blinkte. Es war ein zufälliger Moment, und Krishna konnte nicht anders, als ihn als einen rechtzeitigen Segen zu interpretieren, vielleicht als ein Nicken des Schicksals als Reaktion auf die Resolutionen und Versprechen, die während ihrer Diskussion ausgetauscht worden waren.

Mit einem Gefühl der Vorfreude antwortete Krishna auf den Anruf, und die vertraute Stimme von Mahadeo Mama hallte durch das Telefon und überbrückte die geografische Lücke zwischen ihnen. Die ferne Verbindung zu seinen Wurzeln in Indien wurde plötzlich lebendig und unmittelbar. Mamas Anfrage nach Krishnas Plänen für die Rückkehr in das Mutterland rückte den miteinander verbundenen

Wandteppich aus familiären, geschäftlichen und persönlichen Verpflichtungen in den Vordergrund, der Krishnas Existenz definierte.

Die familiären Verantwortlichkeiten, die in Mahadeo Mamas Worten widerhallten, rührten eine Mischung aus Emotionen in Krishna. Der Anruf war nicht nur ein Check-in; es war eine Erinnerung an die komplizierten Bindungen, die ihn zu seiner Familie verbanden, das geschäftliche Erbe, von dem er ein Teil war, und die liebevollen Arme seiner Mutter, die auf der anderen Seite der Welt wartete. Das Gewicht dieser Verbindungen hallte durch das Gespräch wider und schuf ein komplexes Mosaik aus Pflicht und persönlichen Bestrebungen.

Krishna, der sich der drängenden Angelegenheiten bewusst war, befand sich in einer heiklen Situation. Die Entscheidung über seine Rückkehr war nun eng mit dem Gesundheitszustand seines frühgeborenen Babys verbunden. Mit echtem Verantwortungsbewusstsein entschuldigte er sich von einer sofortigen Antwort und drückte die Notwendigkeit einer zusätzlichen Zeit zur Bewertung und Entscheidung aus. Der Ernst der Situation war in seiner Stimme spürbar, als er zart die zarte Balance vermittelte, die er brauchte, um zuzuschlagen.

Krishna versprach Mahadeo Mama, dass er ihn auf dem Laufenden halten würde, sobald der Entscheidungsprozess abgeschlossen sei, und schloss den Anruf sanft ab. Der Raum, der einst mit der gewichtigen Diskussion über Versprechen und Verantwortlichkeiten gefüllt war, hallte jetzt von der stillen Betrachtung eines Mannes wider, der mit lebensverändernden Entscheidungen konfrontiert war. Als Krishna das Telefon auflegte, legte sich der Ernst der Situation auf ihn, und er begann eine Zeit der tiefen Reflexion.

Das anschließende Protokoll war geprägt von der tiefen Stille der Selbstbeobachtung. Krishna dachte nicht nur über die bevorstehenden Entscheidungen über seine Rückkehr nach, sondern auch über die umfassenderen Auswirkungen auf seine Familie, seinen neugeborenen Sohn und das komplizierte Beziehungsgeflecht, das seine Existenz definierte. Der Raum wurde zu einem Zufluchtsort für nachdenkliche Überlegungen, ein Raum, in dem sich das Echo familiärer Bindungen mit dem unsicheren Flüstern einer unvorhersehbaren Zukunft vermischte.

In der stillen Folge des Anrufs kämpfte Krishna mit dem komplizierten Tanz zwischen Pflicht und persönlichen Umständen. Das Gewicht der bevorstehenden Entscheidungen ging ihm nicht verloren, und als er in die Ferne blickte, wusste er, dass der Weg, den er wählte, nicht nur sein Schicksal, sondern auch das Leben, das mit seinem eigenen verflochten war, prägen würde. Die sich entfaltenden Kapitel seines Lebens mussten noch geschrieben werden, und jeder Moment trug das Gewicht einer Entscheidung, die die Macht hatte, die Erzählung seiner Existenz neu zu definieren.

13. "Verschleierte Bindungen: Entfaltung von Geheimnissen und familiären Feinheiten"

Nach einer endlosen Spanne von zwei langen Monaten erreichte das frühgeborene Kind schließlich einen Zustand der Stabilität, was die Krankenhausbehörden dazu veranlasste, sich auf die akribische Übergabe an seinen rechtmäßigen Vater Krishna vorzubereiten. Trotz Krishnas häufigen Besuchen im Krankenhaus und ernsthaften Bitten an die medizinischen Fachkräfte, einen Blick auf sein empfindliches Neugeborenes zu werfen, wurde ihm aufgrund strenger Vorschriften der Zugang verweigert. Der verheißungsvolle Tag kam jedoch, als Krishna einen unerwarteten Anruf erhielt, der es ihm erlaubte, sein Kind unter der strengen Bedingung, sich an die Richtlinien des Krankenhauses zu halten, nach Hause zu bringen. Überwältigt von der Freude kam er in Begleitung von Helen Madam eilig ins Krankenhaus, begierig darauf, sein Neugeborenes in seinen Armen zu wiegen, es zärtlich zu berühren, es mit Liebe zu überschütten und das kostbare Wesen zum ersten Mal in seinem Leben zu bestaunen.

Das bedeutsame Ereignis ereignete sich, als Krishna die ihm übertragene Verantwortung annahm und jede Anweisung der Krankenhausbehörden sorgfältig befolgte. Das emotionale Crescendo erreichte seinen Höhepunkt, als Krishna mit unerschütterlicher Zärtlichkeit schließlich sein Baby in den Armen hielt. Die Zerbrechlichkeit des Neugeborenen diente als ergreifende Erinnerung an die beschwerliche Reise, die sowohl das Baby als auch seine Eltern durchgemacht hatten. Mit jeder sanften Liebkosung schmiedete Krishna eine unzerbrechliche Bindung zu seinem Kind und erlebte ein unbeschreibliches Gefühl väterlicher Liebe, das alle früheren Emotionen, die er gekannt hatte, übertraf. Das Ambiente des Krankenhauszimmers hallte mit Gefühlen des Triumphs über Widrigkeiten wider, als das einst zerbrechliche Leben jetzt in der schützenden Umarmung seines Vaters lag.

Die Begeisterung, die die Atmosphäre durchdrang, war spürbar, als Krishna und Helen Madam sich an der Verwirklichung eines Traumes erfreuten, der durch unvorhergesehene Umstände aufgeschoben wurde. Ihre Herzen schwollen vor Dankbarkeit gegenüber den unermüdlichen Bemühungen des Krankenhauspersonals an, das auf der wundersamen Reise des Überlebens dieses Neugeborenen zu stillen Champions geworden war. Als Krishna das winzige Wunder in seinen Armen hielt, spielte sich eine Symphonie von Emotionen ab – von der anfänglichen Angst und Unsicherheit bis hin zu der überwältigenden Freude, die jetzt den Raum umhüllte. Dieses neu entdeckte Kapitel in Krishnas Leben symbolisierte den Triumph der Hoffnung und Belastbarkeit, als er sich mit einem tiefen Gefühl der Dankbarkeit und Liebe für das zarte Leben, das seiner Fürsorge anvertraut war, auf den Weg der Elternschaft begab.

Mit größter Zartheit und einer Fülle von Liebe übertrug Krishna das Kind anmutig in den wartenden Schoß von Helen Madam, die bereitwillig die Rolle nicht nur einer Pflegemutter, sondern auch einer intimen Hausmeisterin für die absehbare Zukunft angenommen hatte. Die Bedeutung dieses Moments ging keinem von ihnen verloren, als sie am Abgrund eines neuen Kapitels in ihren miteinander verflochtenen Schicksalen standen. Die Zerbrechlichkeit des Neugeborenen in Helens Armen symbolisierte eine zarte Brücke, die Vergangenheit und Zukunft verbindet, eine Brücke, die auf den Fundamenten der Liebe und Verantwortung gebaut wurde.

Als das Kind in der sanften Wiege von Helens Umarmung Trost fand, ereignete sich eine ergreifende Verwandlung. Die Tränenkaskade aus Helens Augen zeugte von der tiefen emotionalen Resonanz des Anlasses. Jede Träne schien das Gewicht einer zarten, aber unbeugsamen Entschlossenheit zu tragen. Helen wiegte das Kind trotz des Zitterns in ihrem Herzen mit einer Zärtlichkeit, die die tiefe Verbindung widerspiegelte, die sie mit ihrer verstorbenen Gefährtin und Freundin Elizabeth teilte. Die spürbaren Emotionen im Raum wurden zu einer ergreifenden Hommage an den dauerhaften Geist der Liebe, der die Grenzen von Zeit und Verlust überschreitet.

Die ätherische Verbindung zwischen Helena und dem Säugling wurde zu einem lebendigen Zeugnis für die Widerstandsfähigkeit des menschlichen Geistes. Die Tränen, die flossen, waren nicht nur Tränen der Trauer, sondern auch Tränen der Katharsis, die die aufgestauten Emotionen freisetzten, die während der beschwerlichen Reise, die zu diesem Moment führte, beherbergt worden waren. Die zitternde Berührung des liebenswerten Säuglings diente als Katalysator und erweckte in Helen eine Flut von Erinnerungen, die mit der Anwesenheit ihres geliebten verstorbenen Freundes verflochten waren. In diesem Moment der Verletzlichkeit wurde der Raum zu einem heiligen Raum, in dem Vergangenheit und Gegenwart zusammenkamen und ein beeindruckendes Tableau aus Liebe, Verlust und Neuanfang schufen.

Die Liebe, die von Helens zitternder Berührung ausging, hallte die dauerhafte Bindung wider, die die Grenzen der Sterblichkeit überschreitet. Es war, als ob Elizabeths Geist im Raum verweilte und sanft den Übergang der Betreuungsaufgaben von einer nährenden Seele zur anderen leitete. Die Zerbrechlichkeit des Lebens, eingekapselt in die Unschuld des Neugeborenen, diente als ergreifende Erinnerung daran, dass die Liebe die Macht hat, die zeitlichen Grenzen des Daseins zu überschreiten. In dieser Umarmung wurde Helen nicht nur eine eifrige Mutter, sondern auch eine Hüterin des emotionalen Erbes, das Elizabeth hinterlassen hatte.

Im zärtlichen Austausch zwischen Krishna, Helen und dem Säugling wurde ein heiliger Pakt geschmiedet - eine Verpflichtung, das kostbare Leben, das ihnen anvertraut wurde, zu pflegen und zu schützen. Die Tränen, die in Helens Augen glitzerten, verwandelten sich in Perlen der Liebe und schmückten den Wandteppich einer Zukunft voller gemeinsamer Momente der Freude, des Wachstums und der unerschütterlichen Kameradschaft. Als sie sich gemeinsam auf diese Reise begaben, hallte der Raum mit Echos der Liebe wider und spiegelte das Gefühl wider, dass das Leben selbst angesichts des Verlustes die bemerkenswerte Fähigkeit hat, sich durch die dauerhaften Bande des Mitgefühls und der gemeinsamen Verantwortung zu erneuern.

Nach Abschluss der erforderlichen Krankenhausformalitäten und der Abrechnung gingen Helen und Krishna mit größter Sorgfalt vor und hielten das neu anvertraute Kind in einer speziell bereitgestellten Wiege

– einem Gefäß der Sicherheit und Zärtlichkeit. Der Säugling mit einem Gesicht, das Lieblichkeit ausstrahlte, lächelte sanft und erinnerte an eine unheimliche Ähnlichkeit mit seiner verstorbenen Mutter Elizabeth. Die Reise vom Krankenhaus zu ihrem Zielort wurde nicht allein angetreten, da sie von zwei kompetenten Krankenschwestern begleitet wurden, ihren fleißigen Vormündern, die von den Krankenhausbehörden ernannt wurden. Das Mandat war klar: Beide Krankenschwestern würden den Säugling bis zur nächsten geplanten Untersuchung rund um die Uhr betreuen, um einen nahtlosen Übergang in die pflegenden Arme seiner neuen Familie zu gewährleisten.

Der Konvoi, bestehend aus Helen, Krishna, dem Säugling und den engagierten Krankenschwestern, erreichte ihre Wohnung, wo die Atmosphäre mit Glück und Freude schwang. Die Heimkehr war geprägt von einem spürbaren Gefühl der Vorfreude und Freude, einer emotionalen Symphonie, die mit dem kollektiven Herzschlag derer harmonierte, die auf ihre Ankunft warteten. Das verbleibende Betreuungspersonal in der Residenz, das bereits vorbereitet war und mit Spannung auf die Ankunft des Säuglings wartete, hieß die neu gefundene Familie herzlich und jubelnd willkommen.

Als sich die Tür öffnete, um die Szene zu enthüllen, kaskadierte eine Welle von Emotionen durch die Herzen aller Anwesenden. Der Säugling, eingebettet in seine provisorische Wiege, wurde zum Mittelpunkt der Aufmerksamkeit, zum Symbol für Neuanfänge und gemeinsame Verantwortung. Das Lächeln, das das Gesicht des Kindes schmückte, spiegelte die Freude wider, die den Raum umhüllte, ein strahlendes Zeugnis der Liebe und Fürsorge, die seine Erziehung bestimmen würde. Die fleißigen Krankenschwestern, die zu Hütern des Wohlergehens des Kindes ernannt wurden, standen als Stützen bereit, um sicherzustellen, dass jedem Bedarf, egal wie heikel, mit unerschütterlicher Hingabe begegnet werden würde.

Die Wohnung, einst ein Raum der stillen Vorfreude, hallte jetzt mit dem Lachen der Hausmeister und dem sanften Gurren des Säuglings wider. Der Übergang vom Krankenhaus zum Heim markierte den Beginn einer familiären Bindung, eine Verbindung, die sich mit jedem Tag weiterentwickeln und vertiefen würde. Die temporäre Wiege, während sie ein physisches Gefäß war, wurde zu einer metaphorischen Brücke, die die sorgfältige Pflege des Krankenhauses mit der Wärme und Liebe eines Hauses voller Mitgefühl verband.

Helen und Krishna, jetzt zusammen mit einem engagierten Team von Betreuern, begaben sich auf eine kollektive Reise der Fürsorge und des Schutzes. Die provisorische Wiege symbolisierte nicht nur die körperliche Sicherheit des Säuglings, sondern auch den emotionalen Kokon, der durch die gemeinsamen Bemühungen derjenigen gewebt wurde, die sich für sein Wohlergehen engagierten. Während sie sich auf diesem unerforschten Weg der Elternschaft bewegten, verwandelte sich die Wohnung in einen Zufluchtsort, einen Raum, in dem Liebe und Hingabe zusammenkamen, um eine Umgebung zu schaffen, die dem Gedeihen der neu gegründeten Familie förderlich war.

In der Zwischenzeit hat Herr Joseph, der vom Büro des obersten Treuhänders mit der Verantwortung betraute offizielle Manager, erfolgreich die Heiratsurkunde von Elizabeth und Krishna, liebevoll Chris genannt, aus dem Kirchenarchiv beschafft. Er erhielt auch das düstere, aber entscheidende Dokument von Elizabeths Sterbeurkunde, eine deutliche Erinnerung an die bittersüßen Umstände bei der Geburt des Kindes. Darüber hinaus sicherte sich Herr Joseph fleißig die Geburtsurkunde aus dem Krankenhaus und verkapselte die formelle Bestätigung der Ankunft des Neugeborenen in der Welt. Schnell schickte er diese umfassenden Dokumente an das Treuhandbüro des Nachlasses und reagierte umgehend auf die Anweisung des obersten Treuhänders, bevor er die Vereinigten Staaten von Amerika verließ. Der oberste Treuhänder betonte die Dringlichkeit dieser Angelegenheit und drängte auf eine rasche und effiziente Lösung.

Trotz der langen Dauer, die die Krankenhausbehörden brauchten, um das Sorgerecht für das Kind aufzugeben, gab es einen Silberstreif am Horizont – sie kamen der Aufforderung nach allen relevanten Dokumenten nach. Diese Dokumente, die sich jetzt im Besitz von Herrn Joseph befinden, dienten als greifbares Bindeglied zwischen Vergangenheit und Gegenwart und verkapselten die rechtlichen und emotionalen Dimensionen dieser komplexen Erzählung. Das akribische Sammeln von Papierkram stellte nicht nur eine formelle Transaktion dar, sondern auch eine ergreifende Anerkennung der familiären Bindungen und Verantwortlichkeiten, die Elizabeth, Krishna und das Neugeborene banden.

Die Heiratsurkunde, geschmückt mit den heiligen Abdrücken der ausgetauschten Gelübde, flüsterte Liebesgeschichten, die über die Grenzen der Zeit hinausgingen. Umgekehrt trug die Sterbeurkunde, ein düsteres Zeugnis für Elizabeths vorzeitige Abreise, das Gewicht von Verlust und Sehnsucht. Die Geburtsurkunde, ein Symbol für neues Leben, markierte den Beginn einer Reise voller Hoffnung und Verantwortung. Herr Joseph wurde in seiner Rolle als Hüter dieser Dokumente zum Hüter des Erbes der Familie und wurde mit der Bewahrung der heiklen Fäden betraut, die Vergangenheit und Gegenwart miteinander verbanden.

Die Übermittlung dieser Dokumente an das Treuhandbüro war nicht nur ein bürokratisches Verfahren, sondern eine feierliche Verpflichtung, die mit einem tiefen Verantwortungsbewusstsein einherging. Herr Joseph, der sich der emotionalen Resonanz bewusst war, die in diesen Papieren eingebettet war, behandelte sie mit größter Sorgfalt und Ehrfurcht. Jedes Dokument wurde zu einem Gefäß, das die Echos der Liebe, des Verlustes und des Versprechens einer noch zu entfaltenden Zukunft trug.

Als die Zeitungen die physische und metaphorische Distanz zwischen Herrn Joseph und dem Treuhandbüro durchquerten, wurden sie zu Konnektivitätskanälen, die die Lücke zwischen dem administrativen und dem emotionalen Bereich überbrückten. Das Mandat des obersten Treuhänders, den Prozess zu beschleunigen, unterstrich das Verständnis, dass Zeit von entscheidender Bedeutung war, und betonte die Notwendigkeit, die rechtlichen und sentimentalen Facetten nahtlos miteinander zu verflechten. Bei der Erfüllung dieser Mission wurde Herr Joseph zu einem stillen Architekten und stärkte das Fundament, auf dem das Erbe der Familie ruhte, da die zarten Fäden des Papierkrames zu einem Teppich der Kontinuität und des Engagements zusammenfielen.

Inmitten der anhaltenden Appelle von Mahadeo Mama, Shah Sir und Mohini an Krishna, seine Rückkehr nach Indien zu beschleunigen, war der Entscheidungsprozess in ein Netz widersprüchlicher Emotionen gehüllt. Die unnachgiebige Verbindung zwischen Krishna und seinem unbenannten, immer lächelnden Kind diente als Anker und erschwerte die Aussicht auf eine bevorstehende Abreise. Das Kind, eine Quelle grenzenloser Freude und unausgesprochener Verbindung, hielt Krishna gefangen, wobei seine Zeit hauptsächlich dem Schweben um die Wiege und dem Schwelgen in der freudigen Gegenwart seines Kindes gewidmet war.

Die unerbittlichen Bitten, nach Indien zurückzukehren, unterstrichen die Dringlichkeit, die von denen wahrgenommen wurde, die sich um Krishna kümmerten. Mahadeo Mama, Shah Sir, Mutter Shantai und Mohini, getrieben von Besorgnis und familiären Bindungen, flehten Krishna an, die emotionale Anziehungskraft zu überwinden und dem Ruf der Verantwortung zu folgen, der in Indien auf ihn wartete. Doch Krishna befand sich in einem Dilemma, hin- und hergerissen zwischen familiären Verpflichtungen und der magnetischen Anziehungskraft des bezaubernden Lächelns, das von seinem Kind ausging.

Als Krishna in der Nähe seines namenlosen Kindes Trost fand, sorgte die nährende Umarmung durch Helen Madam und die sorgfältige Hilfe der ausgebildeten Krankenschwester dafür, dass jeder Moment in einer Atmosphäre der Fürsorge und Zärtlichkeit verbracht wurde. Das Engagement der Betreuer spiegelte das kollektive Engagement für das Wohlergehen des Säuglings wider und unterstrich die symbiotische Beziehung zwischen Liebe und Verantwortung.

Die allmähliche Entfaltung der geplanten Vorsorgeuntersuchung für das Kind markierte einen entscheidenden Meilenstein, der eine spürbare Beruhigung der aufkeimenden Gesundheit des Kindes bot. Die Bescheinigung der Krankenhausbehörden, dass das Kind nun völlig außer Gefahr war und unter der sicheren Vormundschaft seiner Eltern stand, hob ein Gewicht von Krishnas Schultern. Es war ein Beweis für die akribische Fürsorge, die dem Kind zuteil wurde, und bestätigte die Wirksamkeit der Zeit und Zuneigung, die sowohl Krishna als auch Helen Madam investierten.

Mit der neu gewonnenen Stabilität des Säuglings beschlossen die Krankenhausbehörden in Anerkennung der Stärke der elterlichen Liebe, die zusätzliche Unterstützung durch die ernannten Krankenschwestern zurückzuziehen. Der Rückruf dieser Fachleute markierte einen symbolischen Übergang und bedeutete den Höhepunkt einer mühsamen Reise von der Verwundbarkeit zur Resilienz. Als Krishna weiterhin die freudige Gegenwart seines Kindes genoss, war die Luft von Gefühlen der Dankbarkeit und Erleichterung durchdrungen und spiegelte die tiefe Wahrheit wider, dass Liebe in Verbindung mit unerschütterlicher Fürsorge die Macht hat, Verletzlichkeit in Stärke und Zerbrechlichkeit in Widerstandsfähigkeit zu verwandeln.

Die Sehnsucht aus Indien, insbesondere von Mutter Shantai, verstärkte sich, getrieben von einem Schmerz für den ersten Blick auf ihren Enkel und der vertrauten Liebe, die Krishna und ihre Schwiegertochter Elizabeth schenkten. Obwohl sie über die freudige Geburt informiert wurde, war die herzzerreißende Nachricht von Elizabeths Tod vor Mutter Shantai geschützt worden, eine Entscheidung, die aus Sorge um ihre zerbrechliche Gesundheit und den kürzlichen Verlust ihres geliebten Mannes Gautam entstand. Sowohl Krishna als auch Mohini, die sich des heiklen Zustands von Mutter Shantai bewusst waren, entschieden sich, die tragische Wahrheit geheim zu halten, eine Entscheidung, die in dem Wunsch wurzelte, sie vor weiteren emotionalen Umwälzungen zu schützen.

In langwierigen Beratungen mit dem Chief Trusty entfalteten sich Diskussionen über die Weite der Telefonleitungen, an denen Helen und alle relevanten Personen beteiligt waren. Inmitten dieser Gespräche kristallisierte sich in Krishna eine entscheidende Entscheidung heraus – der Entschluss, nach Indien zurückzukehren, begleitet von seinem Sohn und Helen Madam, die die Rolle des Hausmeisters für das Kind übernehmen würden. Dieser bedeutende Schritt trug das Gewicht tiefgreifender Implikationen und erforderte die Konstruktion einer sorgfältig ausgearbeiteten Erzählung, um die düstere Realität zu verschleiern. Eine kollektive Anstrengung entstand, um eine Geschichte zu konzipieren, die Elizabeth aufgrund von Komplikationen durch Frühgeburt als handlungsunfähig darstellte, mit Helen, einer Witwe und engen Vertrauten, die mit der Verantwortung für die Pflege des Neugeborenen betraut war.

Die Erzählung, die für Mutter Shantai konstruiert wurde, versuchte zart zu vermitteln, dass Elizabeth, die auf ein Krankenhausbett beschränkt war, nicht in der Lage war, sich auf die Reise nach Hause zu begeben. Stattdessen übernahm Helen, eine mitfühlende Freundin und die designierte Hausmeisterin von Liz, den Mantel, das Kind zurück nach Indien zu führen. Die kunstvolle Geschichte, die Mutter Shantai vor der Wahrheit schützen sollte, verkörperte nicht nur die Komplexität der menschlichen Emotionen, sondern auch die Anstrengungen, die geliebte Menschen unternehmen, um sich gegenseitig vor den harten Realitäten des Lebens zu schützen.

Als Krishna sich darauf vorbereitete, mit seinem Sohn und Helen Madam nach Hause zurückzukehren, hing eine spürbare Mischung aus Emotionen in der Luft – eine Mischung aus Vorfreude, Besorgnis und einer kollektiven Entschlossenheit, das empfindliche Gleichgewicht zwischen Wahrheit und Schutz zu bewahren. Die Entscheidung, die traurigen Nachrichten von Mutter Shantai zurückzuhalten, kam aus einer tiefen Quelle der Liebe und Besorgnis und betonte die Zerbrechlichkeit des menschlichen Herzens und die Anstrengungen, die man unternehmen möchte, um das zu schützen, was einem am Herzen liegt. Im Netz konstruierter Erzählungen und sorgfältig ausgewählter Worte wurde die bevorstehende Reise zurück nach Indien zu einer ergreifenden Reise, beladen mit dem Gewicht unausgesprochener Wahrheiten und dem belastbaren Geist familiärer Bindungen.

Herr Joseph navigierte effizient durch die Komplexität des internationalen Reisens und orchestrierte die notwendigen Reservierungen für Krishna, das Neugeborene und die Hausmeisterin Helen Madam, um eine nahtlose Reise nach Indien zu gewährleisten. Da er die heiklen Umstände ihrer Abreise erkannte, investierte er erhebliche Anstrengungen und sorgfältige Liebe zum Detail in die Vorbereitung aller erforderlichen Dokumente. Die bevorstehende Reise wurde zu einem Beweis für die Hingabe von Herrn Joseph und spiegelte sein Engagement wider, während eines herausfordernden Kapitels in Krishnas Leben die notwendige Unterstützung zu leisten.

Herr Joseph nahm das emotionale Gewicht der Reise vorweg und näherte sich der Aufgabe mit einem mitfühlenden Verständnis für die einzigartigen Umstände, die Krishna und Helen Madam über Kontinente hinweg antrieben. Die Bindung, die sich während ihrer

Interaktionen bildete, ging über berufliche Verpflichtungen hinaus und ging in ein Reich über, in dem Empathie und Praktikabilität harmonisch nebeneinander existierten. Es war eine gemeinsame Anstrengung, wobei Herr Joseph als standhafter Verbündeter fungierte, um sicherzustellen, dass die Reise mit größter Sorgfalt und Rücksichtnahme unternommen wurde.

In seiner Voraussicht stellte sich Herr Joseph eine Rückreise für Krishna und das Kind vor und betrachtete das komplizierte Netz von Details, die mit internationalen Reisen verbunden sind. Das Versprechen an Krishna, das ihm Unterstützung zusicherte, als die Zeit für ihre Rückkehr nach Amerika kam, hallte mit einem Gefühl der Zuverlässigkeit und Zuverlässigkeit wider. Es war ein Angebot, das nicht nur in beruflicher Hinsicht erweitert wurde, sondern auch von einem Verständnis der persönlichen und emotionalen Aspekte durchdrungen war, die mit solch bedeutenden Übergängen verbunden waren.

Als das Abreisedatum näher rückte, wurden die Vorbereitungen von Herrn Joseph zu einer Verkörperung einer sorgfältigen Planung, die mit einem Verantwortungsbewusstsein einherging, das über den Bereich der offiziellen Pflichten hinausging. Die nahtlose Orchestrierung von Papierkram und Reservierungen zeugt von einem Engagement zur Linderung der Belastungen, die oft mit internationalen Reisen einhergehen, insbesondere unter Umständen, die mit emotionaler Komplexität behaftet sind.

Die gemeinsame Anstrengung zwischen Herrn Joseph und Krishna bei der Bewältigung der bürokratischen Feinheiten spiegelte das gegenseitige Vertrauen und Vertrauen wider, das während ihrer Interaktionen kultiviert wurde. Die Gewissheit, dass die Grundlagen für ihre Rückkehr sorgfältig gehandhabt würden, diente Krishna inmitten der emotionalen Herausforderungen, mit denen er konfrontiert war, als Quelle des Trostes. Im Austausch von Versprechungen und Vorbereitungen wurde das Gefühl der Kameradschaft zwischen den beiden zu einer ergreifenden Unterströmung, die die Stärke einer echten menschlichen Verbindung hervorhob.

Inmitten logistischer Arrangements wurden die Handlungen von Herrn Joseph zu einem Beweis für die mitfühlende Seite professioneller Beziehungen. Die Verpflichtung, Krishnas Reise zu erleichtern, war nicht nur eine zu erledigende Aufgabe; es war eine Verkörperung von Verständnis und Einfühlungsvermögen, die zeigte, dass selbst im Bereich der offiziellen Verantwortlichkeiten menschliche Verbindung und Rücksichtnahme eine entscheidende Rolle spielten.

Die Vorbereitungen von Herrn Joseph erstreckten sich über die greifbaren Aspekte des Reisens hinaus und reichten bis in den Bereich der emotionalen Unterstützung. Die Reise, die durch den physischen Akt des Umzugs von einem Ort zum anderen gekennzeichnet war, wurde zu einer metaphorischen Reise, die durch das unerschütterliche Engagement eines mitfühlenden Verbündeten unterstützt wurde. Als Krishna sich auf diese emotionale Pilgerreise begab, bildete die von Herrn Joseph geschaffene Grundlage eine Grundlage, die auf Vertrauen, Zuverlässigkeit und dem gemeinsamen Verständnis aufbaute, das die Grenzen der beruflichen Verpflichtungen überschritt.

Als die Uhr in Richtung der festgesetzten Stunde tickte, stieg das Flugzeug, das Krishna und seinen geschätzten Begleiter trug, auf den Boden seines Mutterlandes hinab. Die bedeutsame Rückkehr fand unter dem wachsamen Blick von Mahadeo Mama statt, der zusammen mit einer ausgewählten Gruppe engagierter Unternehmensleiter das Duo am Flughafen Mumbai herzlich begrüßte. Die Umarmung vertrauter Gesichter inmitten des frühen Morgenlichts bedeutete nicht nur eine physische Heimkehr, sondern auch eine symbolische Rückkehr zu der familiären Wärme, die auf sie wartete.

Bei der Ankunft in ihrer Residenz wurde Krishna mit einem Anblick begrüßt, der seine Emotionen erregte - ein Haus, das mit dem Glanz sorgfältig arrangierter Lichter glühte, die mit lebendigen Blumen geschmückt waren. Die Atmosphäre trug den süßen Duft der Vorfreude, ein olfaktorischer Auftakt zu der freudigen Heimkehr, die erwartete. Die sorgfältigen Vorbereitungen spiegelten ein Gefühl des Feierns wider und unterstrichen die Bedeutung dieser Wiedervereinigung für die Familie.

Die Enthüllung des beleuchteten und geschmückten Hauses traf Krishna mit Überraschung, ein visuelles Zeugnis der kollektiven Aufregung, die ihrer Ankunft vorausging. Die durchdachte Einrichtung, die mit einem ästhetischen Charme in Einklang steht, spiegelte die sorgfältige Planung wider, die unternommen wurde, um die Heimkehr zu einem unvergesslichen Ereignis zu machen. Der milde Duft, der in der Luft verweilte, schien das Flüstern familiärer Liebe und eifriger Vorfreude mit sich zu tragen und ein warmes Ambiente zu schaffen.

Als Krishna die Schwelle überschritt, traf er nicht nur auf das visuell bezaubernde Schauspiel, sondern auch auf die eifrigen Gesichter von Shantai, Shakuntala Mami und Mohini. Ihre Vorfreude spiegelte den Höhepunkt wochenlanger Sehnsucht nach dem Moment wider, in dem der neugeborene Erbe das Haus der Familie zum ersten Mal schmücken würde. Die familiäre Umarmung, die auf sie wartete, sprach Bände über die Tiefe der Verbindung und die emotionale Bedeutung dieses Augenblicks in ihrem Leben.

Die Wiedervereinigung mit der Familie wurde zu einem emotionalen Crescendo, einer Symphonie der Liebe und Freude, die durch die gut beleuchteten Korridore ihres Wohnortes hallte. Das strahlende Lächeln auf den Gesichtern von Shantai, Shakuntala Mami und Mohini spiegelte nicht nur den Stolz der Familie wider, sondern auch ein überwältigendes Gefühl des Glücks über die sichere Rückkehr von Krishna und die Ankunft des neuesten Mitglieds ihrer Linie. Das geschmückte und duftende Zuhause verwandelte sich in eine Oase der emotionalen Erfüllung, in einen Raum, in dem die gemeinsame Liebe zum neugeborenen Erben zu einer kollektiven Feier erblühte.

Die sorgfältige Planung und die durchdachten Gesten der Familie zeigten eine Gefühlstiefe, die über die physischen Insignien von Dekor und Beleuchtung hinausging. Es war eine Verkörperung der emotionalen Investition, die jedes Mitglied getätigt hatte, um sicherzustellen, dass diese Heimkehr nicht nur ein Ereignis, sondern ein herzliches Willkommen war, das mit den tiefen Bindungen in Resonanz stand, die ihre familiären Bindungen definierten. Als Krishna und sein Begleiter in die Umarmung ihrer Familie traten, spiegelte die Leuchtkraft der Umgebung die strahlende Liebe wider, die sie umhüllte, und schuf einen unauslöschlichen Moment, der in den Wandteppich ihrer gemeinsamen Geschichte eingraviert war.

Obwohl sie in Freude versunken war, als sie ihren Enkel zum ersten Mal sah, fand Shantai einen Schleier des Unmuts, der ihr Herz verhüllte, eine spürbare Abwesenheit, die einen Schatten über ihre Begeisterung warf - die Abwesenheit ihrer geliebten Schwiegertochter Elizabeth. Shantais Körper, von Emotionen überwältigt, zitterte, und es war die sanfte und liebevolle Anwesenheit von Mohini, die die dringend benötigte Unterstützung bot, sowohl körperlich als auch emotional. Die Freudentränen, die die Gesichter von Shantai und Mohini schmückten, entgingen dem scharfsinnigen Blick Krishnas nicht, ihre Ausdrücke wurden zu einem ergreifenden Zeugnis des komplexen Wandteppichs von Emotionen, die sich durch die Familie schlängelten.

Als Shantai sich nach Informationen über Liz sehnte, schien die Luft voller Vorfreude und Trauer zu sein. Mohini erkannte die heikle Natur der Situation und übernahm die Rolle eines mitfühlenden Führers, der Shantais Bedenken mit sanften und tröstlichen Worten beruhigte. Der freudige Anlass war von einer bittersüßen Unterströmung geprägt, und Mohini wurde mit ihren einfühlsamen Worten zu einer Säule der Stärke für Shantai und bot Trost inmitten des emotionalen Wirbelwinds.

Helen Madam, eine Beobachterin der Familiendynamik, spürte eine Welle der Dankbarkeit, die den intimen Eifer und die Liebe bezeugte, die sich in den Augen jedes Familienmitglieds widerspiegelten. Mohinis herzlicher Empfang, der sie mit Wärme erfüllte, bestätigte die gemeinsamen Bande der Fürsorge und Verantwortung, die sie während ihrer gemeinsamen Reise geschmiedet hatten. Als sich die Familie versammelte, schufen die unausgesprochenen Verbindungen und der Unterstrom von Emotionen eine Atmosphäre, die über kulturelle Unterschiede hinausging und eine Brücke des Verständnisses und der Akzeptanz bildete.

Doch inmitten der gemeinschaftlichen Freude beobachtete Shakuntala, Helens Mutter, sie mit einem wachsamen und misstrauischen Blick. Die Komplexität der Familiendynamik und die unausgesprochenen Befürchtungen waren spürbar und fügten der ansonsten freudigen Heimkehr eine Spannungsschicht hinzu. Obwohl Helen von Mohini herzlich begrüßt wurde, spürte sie das Gewicht der Prüfung durch Shakuntala und deutete auf das komplizierte Zusammenspiel der Beziehungen innerhalb der Familie hin.

Der formelle Eintritt in das Haus entfaltete sich mit hinduistischen Traditionen, einer Reihe von Ritualen, die für Helen ein unbekanntes Terrain waren. Als die Familienmitglieder sich mit diesen heiligen Bräuchen beschäftigten, fand sich Helen in einem Wandteppich des kulturellen Reichtums gefangen, ihre Anwesenheit trug zu den vielfältigen Fäden bei, die in das Gewebe der Familientraditionen eingewoben waren. Die Formalitäten, obwohl neu für sie, wurden zu einer Brücke, die sie mit dem Erbe und den Bräuchen der Familie verband, was eine kollektive Anstrengung bedeutete, sich zu umarmen und zu integrieren.

Während dieser formalen Rituale schienen sich die Emotionen jedes Familienmitglieds zu einer harmonischen Symphonie des Feierns und Nachdenkens zu vereinen. Das mit Ritualen geschmückte Haus hallte mit den Gefühlen von Freude und Sehnsucht wider und hielt die Essenz einer Heimkehr fest, die geografische Grenzen überschritt. Die kollektive Umarmung der Tradition und die herzlichen Verbindungen, die sich während dieser Wiedervereinigung bildeten, wurden zu den Fäden, die sie miteinander verbanden und ein Tableau von Emotionen schufen, die reich an familiärer Tiefe und kulturellem Austausch waren.

Obwohl der anfängliche Empfang zu Hause harmonisch schien, kämpfte Shakuntala unter der Fassade des häuslichen Willkommens mit einer Vielzahl von anhaltenden Fragen. Ohne ihr Wissen hatte Mohini eine Strategie inszeniert, die Geheimhaltung in Bezug auf die komplizierte Beziehung zwischen Krishna und dem neugeborenen Enkel diktierte. Diesen Schleier der Geheimhaltung hielten sie aufgrund der wahrgenommenen Bedrohung des Lebens des Kindes für notwendig. Shakuntala war sich dieser heiklen Anordnung jedoch nicht bewusst.

Kompliziert in das Gewebe dieses Geheimnisses eingewoben war Mohinis sorgfältige Überzeugung von Shantai. Sie überzeugte Shantai, die heimliche Natur von Krishnas Verbindung mit dem Neugeborenen aufrechtzuerhalten, indem sie eine Erzählung verwendete, dass das Kind tatsächlich das Kind einer Witwe war, die eng mit Krishnas verstorbenem Freund verbunden war. Darüber hinaus wurde Shakuntala aufgefordert, die Anwesenheit des Kindes zu akzeptieren, weil Krishna seinem sterbenden Kameraden ein feierliches Versprechen gegeben hatte. Dieses Gelübde, das am Abgrund des letzten Atemzugs eines Freundes abgelegt wurde, versprach der Witwe Helen unnachgiebige Unterstützung und ewigen Schutz.

Das emotionale Gewicht dieser Offenbarungen lag schwer auf Shakuntalas Schultern, denn sie war sich der Feinheiten, die Krishnas Versprechen umgaben, und der Komplexität der Beziehungen, die in diesem familiären Wandteppich verflochten waren, nicht bewusst. Das Plädoyer für Geheimhaltung ging von einer wahrgenommenen Bedrohung des Neugeborenen aus und führte ein Element der Angst und Besorgnis in die sorgfältig orchestrierte Erzählung ein.

Als sich die Schichten dieser komplizierten Saga entfalteten, wurde deutlich, dass unter der Fassade eines scheinbar gewöhnlichen häuslichen Willkommens Emotionen in einem komplexen Netz aus Versprechen, Loyalitäten und verborgenen Wahrheiten verstrickt waren. Der Akt, die Identität des Kindes vor neugierigen Blicken der Gesellschaft zu verbergen, trug die Last, ein verletzliches Leben zu schützen, eine Verantwortung, die schwer auf den Herzen der Beteiligten lastete.

Der Schleier der Geheimhaltung, obwohl aus der Notwendigkeit geboren, führte eine ergreifende Unterströmung von Trauer und Verletzlichkeit in die familiäre Dynamik ein. Das unausgesprochene Verständnis zwischen Shantai und Mohini verkörperte die Anstrengungen, die man unternehmen würde, um ein Kind vor potenziellem Schaden zu schützen, und hob die Opfer hervor, die im Namen der Liebe und des Schutzes gebracht wurden.

Während der häusliche Empfang an der Oberfläche nahtlos erschienen sein mag, war die emotionale Landschaft darunter von unausgesprochenen Gefühlen, gehüteten Geheimnissen und dem Gewicht der Versprechen geprägt, die im heiligen Raum zwischen Leben und Tod gemacht wurden. Der zarte Tanz des Enthüllens und

Verbergens, angetrieben von dem Wunsch, das Kind vor Schaden zu schützen, fügte den Interaktionen der Familie eine Schicht Komplexität hinzu und verwandelte die Heimkehr in einen nuancierten Wandteppich aus Liebe, Pflicht und stillen Opfern.

Shakuntala befand sich in einem Meer der Verwirrung und war nicht in der Lage, die subtilen Ströme unsichtbarer Liebe zu entziffern, die von Shantai ausgingen. Diese ätherische Zuneigung, erkannte sie, erstreckte sich nicht nur auf ihren Sohn Krishna, sondern umhüllte auch das Kind, begleitet von seiner verwitweten Mutter Helen, gemäß der Erzählung, die ihr vorgelegt worden war. Ohne sich der komplizierten Details bewusst zu sein, kämpfte sie mit den Feinheiten der unter der Oberfläche verborgenen Emotionen, die sich als unausgesprochene, aber spürbare Verbindung manifestierten.

Der Anblick von Shantais Zuneigung, die auf Krishna und das Kind niederging, weckte Shakuntalas Neugier und löste eine Kaskade von Fragen in ihrem kontemplativen Geist aus. Die Erkenntnis, dass sich die familiäre Bindung über die sichtbare Verwandtschaft hinaus erstreckte, faszinierte sie und ließ ihre Sehnsucht nach einem Verständnis für die Komplexität, die durch ihre Interaktionen entsteht, zurück. Sie fand sich im zarten Tanz der Emotionen gefangen und versuchte, die unausgesprochene Sprache der Liebe zu entschlüsseln, die die konventionellen Grenzen der familiären Bindungen überschritt.

Ein Schleier der Überraschung umhüllte Shakuntala, als sie zwei wachsame Leibwächter beobachtete, die das Kind begleiteten, ein Aspekt, der ihr bis zu diesem Moment unbekannt war. Die Offenbarung schlug einen Akkord der Verwirrung, so dass sie sich mit den unerwarteten Sicherheitsschichten um das Kind herum auseinandersetzte. Ohne ihr Wissen war die sorgfältige Anordnung der Leibwächter vom Chief Trusty orchestriert worden, um das beträchtliche Vermögen zu schützen, das der Säugling von seiner mütterlichen Abstammung geerbt hatte.

Die Tiefe von Shakuntalas Verwirrung verstärkte sich, als sie durch das Labyrinth familiärer Geheimnisse und die unerwarteten Schutzschichten navigierte, die das Kind umhüllten. Die umsichtigen Maßnahmen des Chief Trusty, um die Sicherheit des beträchtlichen Erbes des Kindes zu gewährleisten, fügten der sich entfaltenden

Erzählung eine unvorhergesehene Komplexität hinzu. Als Shakuntala sich bemühte, die verborgenen Dimensionen zu ergründen, lag ein Gefühl der Verletzlichkeit und Neugier in der Luft und verflochten mit den unsichtbaren Fäden familiärer Bindungen.

Das Zusammenspiel von Emotionen und Offenbarungen verwandelte die Heimkehr in einen Teppich aus Intrigen, in dem Liebe, Geheimhaltung und Schutz in komplizierten Mustern zusammenfielen. Shakuntala, jetzt ein unwissender Beobachter in diesem Familiendrama, kämpfte mit der Sehnsucht, die Gefühle zu verstehen, die sich durch die unsichtbaren Schichten von Zuneigung, Sicherheit und familiärer Hingabe schlängeln. Das Haus, das einst als vertrauter Zufluchtsort wahrgenommen wurde, hallte jetzt mit der unausgesprochenen Sprache der Liebe und des Schutzes wider und malte ein emotional aufgeladenes Tableau, das die Grenzen der gewöhnlichen Häuslichkeit überschritt.

Inmitten der unerforschten Gebiete familiärer Dynamik und der subtilen Nuancen des Schutzes stand Shakuntala als stille Zeugin der Feinheiten, die sich vor ihr entfalteten. Die Enthüllung unsichtbarer Liebe und die heimlichen Maßnahmen zur Sicherheit des Kindes werfen die Heimkehr in ein anderes Licht und laden sie in eine Welt ein, in der Emotionen und Geheimnisse miteinander verflochten sind, wodurch eine zarte Symphonie der Gefühle entsteht, die durch die heiligen Hallen familiärer Bindungen hallt.

14. „Threats of Unity: Navigating Family and Legacy"

Krishna Seths Alltag in seiner Heimatstadt folgte nahtlos einer strukturierten Routine. Der ruhige Charme seines Geburtsortes bot einen Hintergrund für die sich entfaltende Geschichte seines Engagements und seiner Hingabe. Die Verantwortlichkeiten, die seine Schultern schmückten, waren nicht nur Lasten; sie waren das Vermächtnis der berühmten "Krishna Group of Companies", einem Unternehmen, das von den visionären Händen seines verstorbenen Vaters Gautam Seth geformt wurde.

Im komplizierten Wandteppich von Krishnas Leben blühte die Branche in Vielfachen auf, ein Beweis für den unbeugsamen Unternehmergeist, den Gautam eingeflößt hatte. Die Tragödie warf jedoch einen Schatten auf das blühende Imperium, als der vorzeitige Untergang von Gautam eine unersetzliche Leere hinterließ. Nach diesem düsteren Ereignis wurde Krishna in eine Position gedrängt, in der er zum Leuchtfeuer der Führung wurde, zum faktischen Mentor einer Organisation, die sich mit dem Verlust ihres Gründungsvisionärs auseinandersetzte.

Das Gewicht dieser Verantwortung lag allein auf Krishnas fähigen Schultern, eine ergreifende Erinnerung an die tiefgreifenden Auswirkungen, die sein Vater sowohl auf das Unternehmen als auch auf seine Erziehung hatte. Trotz der schweren Last stand Krishna entschlossen, bewaffnet mit einer Fülle von Ausbildung und Erfahrung. Seine Reise von einem Schützling unter dem wachsamen Auge seines Vaters an die Spitze des Konglomerats war ein ergreifendes Zeugnis seiner Bereitschaft für die bevorstehenden Herausforderungen.

Im Laufe der Tage navigierte Krishna mit einer Anmut, die seine Jugend verleugnete, durch das komplizierte Netz geschäftlicher Feinheiten. Die Echos der Weisheit seines Vaters hallten in seinen Entscheidungen wider und boten eine beruhigende Kontinuität, die ihn sowohl bei den Mitarbeitern als auch bei den Stakeholdern beliebt machte. Die emotionalen Unterströmungen dieser Reise gingen Krishna nicht verloren; er trug die Verantwortung nicht nur als Pflicht, sondern als Hommage an das Erbe, das ihm anvertraut worden war.

Die Mauern der Firmenzentrale, die einst von der maßgeblichen Präsenz von Gautam Seth geprägt waren, absorbierten nun die gemessenen Schritte seines Nachfolgers. In den ruhigen Momenten konnte man fast die emotionale Energie spüren, die durch die Korridore strömte, eine stille Hommage an den Mann, dessen Träume und Bestrebungen nahtlos in das Gewebe des blühenden Unternehmens eingewoben waren. Krishnas Entschlossenheit, die Fackel weiterzutragen, brannte hell, ein Symbol der Kontinuität im Angesicht von Widrigkeiten.

Der Übergang von Trauer zu Governance war nicht ohne emotionalen Tribut. Hinter der komponierten Fassade kämpfte Krishna mit dem tiefen Verlust einer Leitfigur, eines Vaters, der nicht nur das Unternehmen, sondern auch seine Identität geprägt hatte. Doch inmitten der emotionalen Umwälzungen fand er Trost in dem Glauben, dass jede Entscheidung, die er traf, eine Hommage an den dauerhaften Geist von Gautam Seth war.

Die Stadt, die Krishnas Wachstum erlebte, und das Unternehmen, das seinen Namen trug, wurden zu einer Erzählung, in der es sowohl um persönliche Belastbarkeit als auch um Geschäftssinn ging. Das Vermächtnis von Gautam lebte nicht nur in den Büchern und Sitzungssälen weiter, sondern in der Essenz von Krishnas Charakter. Es war eine Geschichte der Kontinuität, in der sich emotionale Fäden durch den professionellen Wandteppich schlängelten und eine Erzählung schufen, die nicht nur vom Unternehmenserfolg, sondern auch vom unerschütterlichen Engagement eines Sohnes sprach, das Erbe seines Vaters zu ehren.

In dem unerbittlichen Streben, das Familienerbe zu neuen Höhen zu führen, fand sich Krishna Seth im unerbittlichen Griff der Zeit gefangen. Der Erfolg seiner Bemühungen ging auf Kosten einer knappen Ressource – der kostbaren Momente, die er mit seiner geliebten Mutter Shantai teilen wollte, deren geschwächter Zustand der tickenden Uhr eine ergreifende Dringlichkeit verlieh. Gleichzeitig drohte in seinem Herzen der Wunsch, für seinen anbetenden Sohn präsent zu sein und die Erinnerungen an seine verlorene Liebe, Elizabeth, zu pflegen, ein stilles Plädoyer gegen die Anforderungen seiner unternehmerischen Verantwortung.

Das Gewicht des Unternehmens, ein Emblem der Träume seines verstorbenen Vaters, fesselte Krishna an eine anspruchsvolle Realität, die den Luxus persönlicher Momente zu verbieten schien. Inmitten dieses Rätsels wurde Mahadeo Mama, ein scharfer Beobachter des überlasteten Zustands seines Neffen, zur mitfühlenden Hüterin des familiären Gleichgewichts. Er spürte die Notwendigkeit eines Eingreifens und suchte den Rat des weisen Shah Sir und seiner Tochter Mohini, deren durchdachte Einsichten eine entscheidende Rolle bei der Linderung von Krishnas misslicher Lage spielen würden.

In den ruhigen Ecken familiärer Diskussionen entfaltete Mahadeo Mama seinen Plan – eine strategische Blaupause, die Krishna die Atempause verschaffen sollte, die er so verzweifelt suchte. Die Unterströmungen der Sentimentalität färbten dieses Schema und enthüllten ein tiefes Verständnis für die emotionale Belastung, die Krishna durch das Jonglieren mit den Anforderungen der Familie und des Unternehmens hatte. Es war ein Beweis für die familiären Bindungen, die über die Geschäftsdynamik hinausgingen, eine Anerkennung, dass die Gesundheit des emotionalen Gefüges der Familie ebenso wichtig war wie der Erfolg ihrer unternehmerischen Aktivitäten.

Als sich die Räder von Mahadeo Mamas Plan zu drehen begannen, war ein spürbares Gefühl der Vorfreude mit Gefühlen vermischt. Die Absicht war klar – Krishna das Geschenk der Zeit zu geben, eine Ware, die kostbarer ist als jeder Unternehmenstriumph. Die gemeinsamen Bemühungen von Shah Sir und Mohini spiegelten nicht nur Geschäftssinn wider, sondern auch eine echte Sorge um das Wohlergehen eines Mannes, der das Gewicht zweier Welten auf seinen Schultern trug.

In den sich entfaltenden Kapiteln von Krishnas Leben entstand dieses orchestrierte Relief als ein ergreifendes Kapitel, das das empfindliche Gleichgewicht zwischen familiärer Liebe und beruflicher Pflicht hervorhob. Die dieser Intervention innewohnende Sentimentalität spiegelte das Wesen einer Familie wider, die das Bedürfnis nach Einheit im Angesicht von Widrigkeiten verstand. Es war eine Erzählung, die mit Fäden des Mitgefühls und Verständnisses verwoben war, eine kollektive Anstrengung, um sicherzustellen, dass Krishna trotz der Strapazen der Führung an den emotionalen Liegeplätzen verankert blieb, die seine Existenz definierten.

Mit der in Gang gesetzten Maschinerie des Plans wurde die Bühne für eine herzerwärmende Atempause bereitet. Die bevorstehende Annäherung von familiären Bindungen und beruflichen Verpflichtungen deutete auf eine harmonische Lösung hin und bekräftigte die Überzeugung, dass selbst in den schwierigsten Zeiten die Umarmung der Familie Trost und Stärke bieten könnte. In dem komplizierten Tanz von Pflicht und Emotion stand Krishna Seth am Abgrund einer bedeutsamen Pause, einer Pause, die es ihm ermöglichen würde, die Momente zurückzugewinnen, die am wichtigsten waren.

Mahadeo Mama, eine kluge Figur in Krishnas Leben, entwickelte einen durchdachten Plan, um den überwältigenden Druck zu lindern, der die Schultern seines Neffen belastete. Dieser Vorschlag stieß auf Zustimmung und Wertschätzung des weisen Shah Sir – eines leitenden Direktors, Vorstandsmitglieds und treuen Mitarbeiters des Unternehmens, der Krishnas Sehnsucht nach einem Gleichgewicht zwischen seinen beruflichen Pflichten und seinen Verantwortlichkeiten ansprach.

»Es ist ganz einfach«, erklärte Mahadeo Mama seiner Tochter Mohini, der Vollstreckerin seines Herzensplans. „Unsere liebe Schwester Shantai, versiert im Management und eine Begleiterin bei der Gründung dieses Unternehmens neben Gautam, braucht eine Veränderung. Es wird entscheidend sein, sowohl ihren Körper als auch ihren Geist zu engagieren, um ihr zu helfen, mit dem tiefen Verlust ihres Mannes fertig zu werden. Ich schlage vor, dass sie einen Teil von Krishnas Verantwortung teilt und mit ihm in den täglichen Angelegenheiten des Unternehmens zusammenarbeitet. Auf diese Weise wird sie nicht nur Trost in der Zweisamkeit mit ihrem fähigen Sohn finden, sondern wir werden auch von ihrer unschätzbaren

Erfahrung profitieren. Es ist eine Win-Win-Situation, und Krishna könnte eine Pause von seiner erschöpfenden Arbeitsbelastung finden."

Der Plan, der auf familiärem Verständnis und praktischer Anwendbarkeit beruhte, fand tiefen Widerhall in dem Gefühl der Einheit und Unterstützung, das die Seth-Familie auszeichnete. Shantai, eine Säule der Stärke in der Vergangenheit, wurde nun die Möglichkeit geboten, ihre aktive Rolle im Unternehmen zurückzugewinnen und ihre Expertise in das anhaltende Erbe einzubringen. Die Aussicht auf dieses gemeinsame Unterfangen versprach Heilung für Mutter und Sohn und schuf eine ergreifende Brücke zwischen persönlichen und beruflichen Bereichen.

Als Shah Sir zustimmend nickte, erkannte er die emotionalen Unterströmungen des Plans. Die familiäre Bindung, die das Fundament des Unternehmens gewesen war, wurde nun weiter gefestigt. Es war nicht nur ein strategischer Schritt; es war eine emotionale Investition in das Wohlergehen der Familienmitglieder, die die Stürme gemeinsam überstanden hatten. Die Aussicht, dass Shantai und Krishna Seite an Seite arbeiten, hatte ein symbolisches Gewicht, ein Beweis für die dauerhafte Stärke, die familiäre Einheit bieten könnte.

Mohini, mit einem mitfühlenden Verständnis für die komplizierte Dynamik im Spiel, da auch sie eine brillante und ranghaltende Studentin des Managements war, übernahm eifrig die Verantwortung, diese familiäre Zusammenarbeit zu orchestrieren. Sie sah über die Diskussionen im Sitzungssaal hinaus und erkannte den menschlichen Aspekt der Situation. Der Plan adressierte nicht nur die operativen Bedürfnisse des Unternehmens, sondern zielte auch darauf ab, das emotionale Gefüge einer Familie zu reparieren, die mit Verlust zu kämpfen hat.

In den folgenden Tagen verlief die Ausführung des Plans nahtlos. Shantai, einst ein integraler Bestandteil der Unternehmensgründung, lernte den Rhythmus des Geschäfts wieder kennen. Die gemeinsamen Momente zwischen Mutter und Sohn im beruflichen Bereich wurden zu einer Quelle des Trostes und der Verjüngung. Es war eine ergreifende Erinnerung daran, dass die effektivsten Lösungen manchmal nicht nur pragmatisch sind, sondern auch eine tiefe emotionale Resonanz haben und die komplizierten Fäden von Familie, Unternehmen und gemeinsamer Geschichte vereinen.

Mahadeo Mamas akribischer Plan entfaltete sich mit einer zusätzlichen Bedeutungsebene, die eine Zusammenarbeit hervorbrachte, die über die bloße Umverteilung von Verantwortlichkeiten hinausging. Die Einbeziehung von Mohini in Führungsentscheidungen bot nicht nur eine neue Perspektive, sondern diente ihr auch als einzigartige Lernmöglichkeit. Diese Beteiligung an der Entscheidungsfindung war ein Beweis für den Glauben der Familie, die nächste Generation zu fördern und das Potenzial jedes Mitglieds anzuerkennen.

Im Bereich des Managements blühte Mohinis praktische Ausbildung auf, während sie ihre Tante Shantai begleitete. Die körperlichen Herausforderungen, mit denen Shantai konfrontiert war und die die Hilfe von Krücken oder jemand anderem erforderten, schufen eine Dynamik, in der Mohinis Unterstützung unverzichtbar wurde. Die Entscheidung, sich Shantai in der Kammer anzuschließen, die einst Gautam Seth teilte, war eine ergreifende Geste, die die Fortsetzung eines Vermächtnisses innerhalb des familiären Arbeitsbereichs symbolisierte.

Die Kammer, die einst mit den visionären Diskussionen von Gautam in Resonanz war, hallte jetzt mit den gemeinsamen Bemühungen von Shantai und Mohini wider. Dieser Raum wurde mehr als nur ein Büro; er verwandelte sich in einen heiligen Boden, in dem familiäre Bindungen mit beruflichen Pflichten verflochten waren. Shantais Bereitschaft, Mohini mit solcher Verantwortung zu betrauen, sprach Bände über das implizite Vertrauen, die Dankbarkeit und die familiäre Einheit, die ihre Interaktionen definierten.

Für Mohini waren die neu gewonnenen Verantwortlichkeiten nicht nur berufliche Meilensteine, sondern auch eine Quelle der persönlichen Erfüllung. Das Vertrauen, das ihr von den Direktoren, leitenden Angestellten und ihrem Bruder Krishna geschenkt wurde, erhöhte ihr Zielbewusstsein. Mohini war in die Aktivitäten vertieft und trug sowohl geistig als auch körperlich zur Genesung von Shantai bei. Das gemeinsame Unterfangen wurde zu einem therapeutischen Prozess, der nicht nur die körperlichen Beschwerden, sondern auch die anhaltenden emotionalen Wunden heilte.

Während Mohini durch die Feinheiten der Entscheidungsfindung navigierte, entwickelte sich die Kameradschaft zwischen Tante und Nichte zu einer schönen Partnerschaft. Das gemeinsame Engagement für das Wohlergehen des Unternehmens wurde zu einem Kanal, über den sie sich auf einer tieferen Ebene miteinander verbanden. Diese Zusammenarbeit war nicht nur eine professionelle Vereinbarung; es war eine Reise der Belastbarkeit, Erholung und Wiederentdeckung von Stärke innerhalb der familiären Bindungen.

Das bedeutendste Ergebnis dieser gemeinsamen Anstrengung war die erhöhte Zeit, die Shantai mit ihrem geliebten Sohn Krishna gewann. Die geteilte Verantwortung erleichterte nicht nur Krishnas Last, sondern gewährte Shantai auch die kostbaren Momente, nach denen sie sich mit ihrem Sohn sehnte. Diese unbeabsichtigte, aber ermutigende Konsequenz wurde zu einem Silberstreif in der Wolke der Verantwortlichkeiten und verstärkte die Vorstellung, dass die sinnvollsten Lösungen manchmal aus der Verflechtung von familiärer Liebe und professionellem Engagement entstehen.

Im komplizierten Wandteppich des Schicksals sollte sich ein neues Kapitel entfalten, das von der skurrilen Hand des Schicksals geprägt war. In der vergangenen Ära, als der geschätzte Gautam Seth von seinem Amt als Mentor und Vorsitzender des verehrten Unternehmens aus Einfluss nahm, tauchte eine Figur namens Rajeev als zentrale Figur auf. Rajeev hatte sich im Laufe der Zeit das Vertrauen von Gautam in die doppelten Funktionen eines persönlichen Assistenten und Finanzberaters erworben. Dieses Vertrauen wurde nicht auf die leichte Schulter genommen; es wurde gepflegt, als Rajeev zum ersten Mal als Praktikant in das Unternehmen eintrat.

Zunächst mit der Anleitung von Herrn Ramaji, dem erfahrenen und loyalen Büroassistenten von Gautam, betraut, begann Rajeev seine Reise innerhalb des Unternehmens. Herr Ramaji, kurz vor der Pensionierung, vermittelte seinen Wissensschatz an den jungen und ehrgeizigen Rajeev, der nach seinem Master-Abschluss in Management nach seinem Abschluss in Handel begierig darauf war, zur geschätzten Organisation beizutragen.

In einer bemerkenswert kurzen Zeitspanne verwandelte sich Rajeev in einen versierten Büroassistenten, der nahtlos durch die Nuancen der

Unterstützung eines leitenden Angestellten in einem renommierten Unternehmen navigierte. Als es für Herrn Ramaji an der Zeit war, sich von seinem Berufsleben zu verabschieden, übernahm Rajeev die Rolle mit bemerkenswerter Finesse und trat in die Rolle eines vertrauenswürdigen Vertrauten von Gautam. Er ahnte nicht, dass diese Rolle der Auftakt zu einer Reihe unvorhergesehener Ereignisse sein würde, die seinen beruflichen Werdegang prägen würden.

Die düstere Zeit nach dem vorzeitigen Tod von Gautam war Zeuge einer vorübergehenden Neuausrichtung der Verantwortlichkeiten. Rajeev erweiterte sein Fachwissen, um Shah Sir in dieser Übergangsphase zu unterstützen. Wie das Schicksal es jedoch wollte, entfaltete sich mit dem Eintritt von Shantai in die Belegschaft eine neue Wendung und sie trat in die Fußstapfen ihres verstorbenen Mannes. In Anbetracht dieser Änderung wurde Rajeev anmutig auf seinen ursprünglichen Posten zurückversetzt.

Diese Anpassung trug emotionales Gewicht, denn sie markierte nicht nur einen Rollenübergang, sondern auch eine Verschiebung der Dynamik des Arbeitsplatzes. Die Kameradschaft und das Vertrauen zwischen Gautam und Rajeev waren jetzt eine ergreifende Erinnerung, die durch ein neues Kapitel ersetzt wurde, in dem Shantai die Zügel in die Hand nahm. Die Ebbe und Flut des Berufslebens spiegelte die zyklische Natur des Schicksals wider und webte Fäden der Verbindung, des Verlusts und der Erneuerung innerhalb des Gefüges des Unternehmens.

Als Rajeev zu seiner vertrauten Rolle zurückkehrte, konnte er nicht umhin, über die tiefgreifenden Auswirkungen nachzudenken, die Gautam auf seine berufliche Reise hatte. Die emotionale Resonanz dieses Übergangs war spürbar und betonte die Verbundenheit der Individuen innerhalb des Unternehmensnarrativs. Es war ein Beweis für den anhaltenden Geist der Anpassung, in dem Fachleute die Wellen des Wandels mit Widerstandsfähigkeit und einem kollektiven Engagement für die Wahrung des Erbes derer, die ihnen vorausgegangen waren, navigierten.

Shantai Madam hatte eine vertraute Bekanntschaft mit Rajeev, ihre Wege haben sich in den Jahren, in denen sie eng mit Gautam zusammenarbeitete, gekreuzt. Die Effizienz und das Talent dieses jungen Büroassistenten hatten von Gautam Lob erhalten und eine positive Meinung über Rajeev in Shantais Kopf gefördert. Der Vorschlag für Rajeevs Versetzung, der ihr aufgrund der veränderten Dynamik des Unternehmens vorgelegt wurde, stieß bei Shantai auf Glück und Zustimmung. Ohne einen Hauch von Zögern ergriff Rajeev die Gelegenheit und trat in das Büro ein, ein nahtloser Übergang, der durch das gegenseitige Verständnis geprägt war, das der verstorbene Gautam kultiviert hatte.

Die Verbindung zwischen Shantai und Rajeev erstreckte sich über den professionellen Bereich hinaus und spiegelte die Feinheiten einer gemeinsamen Vergangenheit wider. Shantai kannte Rajeev nicht nur als effiziente Büroassistentin, sondern auch als Klassenkameradin ihrer Nichte Mohini. Die Fäden ihrer akademischen Reise verflochten sich, als sie ihre Master-Abschlüsse zusammen schlossen. Doch unter der Oberfläche ihrer gemeinsamen Studien erblühte diskret eine heimliche Schicht aus Liebe und Intimität, ein Geheimnis, das zwischen ihnen geteilt wurde und ihrer Verbindung Tiefe verlieh.

Das Verständnis und die Wärme zwischen Shantai und Rajeev wurden durch die Anerkennung ihrer gemeinsamen Geschichte gestärkt. Gautams ausgesprochene Bewunderung für Rajeevs Talente hatte bei Shantai Anklang gefunden und ein Gefühl des Vertrauens gefördert, das professionelle Grenzen überschritt. Als Rajeev sich nahtlos in seine neue Rolle integrierte, wurde die Vertrautheit zwischen ihm und Shantai zu einer Quelle des Trostes, einer Verbindung, die den Übergang für beide erleichterte.

Die Bindung zwischen Shantai und Rajeev beschränkte sich nicht nur auf den Arbeitsplatz, sondern erstreckte sich auch auf den familiären Bereich. Rajeev hatte Mohinis Haus mehrmals besucht und Möglichkeiten für Shantai geschaffen, ihn über das professionelle Furnier hinaus kennenzulernen. Die Einführungen in der familiären Umgebung waren mit dem unausgesprochenen Verständnis durchzogen, dass ihre Verbindung mehr war, als das Auge wahrnahm, ein gemeinsames Geheimnis, das ihrer Beziehung eine Schicht von Komplexität hinzufügte.

Als Shantai und Rajeev durch die Feinheiten ihrer gemeinsamen Geschichte navigierten, warf die unausgesprochene Liebe zwischen ihnen einen zarten Glanz über ihre Interaktionen. Die beruflichen und persönlichen Aspekte ihrer Verbindung verflochten sich nahtlos und schufen eine Erzählung, in der unausgesprochene, aber greifbare Emotionen eine wichtige Rolle bei der Gestaltung ihrer Dynamik spielten. Das Büro, das einst mit der maßgeblichen Präsenz von Gautam in Resonanz stand, wurde nun Zeuge der sich entfaltenden Kapitel einer subtilen und zarten Liebesgeschichte zwischen Shantai und Rajeev.

Als sich die sich entfaltenden Kapitel ihres Lebens im Büro kreuzten, war Rajeevs Überraschung und Freude spürbar, als er entdeckte, dass Mohini, seine Verlobte, neben Shantai Madam in das Unternehmen eintreten würde. Die unerwartete Freude, Mohini als Teil der professionellen Landschaft zu haben, brachte sowohl Freude als auch ein Gefühl der Vollständigkeit. Sie waren sich jedoch sehr wohl bewusst, dass ihr Miteinander in den Augen von Shakuntala Madam, Mohinis Mutter, keine Gunst finden könne.

Die zugrunde liegende Spannung rührte von Shakuntala Madams Bestrebungen nach der Heirat ihrer Tochter her. Ihre Träume wurden mit Visionen von einer Vereinigung mit einer wohlhabenden Familie gemalt, und sie hegte Vorbehalte gegen Mohinis Heirat mit einer weniger wohlhabenden Person, insbesondere einer Angestellten des Unternehmens ihres Schwiegersohnes. Das Paar, das sich dieses potenziellen Hindernisses bewusst war, wappnete sich für die Komplexität, die vor ihm lag, und war sich der gesellschaftlichen Erwartungen und familiären Überlegungen bewusst, die sich auf ihre Beziehung auswirken könnten.

In diesem zarten Tanz von Emotionen und gesellschaftlichen Erwartungen befanden sich Rajeev und Mohini am Scheideweg von Liebe und Tradition. Die sich entfaltende Erzählung deutete auf einen Wandteppich hin, der sowohl mit fröhlichen Liebesfäden als auch mit herausfordernden Strängen gesellschaftlicher Normen verwoben war. Die Bühne war für eine überzeugende Erkundung des Schicksals bereitet, wo die Charaktere, von Liebe gebunden, die unvorhersehbare Reise vor sich gehen würden.

15. „Verschleierte Absichten enthüllt"

Inländisch hatte sich ein vorherrschendes Gefühl der Ruhe im Haushalt festgesetzt. Die Korridore hallten mit einer Abwesenheit von geschäftigen Aktivitäten wider, denn die fleißigen Mitglieder erfüllten fleißig ihre jeweiligen Pflichten außerhalb der Grenzen der Heimat. Nur Shakuntala Mami, Helen Madam und der Säugling Seth blieben in der tröstlichen Umarmung der Residenz, begleitet von einem engagierten Team von Dienern.

In dieser gedämpften Umgebung befand sich Shakuntala etwas isoliert, da sie keine umfassende Ausbildung absolviert hatte, die es ihr ermöglichen würde, sich mit Helen Madam auf Englisch zu unterhalten. Folglich waren ihre Interaktionen selten und durch eine gewisse sprachliche Barriere gekennzeichnet. Das Haus hallte mit einer gedämpften Atmosphäre wider; die Einsamkeit, die durch die begrenzten Verbindungen zwischen den beiden Frauen akzentuiert wurde.

Doch die vorherrschende Stille im Haushalt war dazu bestimmt, sich zu verändern. Ein Leuchtturm des Wandels entstand, als Shantai und Krishna, die sich der Notwendigkeit familiärer Bindungen bewusst waren, beschlossen, Shantais Arbeitszeiten zu verkürzen. Diese bevorstehende Anpassung läutete eine neue Ära ein, in der sich sowohl Shantai als auch Mohini, die Träger familiärer Wärme, bald im Heiligtum ihres Hauses wiederfinden würden. Ein Paradigmenwechsel erwartete den Haushalt und versprach das unschätzbare Geschenk gemeinsamer Momente und hochwertiger Zeit mit dem jungen Spross der Seth-Familie, neben Helen Madam.

In der nahen Zukunft würde das Haus, einst eine Bastion der Stille, mit dem Lachen der familiären Bindungen mitschwingen und die Kluft zwischen Generationen und Kulturen überbrücken. Die Entscheidung, familiäres Miteinander zu priorisieren, deutete auf ein ergreifendes Verständnis der Bedeutung von Beziehungen hin und förderte ein Umfeld, in dem die Freuden des häuslichen Lebens gedeihen würden. So versprachen die kommenden Kapitel in der

Erzählung des Haushalts eine stärker miteinander verbundene und emotional resonante Existenz, da sich die Wände darauf vorbereiteten, Zeuge der harmonischen Konvergenz unterschiedlicher Leben zu werden.

In Übereinstimmung mit sorgfältig ausgearbeiteten, vorgeplanten Arrangements leitete Shantai Madam eine transformative Anpassung in ihrem Tagesablauf ein. Fortan begann sie ihre Abreise aus dem Büro während der trägen Mittagspause am Nachmittag, die strategisch so orchestriert war, dass sie mit dem Mittagessen zu Hause zusammenfiel. Diese absichtliche Änderung in ihrem Zeitplan zielte darauf ab, gemeinsame Mahlzeiten in Begleitung ihrer familiären Landsleute – Shakuntala, Helen und Mohini - zu ermöglichen. In der Heiligkeit des familiären Wohnsitzes stellte sich die Matriarchin ein Tableau vor, auf dem ihr Enkel ruhig in seiner Wiege ruhte, gebadet im wachsamen Blick seiner anbetenden Großmutter.

Das erwartete Wiedersehen um den Esstisch trug nicht nur die Aussicht auf gemeinsame Nahrung, sondern auch das Versprechen intimer Momente, die in der nährenden Gegenwart familiärer Liebe verbracht wurden. Shantai stellte sich später vor, sich in eine ausgewiesene Toilette zurückzuziehen, wo die komplizierten Bindungen von Generationen in einem Ambiente der Privatsphäre gepflegt werden konnten. Diese sorgfältig konstruierte häusliche Routine war nicht nur eine Routine; sie verwandelte sich in eine Quelle verjüngender Energie für Shantai, deren Herz Sorge und Sehnsucht nach ihrer geliebten Schwiegertochter Elizabeth beherbergte.

Während dieses akribisch maßgeschneiderte Arrangement gut für das emotionale Wohlbefinden von Shantai, Mohini und Helen war, warf es versehentlich einen Schleier der Unsicherheit und des Misstrauens über den Geist von Shakuntala. Das komplizierte Zusammenspiel von familiärer Dynamik und den sich verändernden Mustern im Haushalt befeuerte eine aufkeimende Skepsis in Shakuntalas kontemplativem Geist. Die beabsichtigte Harmonie der familiären Routine, die als Salbe für Shantais Anliegen diente, warf einen Schatten des Zweifels auf den scharfsinnigen Shakuntala.

Shakuntala kämpfte mit einem inneren Aufruhr, ihr Geist war in das Netz der Unsicherheiten verstrickt, das durch die scheinbar harmlosen

Veränderungen in der häuslichen Routine gesponnen wurde. Die wahrgenommene Geheimhaltung um Shantais Anpassungen rief bei Shakuntala ein Gefühl der Neugier und Besorgnis hervor und veranlasste sie, die Motive hinter der scheinbar harmonischen Fassade in Frage zu stellen. Im Labyrinth ihrer Betrachtungen kämpfte Shakuntala mit dem Rätsel, das jetzt den Haushalt umhüllte, und entwirrte jeden Tag neue Schichten von Intrigen und Komplexität.

Als sich die Seiten des häuslichen Lebens drehten, fand sich die einst ungerührte Shakuntala in unerforschten emotionalen Gebieten wieder. Die scheinbar harmlosen Veränderungen in der Routine hatten eine stille Revolution im Haushalt ausgelöst und den scharfsinnigen Shakuntala an der Kreuzung von Neugier und Misstrauen zurückgelassen. Die sich entfaltenden Kapitel dieser familiären Saga versprachen Offenbarungen und Introspektionen, als sich die Charaktere im Haushalt mit dem nuancierten Tanz der Emotionen und den unausgesprochenen Spannungen auseinandersetzten, die in der Luft lagen.

Inmitten der sprachlichen Kluft, die Shakuntala von der nahtlosen englischen Kommunikation zwischen den drei Damen trennte, begann ein Hauch von Misstrauen ihre Gedanken zu durchdringen. Die Unfähigkeit, den nuancierten Austausch zwischen Shantai, Helen Madam und Mohini zu verstehen, schuf eine Kluft der Unsicherheit in Shakuntalas Wahrnehmung des inländischen Tableaus. Diese Sprachbarriere diente als Nährboden für Skepsis, wobei Shakuntala allmählich immer besorgter über die Art der Beziehungen wurde, die sich innerhalb des Haushalts entfalteten.

Die Entstehung von Shakuntalas Verdacht wurzelte in der wahrgenommenen Verbindung zwischen Shantai und dem kleinen Jungen, der vermutlich die Nachkommenschaft von Helen Madam ist. Die unsichtbaren Fäden des Zweifels webten eine Erzählung in Shakuntalas Kopf und stellten die Dynamik in Frage, die die Interaktionen zwischen Shantai und dem Kind untermauerte. Als Helen und Shantai Momente familiärer Nähe mit dem Säugling teilten, verstärkte sich Shakuntalas Verdacht, angetrieben von ihrer Unfähigkeit, die Sprache zu entschlüsseln, die diesen Austausch begleitete.

Eine entscheidende Wende in der Erzählung kam mit dem Eintritt Krishnas in die häusliche Gleichung. Seine regelmäßige Anwesenheit zu Hause, gepaart mit den gemeinsamen Mahlzeiten mit Shantai, Helen und Mohini, verstärkte Shakuntalas Intrigengefühl weiter. Die Routine, dass Krishna ins Büro zurückkehrte, nachdem er einige Zeit in den privaten Grenzen von Helen Madams Toilette verbracht hatte, wurde zu einem besonderen Schwerpunkt für Shakuntalas wachsende Skepsis.

Die akribisch orchestrierte Abfolge von Ereignissen, bei der Krishna an Familienmahlzeiten teilnahm und sich in die exklusive Domäne von Helens Toilette zurückzog, diente als Katalysator für Shakuntalas Verdacht. Der Schleier der Geheimhaltung, der diese Begegnungen umgab, in Kombination mit der undurchdringlichen Sprachbarriere, malte ein verwirrendes Bild in Shakuntalas Kopf. Ihre Gedanken, die einst auf die Grenzen der häuslichen Routine beschränkt waren, wagten sich nun in das Reich der Vermutungen und des Misstrauens.

Shakuntalas wachsendes Misstrauen resultierte nicht nur aus der sprachlichen Entfremdung, sondern auch aus der wahrgenommenen heimlichen Natur von Krishnas Interaktionen innerhalb des Haushalts. Die Toilette, in der Regel ein Zufluchtsort der Privatsphäre, wurde zu einem Symbol der Intrige, so dass Shakuntala sich mit dem Rätsel auseinandersetzte, das sich innerhalb dieser Mauern abspielte. Die unbeantworteten Fragen und unausgesprochenen Spannungen bildeten einen Teppich der Unsicherheit und warfen einen Schatten auf die häusliche Harmonie, die einst den Haushalt definiert hatte.

Im Laufe der Tage fand sich Shakuntala im Netz ihres Verdachts gefangen und navigierte durch das empfindliche Gleichgewicht zwischen Loyalität gegenüber der Familie und den wachsenden Zweifeln, die in ihr schwiegen. Die häusliche Landschaft, einst eine Oase familiärer Wärme, trug jetzt die Spuren unausgesprochener Spannungen, und Shakuntala stand am Scheideweg, hin- und hergerissen zwischen dem Wunsch nach Verständnis und dem spürbaren Unbehagen, das die Beziehungen innerhalb des Haushalts verhüllte.

Shakuntalas ruheloser Geist, voller unausgesprochener Fragen und Misstrauen, suchte Trost bei der vertrauten Vertrauten ihrer Tochter

Mohini. Verzweifelt nach Klarheit und Entschlossenheit, näherte sie sich Mohini regelmäßig und hoffte auf Einblicke in die Geheimnisse, die in der Luft lagen. Die Natur von Shakuntalas Anfragen und ihr offenkundiger Wunsch, eine Verbindung zwischen Mohini und Krishna zu orchestrieren, zwangen Mohini jedoch, entscheidende Klarstellungen zurückzuhalten. Diese bewusste Unterlassung ließ Shakuntala in einem Zustand zunehmender Unruhe zurück, die Leere der Unsicherheit weitete sich in ihrem kontemplativen Geist.

Eine spürbare Spannung entstand zwischen dem Mutter-Tochter-Duo, als Mohini, der die Hintergedanken hinter Shakuntalas sondierenden Fragen verstand, das Schweigen der Enthüllung vorzog. Der unausgesprochene Konflikt innerhalb des Haushalts spiegelte die wachsende Uneinigkeit zwischen familiären Bindungen und den verborgenen Absichten von Shakuntala wider. Mohini, die durch ihre Loyalität zu ihrer Mutter und ihre Vorbehalte in Konflikt geriet, kämpfte mit dem Gewicht ungeteilter Wahrheiten.

Innerhalb des komplizierten Wandteppichs von Shakuntalas Gedanken begann eine einzigartige Überzeugung Wurzeln zu schlagen – die wahrgenommene Quelle des Aufruhrs lag in Helen und ihrem Kind. Shakuntala kam, getrieben von ihren Annahmen und angetrieben durch das Fehlen von Klarstellungen, zu dem Schluss, dass diese Dame und ihre Nachkommen die Hauptkatalysatoren für den scheinbaren Umbruch in den Beziehungen innerhalb des Seth-Haushalts waren.

Shakuntalas Geist, getrübt von Misstrauen und Unzufriedenheit, begann böswillige Pläne zu schmieden. In ihren unruhigen Betrachtungen stellte sie sich Pläne vor, um das zu beseitigen, was sie für Hindernisse hielt – Helen und ihr Kind. Die finsteren Entwürfe, die sich in ihren Gedanken abspielten, stellten einen starken Kontrast zu dem einst harmonischen Haushalt dar und enthüllten die Tiefen ihrer sich zusammenbrauenden Feindseligkeit gegenüber dieser wahrgenommenen Quelle der Störung.

Die Aussicht, die Kontrolle über das riesige Anwesen der Familie Seth auszuüben, war in Shakuntalas Betrachtungen groß. Die verdrehte Begründung hinter ihren Plänen zielte darauf ab, wahrgenommene Hindernisse in der familiären Landschaft zu beseitigen, den Weg für

Krishnas Vereinigung mit Mohini zu ebnen und den Einfluss auf das Familienvermögen zu festigen. Das einst nährende Zuhause beherbergte jetzt die Samen machiavellistischer Parzellen, die von einem von Misstrauen und dem Wunsch nach Dominanz getriebenen Geist gesät wurden.

Die häuslichen Unruhen, die durch Shakuntalas eskalierende interne Konflikte verschärft wurden, zeichneten ein komplexes Porträt familiärer Beziehungen in Unordnung. Als ihre Gedanken tiefer in den Abgrund böswilliger Absichten eintauchten, warf das Gespenst der drohenden Zwietracht einen Schatten auf den einst heiteren Haushalt. Das Netz unausgesprochener Spannungen verschärfte sich und ließ jedes Mitglied in die komplizierten Fäden einer familiären Saga verstrickt, die von Geheimhaltung, Misstrauen und dem Streben nach Kontrolle geprägt war.

In einem kalkulierten Schritt beschloss Shakuntala Mami, angetrieben von ihrer aufkeimenden Unzufriedenheit und ihrem Misstrauen, die Hilfe ihres loyalen und ebenso hinterhältigen Dieners in Anspruch zu nehmen. Suryaji war sein Name und ein langjähriges Mitglied des Haushalts, das sich kurz nach Shakuntalas Heirat mit Mahadeo Mama angeschlossen hatte, die sich als Vertraute und willige Teilnehmerin an ihren Plänen herausstellte. Ursprünglich als Leibwächter in Shakuntalas frühen Tagen der Ehe ernannt, wechselte Suryaji nahtlos in die Rolle eines Haushaltshelfers, der sich unter dem wachsamen Auge seiner anspruchsvollen Geliebten um die Bedürfnisse des Haushalts kümmerte.

Im Laufe der Jahre war Suryaji zu einem integralen Bestandteil des Haushalts geworden, der sich hauptsächlich mit lokalen Einkäufen für die Küche und der Ausführung verschiedener von Shakuntala zugewiesener Aufgaben beschäftigte. Sein Gehorsam und seine Loyalität gegenüber seiner Geliebten hatten seinen Platz als vertrauenswürdiger Helfer innerhalb des komplizierten Gefüges des Haushalts gefestigt. Er ahnte nicht, dass seine unerschütterliche Treue bald auf die Probe gestellt werden würde, als Shakuntala ihn zu einem geheimen Treffen einberief, um eine verdeckte Operation zu besprechen.

An einem schicksalhaften Nachmittag winkte Shakuntala, im Schatten ihrer böswilligen Absichten, Suryaji zu sich. In dieser gedämpften Begegnung vertraute sie ihm eine geheime Mission an – einen Plan zu konzipieren und auszuführen, der die wahrgenommenen Hindernisse beseitigen würde, die ihre komplizierten Entwürfe behindern. Der Ton dieses geheimen Treffens trug das Gewicht ominöser Absicht, als Shakuntala, geführt von einem von Misstrauen und Unzufriedenheit verzehrten Geist, einen Komplizen bei ihrem Streben nach Dominanz suchte.

Die Luft im Raum hing schwer von der unausgesprochenen Dringlichkeit von Shakuntalas Wünschen, als sie ihre Erwartungen artikulierte und ihrem treuen Diener die Konturen des Plans beschrieb. Suryaji, der mit dem Temperament seiner Geliebten vertraut war, nahm die Schwere der ihm gestellten Aufgabe in sich auf. Das Vertrauen, das Shakuntala in Suryaji setzte, stimmte mit ihrer gemeinsamen Geschichte überein, die in jahrelangem Dienst und verdeckter Zusammenarbeit verwurzelt war.

Die strategische Planungssitzung entwickelte sich, als Suryaji, ein williger Komplize, die Nuancen von Shakuntalas Plan aufnahm. Die Details dieser geheimen Operation waren in Geheimhaltung gehüllt und spiegelten die verdeckte Natur ihrer kollektiven Absicht wider. Shakuntala, angetrieben von ihren böswilligen Gedanken, verließ sich auf Suryajis List und Loyalität, um die Beseitigung der wahrgenommenen Hindernisse in ihrem großen Design zu orchestrieren.

Als die Vorhänge auf dieses geheime Treffen fielen, ging Suryaji mit einem erneuerten Sinn für Zweck, bereit, den hinterhältigen Plan seiner Geliebten auszuführen. Die Schatten ihrer Absprachen werfen eine ahnungsvolle Präsenz über den einst ruhigen Haushalt, der jetzt in die komplizierten Fäden der Verschwörung verstrickt ist, mit Shakuntala und Suryaji an der Spitze eines bevorstehenden Sturms. Die Kapitel ihrer gemeinsamen Erzählung entfalteten sich und versprachen eine Geschichte von Geheimhaltung, Manipulation und dem Streben nach Dominanz innerhalb der Grenzen des Seth-Haushalts.

Die konspirative Allianz zwischen Shakuntala und ihrem vertrauten Diener Suryaji suchte einen günstigen Moment, um ihren schändlichen Plan in Gang zu setzen. Als sie die Umstände untersuchten, erkannte das Duo eine Öffnung während der bevorstehenden Namensgebung für den Säugling. Das Sicherheitspersonal, das normalerweise mit dem Schutz des Kindes und von Helen Madam beauftragt war, war vorübergehend abwesend und wurde vom obersten Treuhänder an anderer Stelle vorgeladen, wodurch das gefährdete Paar vorübergehend in der vermuteten Sicherheit des Haushalts ausgesetzt war.

Shakuntala, die den Anlass als reif für die Ausführung ihrer finsteren Pläne empfand, stellte sich die chaotische Atmosphäre der Namenszeremonie als Deckmantel für ihre böswillige Verschwörung vor. Die Aussicht auf zahlreiche Außenseiter - Gäste, kategorisch ernannte Dekorateure und zusätzliche Haushaltshilfe von außen - schien die perfekte Tarnung für ihr sorgfältig ausgearbeitetes Entführungsprogramm zu sein. In ihren Berechnungen schien die Anwesenheit der Mutter des Kindes, Helen Madam, scheinbar sicher innerhalb der Grenzen des Hauses, alle unmittelbaren Hindernisse für ihren Plan zu beseitigen.

Der Schwerpunkt ihrer Machenschaften lag auf der bevorstehenden Feier, die von Shantai Madam und Krishna organisiert wurde. Sie ahnten nicht, dass sich das komplizierte Netz, das sie webten, angesichts unvorhergesehener Umstände auflösen könnte. Das Duo blieb glückselig unwissend über das uralte Sprichwort: „Der Mensch schlägt vor und Gott verfügt", eine sprichwörtliche Erinnerung daran, dass selbst die sorgfältigsten Pläne von äußeren Kräften vereitelt werden können, die sich der menschlichen Kontrolle entziehen.

Als sich das Intrigenpaar in der wahrgenommenen Verwundbarkeit des bevorstehenden Ereignisses schwelgte, hatte das Schicksal andere Pläne. Die unsichtbare Hand des Schicksals schwebte über der bevorstehenden Zeremonie, bereit, die akribisch kalkulierten Handlungen von Shakuntala und Suryaji zu stören. Ohne dass sie es wussten, war die Flut der Ereignisse im Begriff, sich zu verschieben und eine Abfolge unvorhergesehener Ereignisse in Gang zu setzen, die die Widerstandsfähigkeit ihrer bösartigen Handlung testen würden.

Die Namenszeremonie, die ursprünglich als günstiger Moment für ihre bösen Pläne gedacht war, stand nun am Abgrund der Unsicherheit. Der komplizierte Tanz von Schicksal und Umständen spielte sich im Hintergrund ab und überschattete die finsteren Absichten, die Shakuntala und ihr gerissener Komplize hegten. Der Schleier der Geheimhaltung, der ihren Plan umhüllte, flatterte angesichts des bevorstehenden Schicksals, wobei die Erkenntnis dämmerte, dass ihr sorgfältig orchestriertes Schema auf unvorhergesehene Herausforderungen stoßen könnte, die außerhalb ihrer Kontrolle lagen.

Während sich die Erzählung entfaltete, waren sich die Protagonisten dieses geheimen Dramas des bevorstehenden Aufruhrs, der sie erwartete, nicht bewusst. Die kommenden Kapitel in dieser Geschichte versprechen Drehungen und Wendungen, als das Zusammenspiel von menschlichen Entwürfen und göttlichem Eingreifen die Bühne für eine dramatische Abrechnung innerhalb des einst ruhigen Seth-Haushalts bereitete.

16. „Die offengelegten Geheimnisse und die identifizierten Schuldigen"

Der Tag entfaltete sich mit einem Wandteppich aus geschäftigen Aktivitäten, die von einem spürbaren Sinn für Bedeutung geprägt waren. In sorgfältigen Beratungen sowohl mit geschätzten Familienmitgliedern als auch mit dem verehrten Pandit wurde ein günstiger Termin für die Namenszeremonie mit Bedacht gewählt. Einladungen, die die Wärme familiärer Bindungen verkörpern, wurden nachdenklich an alle geschätzten Personen verschickt und weckten die Vorfreude, die den verheißungsvollen Anlass umhüllte.

Krishna unterstützte Mahadeo Mamas sorgfältige Arrangements mit unerschütterlicher Hingabe von ganzem Herzen. Ihre gemeinsamen Bemühungen manifestierten sich in der sorgfältigen Dekoration der Haupthalle, die von einem scharfen Auge für Details geleitet wurde. Die Dienste eines lokalen Dekorateurs wurden in Anspruch genommen, um ein ästhetisch ansprechendes Ambiente zu schaffen, ergänzt durch eine durchdachte Sitzanordnung, die sowohl Komfort als auch Eleganz bietet.

Der kulinarische Aspekt, eine kritische Facette der Feier, trug die Handschrift der Exzellenz. Unter Krishnas anspruchsvoller Aufsicht wurden die Arrangements tadellos vom Küchenchef eines angesehenen Fünf-Sterne-Restaurants abgewickelt. Jedes Detail, von der Auswahl der Gerichte bis zur Präsentation, wurde mit der Verpflichtung zur kulinarischen Perfektion ausgeführt, was den bevorstehenden Feierlichkeiten eine gewisse Raffinesse verlieh.

Als sich die Uhr 11 Uhr, der vorgesehenen Stunde für die verheißungsvolle Zeremonie, näherte, durchdrang ein kollektives Gefühl der Erwartung die Luft. Die Haupthalle des Bungalows, heute ein Zufluchtsort geschmückter Eleganz, lud die Gäste ein. Ihre Anwesenheit signalisierte die Konvergenz von Herzen und Köpfen und spiegelte die gemeinsame Freude und Aufregung wider, die diesen bedeutsamen Tag begleitete.

Die Versammlung der Eingeladenen innerhalb der heiligen Grenzen der Haupthalle markierte den Höhepunkt der eifrigen Vorfreude. Freundschaften wurden neu entfacht und familiäre Bindungen inmitten der anmutig geschmückten Umgebung gestärkt. Die Atmosphäre spiegelte eine harmonische Mischung aus Tradition und Moderne wider, ein Beweis für die sorgfältige Planung und die herzlichen Bemühungen, die die Vorbereitungen des Tages untermauerten.

In dieser geheiligten Umgebung leitete der Beginn der Zeremonie um 11 Uhr ein zeremonielles Crescendo ein. Der kollektive Blick der versammelten Menge richtete sich auf den Brennpunkt, wo Tradition und familiäre Liebe in einer Symphonie von Emotionen zusammenfielen. Jeder vorübergehende Moment versprach, wertvolle Erinnerungen zu schaffen, die Bestand haben würden, und diesen verheißungsvollen Tag unauslöschlich in den kollektiven Wandteppich der Familiengeschichte einzubringen.

Die versammelten Gäste fanden sich in der Zeremonie wieder, die dem kleinen Jungen einen Namen geben sollte. Inmitten der fröhlichen Atmosphäre durchdrangen jedoch leise Gespräche die Versammlung und warfen einen Schatten von Spekulationen über die Verbindung des Kindes zur geschätzten Familie von Seth. Die Freunde von Shakuntala, angetrieben von einer Mischung aus Neugier und Intrigen, begannen Diskussionen, indem sie eine Geschichte erzählten, die sie von ihrer Freundin Shaku gehört hatten – ein Spitzname, der mit einer Person in Verbindung gebracht wird, die für ihre weniger als ehrenhaften Absichten bekannt ist.

Als sich die Geschichte im Flüsterton entfaltete, deutete sie an, dass das Neugeborene das Ergebnis einer angeblich skandalösen Verbindung zwischen Helen, der Mutter und dem Erben der geschätzten Seth-Familie war. Die Atmosphäre, die einst von feierlichem Jubel erfüllt war, trug jetzt einen Unterton von Klatsch und heimlichem Geschwätz. Die Freunde wurden, vielleicht unbeabsichtigt, zu Kanälen dieser spekulativen Erzählung und gaben sie wie ein diskretes Geheimnis von Ohr zu Ohr weiter.

Die Andeutungen, obwohl unbestätigt, breiteten sich wie Wellen durch die versammelte Versammlung aus und schufen eine Atmosphäre von

Spannung und Unsicherheit. Die Schatten des Zweifels und des Misstrauens schlichen sich in die Herzen der Anwesenden und warfen ein Licht auf das, was als freudiger Anlass gedacht war. Die Luft knisterte vor spürbarem Unbehagen, als die Auswirkungen des Klatsches unter den Teilnehmern Einzug hielten.

Trotz der heimtückischen Gerüchte blieb der Fokus auf der laufenden Zeremonie. Die Namensrituale setzten sich fort und schienen die Unterströmungen der Spekulationen, die unter der Oberfläche flossen, nicht zu bemerken. Die Gäste, hin- und hergerissen zwischen ihrem Wunsch zu feiern und dem Flüstern des Zweifels, fanden sich in einem empfindlichen Gleichgewicht der Emotionen wieder.

Die bevorstehende religiöse Hauptzeremonie fügte dem sich entfaltenden Drama eine zusätzliche Vorfreude hinzu. Die Gäste, die jetzt in einem Netz von Intrigen gefangen waren, blickten mit hoffnungsvoller Erwartung auf Shantai Madam. Es wurde offensichtlich, dass die Auflösung dieser Spekulationen in ihren Händen lag, da die Matriarchin der Familie den Schlüssel zur Enthüllung der Wahrheit und zur Zerstreuung des Schattens hielt, der sich über der Namenszeremonie des Kindes abzeichnete.

Die Atmosphäre in der Halle wurde von kollektiver Neugierde und Besorgnis erfüllt. Die Augen wandten sich Shantai Madam zu und warteten mit angehaltenem Atem auf ihre Worte. Die von allen mit Spannung erwartete Erklärung der Matriarchin hatte das Potenzial, die Gerüchte, die in der Versammlung Wurzeln geschlagen hatten, entweder zu bestätigen oder zu zerstreuen.

Als sich Shantai Madam auf die Versammlung vorbereitete, hing ein Moment der Spannung in der Luft. Die emotionale Achterbahnfahrt der Freude, des Zweifels und der Vorfreude erreichte ihren Höhepunkt, als die Gäste gemeinsam den Atem anhielten und sich nach einer Lösung sehnten, die die Geheimnisse der Abstammung des Kindes lüften würde.

Jetzt strahlte Shantai Madam ein Gefühl von Vitalität und Freude aus, ihr Gesicht war mit einer neu entdeckten Frische geschmückt. Für aufmerksame Beobachter wurde deutlich, dass sich ihre Gesundheit seit der Ankunft von Krishna und ihrem Enkel bemerkenswert verbessert hatte. Die Feinheiten, die diese Transformation umgaben, waren nur Krishna und Mohini bekannt und bildeten ein diskretes Kapitel in der Erzählung der Familie. Während Helen Madam eine zentrale Rolle in diesem familiären Drama spielte, behielt sie ein Geheimnis um die Details bei und fügte den sich entfaltenden Ereignissen einen Hauch von Mystik hinzu.

Trotz der Harmonie innerhalb des familiären Kreises zeichnete sich aufgrund von Gerüchten, die Shakuntala und ihre Komplizen absichtlich gesät hatten, eine beunruhigende Atmosphäre über der Versammlung ab. Das daraus resultierende Chaos unter den Gästen wurde ein Nebenprodukt dieses kalkulierten Flüsterns und injizierte ein Spannungselement in das, was ein freudiger Anlass hätte sein sollen. Die orchestrierte Verbreitung von Spekulationen trübte die feierliche Atmosphäre und hinterließ unauslöschliche Spuren in der kollektiven Stimmung der Versammlung.

In der eskalierenden Unruhe nahm Shantai Madam eine ausgeglichene und würdevolle Haltung im Herzen des Saals ein. Sie hielt ein Mikrofon in der Hand und begann ihre Ansprache mit einer Stimme, die von Stabilität und Sicherheit geprägt war. Das Mikrofon, eine Leitung für ihre Worte, verstärkte die Bedeutung der bevorstehenden Ankündigung und verlieh der sich entfaltenden Szene einen Hauch von Formalität.

Shantai Madams elegante Anwesenheit verlangte die Aufmerksamkeit aller und warf inmitten des Sturms der Unsicherheit eine Ruhe. Ihre bewusste Wahl einer stabilen Stimme trug zu einem Gefühl der Autorität bei und schuf einen Schwerpunkt, um den sich die Aufmerksamkeit der Gäste drehte. Der Raum verfiel in eine gedämpfte Stille, ein Beweis für die kollektive Vorfreude, die in der Luft hing.

Mit akribischer Beredsamkeit begann Shantai Madam, die Schichten der Zweideutigkeit zu entwirren, die in der Versammlung Wurzeln geschlagen hatten. Ihre Worte trugen ein Gewicht an Autorität und durchschnitten das Netz der Gerüchte mit einer Erzählung, die Klarheit versprach. Jeder Satz, den sie aussprach, war ein maßvoller Schritt, um die Schatten zu vertreiben, die den feierlichen Anlass in den Schatten gestellt hatten.

Die Gäste, die im Kreuzfeuer von Spekulation und Wahrheit standen, lauschten aufmerksam, als Shantai Madam die Erzählung in Richtung einer Lösung lenkte. Die sorgfältig ausgewählten Worte hallten mit der Kraft wider, die wirbelnden Zweifel zu unterdrücken und einen Anschein von Ordnung wiederherzustellen. In ihrer maßvollen Ankündigung navigierte die Matriarchin behutsam durch die komplizierte Dynamik der Familie und enthüllte eine Wahrheit, die den Verlauf der gemeinsamen Geschichte der Familie neu definieren würde.

Mit einer beherrschenden Präsenz wandte sich Shantai Madam an die versammelte Versammlung und begrüßte alle Teilnehmer dieser absichtlich geplanten verheißungsvollen Zeremonie, einer gemeinsamen Anstrengung, die von ihr und ihrem Sohn Krishna inszeniert wurde. Sie lud alle ein, auf das unschuldige und liebenswerte Gesicht des kleinen Jungen zu blicken und versicherte, dass sein Charme unweigerlich eine sofortige Zuneigung hervorrufen würde. Shantai Madam teilte ihre persönliche Erfahrung und beschrieb den magischen Moment, in dem auch sie sich in das Kind verliebt hatte. Sie erkannte die anhaltenden Zweifel in den Köpfen der Gäste und bot anmutig an, alle Unsicherheiten zu zerstreuen.

In einer gelassenen Art und Weise begann Shantai Madam, die Hintergrundgeschichte der charmanten Seele in ihrer Mitte zu entwirren. Sie erzählte von dem Tag, an dem ihr Sohn Krishna in Begleitung des unschuldigen Jungen aus Amerika zurückkehrte. Sie drückte offen ein tiefes Gefühl aus und spürte eine spirituelle Verbindung, als wäre ihr verstorbener Ehemann in Form eines Kindes wiedergeboren worden. Während Krishna klarstellte, dass der Junge Schutz suchte und der Sohn seiner Mutter war, entschied sich Shantai Madam, ihn als ihren Enkel zu umarmen. Diese Entscheidung, erklärte sie, war der Anstoß für die Organisation der Namenszeremonie, eine Geste der Akzeptanz und des Feierns, die mit den versammelten Gästen und ihrem lieben Sohn Krishna geteilt wurde.

Shantai Madam drückte ihre Dankbarkeit für die Unterstützung der Anwesenden aus und ermutigte alle, ihre Liebe und Zuneigung auf das Kind auszudehnen, das in ihrer Gegenwart offiziell benannt werden würde. Ihre Worte, gefüllt mit Aufrichtigkeit und Emotionen, schwangen mit der Essenz der familiären Liebe und Akzeptanz mit. Die Versammlung, die ihre herzliche Offenbarung anerkennt, antwortete mit einem Refrain von fröhlichem Applaus, einem kollektiven Ausdruck der Zustimmung und des Verständnisses.

Mit ihrer beredten und entscheidenden Aussage legte Shantai Madam den Grundstein für die Hauptfunktion und leitete einen transformativen Moment in der Erzählung der Familie ein. Die Luft wurde von einem erneuerten Sinn für Zweck und Verständnis durchdrungen, als sich die Wolke der Unsicherheit hob. Die Funktion, die sich jetzt unter dem strahlenden Licht der Akzeptanz entfaltet, versprach eine Feier der Liebe, der familiären Bindungen und des belastbaren Geistes der Verwandtschaft zu sein.

Als der Applaus nachließ, begann das zeremonielle Verfahren, in jedem Moment voller neu gewonnener Klarheit und emotionaler Resonanz. Die Atmosphäre, die einst von spekulativem Geflüster geprägt war, pulsierte jetzt mit einer gemeinsamen Verpflichtung, die freudige Zeremonie zu umarmen und die unschuldige Seele im Herzen von allem zu ehren.

Inmitten der verheißungsvollen Feier wirft ein weiteres sich entfaltendes Drama seinen Schatten auf die Kulisse von Freude und Festlichkeit. Der Schwerpunkt der Aufmerksamkeit verlagerte sich auf Shakuntala Mami, die sich in einem rätselhaften Charakter in der Kleidung eines Kochs wiederfand. Suryaji, mit einem Hauch von Vertrautheit, präsentierte ihn als Mitarbeiter und Komplize in geheimen Aktivitäten, ihre gemeinsame Geschichte in der Dunkelheit der geheimen Missetaten verschleiert. "Er ist ein vertrauenswürdiger Partner von mir, der uns bei der Entführung dieser Dame und dieses Babys unterstützen wird. Sein Name ist Babaji ", erklärte Suryaji und seine Worte hingen unheilvoll in der Luft. Shakuntalas Blick war auf Babaji gerichtet, ihre Neugierde war von Zweifeln gezeichnet und veranlasste sie, sich zu erkundigen: "Ist er es wert?" Suryaji, der mit einer stillschweigenden Bestätigung antwortete, nickte und festigte die Partnerschaft, die die sich entfaltenden Ereignisse prägen würde.

Als sich das Trio nach innen bewegte und durch die labyrinthischen Gänge in Richtung Küche navigierte, konnte Shakuntala das beunruhigende Gefühl, das an ihr haftete, nicht abschütteln. In einem hastigen Versuch, sich von der drohenden Bosheit zu distanzieren, eilte sie in Richtung der Haupthalle - dem Epizentrum des feierlichen

Spektakels. Mit jedem Schritt suchte sie Zuflucht inmitten der lebhaften Menge und sehnte sich danach, ein Bild der freudigen Teilnahme zu projizieren, anstatt mit den schändlichen Plänen verstrickt zu sein, die sich auflösen sollten.

Shakuntalas Herz, belastet mit widersprüchlichen Emotionen, kämpfte darum, die Dichotomie zwischen dem feierlichen Ambiente und den ominösen Unterströmungen, die die Versammlung durchdrangen, in Einklang zu bringen. Ihr Wunsch, sich von dem bevorstehenden Verbrechen zu distanzieren, hallte mit einem ergreifenden Unterton wider, einem stillen Erlösungsgebet in der Kakophonie des Jubels. Ein Gefühl der Dringlichkeit ergriff sie, als sie durch den Wirbel der Feierlichkeiten navigierte, ein innerer Konflikt, der in ihre Gesichtszüge eingraviert war.

In der Haupthalle, die mit prächtigen Dekorationen geschmückt war, bemühte sich Shakuntala, in die Feierlichkeiten einzutauchen. Ihre Versuche, einen Hauch von Fröhlichkeit zu projizieren, wurden durch flüchtige Blicke auf den Eingang unterbrochen, eine unbewusste Sehnsucht nach einer Atempause von der drohenden Dunkelheit. Das Aufeinanderprallen von Feier und Beklommenheit in ihrer Seele bildete eine ergreifende Symphonie, die durch die Korridore ihres Wesens schwang.

Im Laufe des Abends fand Shakuntala Trost in der Gesellschaft von Gratulanten und maskierte ihren inneren Aufruhr hinter einer Fassade der Fröhlichkeit. Die Größe des Anlasses stand in starkem Kontrast zu den heimlichen Machenschaften, die sich im Schatten abspielten, eine deutliche Erinnerung an das zerbrechliche Gleichgewicht zwischen Freude und drohender Tragödie. Die fröhlichen Noten des Festes konnten jedoch die Unruhe, die in Shakuntalas Herz verharrte, nicht übertönen, ein beunruhigendes Vorspiel zu dem drohenden Sturm.

Die feierliche Bitte hallte durch die Luft, als der verehrte Panditji in den Mittelpunkt gerückt wurde und den Beginn der entscheidenden Namenszeremonie für den kleinen Jungen ankündigte. Das Plädoyer von Shantai klang wie eine Anweisung, ein unausgesprochener Befehl, der Ehrerbietung und Pflichtgefühl hervorrief. Verpflichtend leitete Panditji, der ehrwürdige Hüter heiliger Rituale, das Verfahren mit der

Resonanz sorgfältig ausgewählter Verse ein und warf eine geheiligte Aura auf die Versammlung.

Als Antwort auf den Ruf des Priesters traten fünf junge und verheiratete Frauen aus der Versammlung hervor, deren Schritte mit Gnade und Absicht beladen waren und bereit waren, an den heiligen Riten teilzunehmen. In einer taktvollen Orchestrierung wandte sich Panditji dann an Mohini Madam und lud sie höflich ein, die Rolle einer Tante für den kleinen Jungen zu übernehmen. Eine sanfte Anfrage folgte und suchte nach dem Namen, den sie sich für das Kind vorgestellt hatte. Mohini enthüllte, geleitet von Shantais diskreter Aufforderung, das geschätzte Erbe, das der Familie verliehen wurde. Der Name "Aditya", geflüstert mit Ehrfurcht, trug das Gewicht des unerfüllten Wunsches eines Großvaters, der Elizabeth Madam während eines ergreifenden Gesprächs anvertraut wurde. Der Großvater hatte den Wunsch geäußert, dass ein Enkel "Aditya" genannt werden sollte, und Mohini hielt sich pflichtbewusst an diesen heiligen Pakt.

Panditji würdigte in einer zeremoniellen Ehrerbietung die Frauen, die ausgewählt wurden, um die rituellen Pflichten zu erfüllen, und vertraute ihnen gleichzeitig den Namen an, der bald in den heiligen Hallen nachklingen würde. Die Luft wurde voller Vorfreude, als der Priester Tradition und zeitgenössischen Brauch nahtlos miteinander verflochten. Eine melodische Interpretation eines Volksliedes, das den Namensgebungszeremonien gewidmet war, umhüllte die Versammlung und schwang mit den Gefühlen vergangener und gegenwärtiger Generationen mit.

Das Crescendo des zeremoniellen Liedes gipfelte in der triumphalen Verkündigung des gewählten Namens. "Aditya", verkündet mit Klarheit und Resonanz, hallte durch die Versammlung und entzündete eine Welle von Applaus und Jubel. Das Neugeborene, jetzt getauft auf einen Namen mit familiärem Erbe, wurde zum Leuchtfeuer der Hoffnung und Kontinuität für die geschätzte Familie Seth. Die kollektive Zustimmung, die sich in herzlichem Beifall manifestierte, zeugte von der harmonischen Vereinigung von Tradition und zeitgenössischer Freude und markierte die Initiation von "Aditya" in die geschätzte Linie.

Mit dem Abschluss der zeremoniellen Formalitäten signalisierte eine Verschiebung der Atmosphäre den Übergang zu einem festlichen Fest. Der für den freudigen Anlass geschmückte und vorbereitete Essbereich wartete auf die Ankunft der Gemeinde. Die gemeinsame Freude der versammelten Familie und Freunde spiegelte das glänzende Fest wider, das auf sie wartete, und symbolisierte die harmonische Verschmelzung von Tradition, Liebe und das Versprechen einer glänzenden Zukunft für den neu ernannten "Aditya" Seth.

Inmitten der jubelnden Feierlichkeiten, die die Versammlung umhüllten, rührte sich im Schatten eine Unterströmung der Böswilligkeit, als Suryaji und Babaji heimlich versuchten, ihren schändlichen Entführungsplan auszuführen. Unbemerkt von den glückselig feiernden Teilnehmern entfaltete sich in der Peripherie ein unheilvolles Schema, das die Harmonie des freudigen Anlasses zu stören drohte.

In der Feier fand sich der junge Aditya, das ahnungslose Herzstück der Feier, müde von der beispiellosen Zeremonie, die auf ihn geschoben wurde. Der Tribut an seinen zarten Geist manifestierte sich in anhaltenden Schreien des Widerstands, einem ergreifenden Plädoyer für eine Atempause von dem überwältigenden Spektakel. Schließlich erlag das Kind der Müdigkeit und erlag der süßen Umarmung des Schlafes, was ihm eine vorübergehende Atempause von den zeremoniellen Anforderungen gewährte, die ihm auferlegt wurden.

Mit der stillschweigenden Zustimmung von Panditji und Shantai suchte Helen Madam, die das Bedürfnis nach Ruhe und Trost für die schlummernde Aditya erkannte, die Erlaubnis, das schläfrige Kind in ihr ausgewiesenes klimatisiertes Heiligtum zu transportieren. Ihre Absicht ging über die Ruhe des Kindes hinaus, da sie selbst den Wunsch nach einer kurzen Pause hegte, eine Gelegenheit, sich inmitten der ruhigen Grenzen ihres privaten Raums zu verjüngen und zu erfrischen.

Die Abreise von Helen Madam und der friedlich schlummernden Aditya aus der Haupthalle markierte ein flüchtiges Zwischenspiel, eine kurze Pause von der ausgelassenen Feier. Die Reise zur Klimaanlage hat sich mit gemessenen Schritten entwickelt, von denen jeder mit einem unausgesprochenen Verständnis für das Bedürfnis nach

Gelassenheit inmitten des Chaos beladen ist. Die umgebende Freude, die die Versammlung umhüllte, kontrastierte scharf mit den geheimen Aktivitäten von Suryaji und Babaji, ohne dass die ahnungslosen Zelebranten davon wussten.

Der Übergang von der feierlichen Atmosphäre zur ruhigen Abgeschiedenheit des ausgewiesenen Schlafzimmers malte ein ergreifendes Bild. Helen Madam wiegte die schlafende Aditya mit mütterlicher Zärtlichkeit, ihre Handlungen waren von einer echten Sorge um das Wohlergehen des Kindes getrieben. Die geheiligte Stille der klimatisierten Kammer wurde zu einem Zufluchtsort, der Mutter und Kind vor der Kakophonie des anhaltenden Feierns schützte.

Als sich die Tür hinter ihnen schloss, stand die gedämpfte Gelassenheit im Raum als krasse Nebeneinanderstellung zu den Festlichkeiten, die darüber hinaus tobten. Helen Madam legte Aditya mit einer sanften Berührung zur Ruhe und schuf eine Atmosphäre der Ruhe, die die friedlichen Träume des Säuglings widerspiegelte. Der Raum selbst wurde zu einem Zufluchtsort, einem Kokon der Ruhe, in dem die Welt draußen zu einem fernen Gemurmel verblasste.

In diesem Zwischenspiel, als sich Helen Madam in einer kurzen Pause niederließ, gingen die Feierlichkeiten unvermindert über die Grenzen der abgelegenen Kammer hinaus. Die ahnungslosen Zelebranten schwelgten in der Freude über die Namensgebung, glückselig unwissend über die finsteren Pläne, die sich allmählich im Hintergrund entfalteten. Die Atempause im klimatisierten Schlafzimmer, wenn auch nur kurz, war eine ergreifende Pause im andauernden Wandteppich aus Feiern und Intrigen.

Als Helen Madam sich dem Hafen ihres ausgewiesenen Schlafzimmers näherte, ohne sich der bevorstehenden Tortur bewusst zu sein, tauchte ein unvorhergesehener Eindringling aus dem Schatten auf, der von einer bedrohlichen schwarzen Maske in Anonymität gehüllt war. Die abrupte Konfrontation warf ein unheimliches Licht auf die ruhige Atmosphäre, als der mysteriöse Angreifer Helen Madam mit unerbittlichem Griff ergriff. Schnell wurde ein chloroformgetränktes Taschentuch auf ihre zarten Nasenlöcher gedrückt, dessen erstickende Dämpfe mit rücksichtsloser Unmittelbarkeit wirkten. In den Fängen dieses bösartigen Eindringlings erlag die einst widerstandsfähige Helen

Madam dem überwältigenden Einfluss des außer Gefecht gesetzten Chloroforms und fiel ihrem Angreifer in die Arme.

Das sich entfaltende Melodram entging nicht dem wachsamen Auge von Suryaji, einem stillen Komplizen in dieser finsteren Verschwörung. In einem gruseligen Tableau schloss er sich mit dem maskierten Eindringling zusammen, deren ruchlose Absichten sich den ahnungslosen Opfern näherten. Als die Ranken der Chloroform-induzierten Bewusstlosigkeit ihren Griff auf Helen Madam verstärkten, lenkte Suryaji seine Aufmerksamkeit auf den unschuldigen Aditya, der friedlich in seinem Schlaf lag. Ein flüchtiges Lächeln zierte das Gesicht des Jungen, ohne die bösartigen Entwürfe zu bemerken, die sich in dem abgedunkelten Raum entfalteten.

In den Fängen des maskierten Eindringlings lag Helen Madam bewusstlos, ein krasser Kontrast zu der Gelassenheit, die sie Momente zuvor umhüllt hatte. Der Raum, einst ein Heiligtum des Friedens, zeugte jetzt von den finsteren Machenschaften böser Absichten. Aditya, der sich der eindringenden Dunkelheit glückselig nicht bewusst war, lächelte in der Unschuld seiner Träume, eine krasse Ironie gegen die bösartigen Kräfte, die im Spiel waren.

Als Suryaji den unschuldigen Aditya mit beiden Händen sicherte, manifestierten sich tiefgreifende Trennungen zwischen der Reinheit der Träume des Kindes und der Böswilligkeit der Täter. Das Schicksal, verschleiert in der Gestalt eines unschuldigen Kindes, schien sich über die unglückseligen Taten lustig zu machen. Die Dichotomie zwischen dem cherubischen Lächeln auf Adityas Gesicht und den unheimlichen Handlungen, die sich entfalteten, schuf eine beunruhigende Dissonanz, einen Zusammenprall von Unschuld und Böswilligkeit in dem sich entfaltenden Drama.

Der Raum, einst ein Zufluchtsort der Ruhe, zeugte jetzt von der Störung der familiären Harmonie. Helen Madam, das ahnungslose Opfer, lag in einem unbewussten Stupor, einem ergreifenden Bild der Verletzlichkeit. Die abschreckende Effizienz, mit der die Eindringlinge ihren Plan ausführten, stand in krassem Gegensatz zu der ahnungslosen Freude, die über die Grenzen des Raumes hinaus hallte.

Die Luft, schwer von dem scharfen Duft von Chloroform, trug das Gewicht von Verrat und erschüttertem Vertrauen.

Als sich die bösartige Handlung entfaltete, schien Destiny, diese immaterielle Kraft, die den Lauf der Ereignisse leitete, über die fehlgeleiteten Absichten derer zu kichern, die versuchten, den natürlichen Fluss des Lebens zu stören. Die Unschuld, die in dem ruhigen Schlaf von Aditya eingekapselt war, der vor der unheimlichen Kulisse von Verrat und Täuschung gegenübergestellt wurde, diente als ergreifende Erinnerung daran, dass selbst im Angesicht der Dunkelheit das Schicksal oft das letzte, unvorhersehbare Lachen hielt.

Plötzlich betrat ein Kontingent robuster englischer Gentlemen, angeführt vom Chief Trusty, die Haupthalle. Diese beeindruckende Versammlung, bestehend aus Wachleuten, die zuvor den Wohnsitz geschmückt hatten, wurde von Krishna und Mahadeo Mama herzlich willkommen geheißen. Die Vertrautheit zwischen den Gastgebern und dem Sicherheitsteam führte zu einer Geschichte freundschaftlicher Interaktionen innerhalb der Grenzen der Unterkunft. Die Herren, die jetzt wieder mit dem Raum vereint waren, wurden zu einem ausgewiesenen Sitzbereich geführt, wo Krishna ein freundliches Gespräch mit ihnen begann.

Krishna bedankte sich für die Höflichkeit der Vorankündigung und erweiterte seine Gastfreundschaft mit freundlichen Worten. »Willkommen, Sir. Ihre durchdachte Kommunikation über Ihren Besuch wird sehr geschätzt. Ich vertraue darauf, dass dein Aufenthalt erholsam war, ohne anhaltende Jetlag-Beschwerden", bemerkte er warmherzig. Chief Trusty, der ein Gefühl von Respekt ausstrahlte, antwortete in gleicher Weise und versicherte Krishna, dass der Besuch eine geschätzte Pflicht und eine Quelle des Stolzes sei. Er verriet die Dringlichkeit ihrer Mission und erklärte die bevorstehende Abreise nach Delhi auf einem Abendflug zu offiziellen Verpflichtungen, gefolgt von ihrer bevorstehenden Ausreise aus Indien nach einem entscheidenden Treffen mit dem Staatssekretär der Regierung.

Das Gespräch entwickelte sich vor dem Hintergrund formeller Höflichkeiten, die durch das Pflichtgefühl und das Engagement des Chief Trusty für seine zeitkritische Mission unterstrichen wurden. Die zwischen Krishna und dem Sicherheitsdetail geteilte Kameradschaft deutete auf eine durch frühere Begegnungen geschmiedete Bindung hin, ein Verständnis, das über die bloße professionelle Bekanntschaft hinausging. Im Laufe des Dialogs enthüllte der Chief Trusty den Hauptzweck seines Besuchs – eine Bitte, Helen Madam und das junge Kind zu einem bevorstehenden Treffen anwesend zu haben, ein Hinweis auf die verletzliche Aditya.

Chief Trusty erkannte die zeitlichen Einschränkungen an und vermittelte den zwingenden Charakter seiner Mission und betonte das kurze Zeitfenster, das vor ihrem geplanten Flug zur Verfügung stand. Trotz ihres Ausscheidens aus dem aktiven Dienst gaben die Sicherheitsbeamten mit einem tief in ihnen verwurzelten Pflichtgefühl Krishnas diskreter Bitte bereitwillig nach. Das sich entfaltende Szenario zeugte vom komplexen Zusammenspiel beruflicher Verpflichtungen, vergangener Verbindungen und der Fließfähigkeit von Beziehungen im Rahmen eines familiären Zufluchtsortes.

Der formale Rahmen der Haupthalle, einst eine Bühne für freudige Anlässe und Feiern, wurde jetzt Zeuge der Ankunft dieser disziplinierten Wächter, die das empfindliche Gleichgewicht zwischen Pflicht und Herzlichkeit navigierten. Die bevorstehende Abreise, unterstrichen durch Chief Trustys Enthüllung eines engen Zeitplans, fügte der sich entfaltenden Szene eine Dringlichkeitsebene hinzu. In den ruhigen Korridoren der Residenz entfaltete sich der Übergang von festlichem Jubel zu einer zielgerichteten Mission, die auf die Feinheiten hinweist, die in das Gewebe familiärer Räume und die unerwarteten Überschneidungen von Vergangenheit und Gegenwart eingewoben sind.

Die versierten und erfahrenen Sicherheitsbeamten, die aufgrund ihres vorherigen Aufenthalts in der Residenz mit dem komplizierten Layout der Residenz vertraut waren, navigierten mit geübter Leichtigkeit durch die vertrauten Korridore. Ihr kollektives Wissen, das sie sich während eines früheren Einsatzes angeeignet hatten, führte sie unfehlbar in die dafür vorgesehene Kammer, wo sie die Begegnung mit Helen Madam und dem verletzlichen Säugling erwarteten. Als sie sich näherten, erwartete sie jedoch eine unerwartete Offenbarung – das Zimmer stand unheimlich leer, ohne die erwarteten Insassen. Eine beunruhigende Stille verharrte in der Luft, die nur durch eine schwache, aber unmissverständliche Spur von verweilendem Chloroform ausgeglichen wurde.

Diese unvorhergesehene Entwicklung entging den scharfsinnigen Sinnen des geschulten Sicherheitspersonals nicht. Ihre akute Geruchswahrnehmung, die durch jahrelanges rigoroses Training verfeinert wurde, erkannte den anhaltenden Geruch der entmündigenden Substanz. Eine ahnungsvolle Erkenntnis legte sich über sie – ein tiefgründiges Ereignis war eingetreten, überschattet von dem unverwechselbaren Duft, der im Raum hing. Ein Gefühl der Dringlichkeit ergriff die Offiziere, als sie den Ernst der Situation begriffen, eine stille Anerkennung der potenziellen Gefahr, die Helen Madam und das Kind unter ihrer Obhut traf.

Mit einem unausgesprochenen Verständnis für die Kritikalität ihrer Ergebnisse eilten die Sicherheitsbeamten zum Chief Trusty, der maßgeblichen Figur, die ihre Mission leitet. Der Ernst der Situation erforderte sofortige Aufmerksamkeit, und die Offiziere, die an ihre Pflichtverpflichtung gebunden waren, berichteten ihre beunruhigende Entdeckung mit einem Gefühl der Dringlichkeit. Der Häuptling Trusty empfing in seiner Rolle als Hüter der Sicherheit und Ordnung die Nachricht mit einer maßvollen Gelassenheit, wobei das Gewicht der Verantwortung in sein Gesicht eingraviert war.

In dem sich entfaltenden Drama verwandelte sich die einst vertraute und ruhige Residenz in eine Leinwand der Unsicherheit und Besorgnis. Die Sicherheitsbeamten hatten trotz ihrer stoischen Ausbildung eine Unterströmung der Unruhe, als sie sich der beunruhigenden Realität, die vor ihnen lag, stellten. Der leere Raum, der jetzt von der spürbaren Abwesenheit seiner beabsichtigten Bewohner durchdrungen war, deutete auf eine unerzählte Erzählung von Not und Umbruch hin.

Als Chief Trusty die von seinen Offizieren übermittelten Informationen verarbeitete, spielte sich eine nuancierte Verschmelzung von Sorge und Entschlossenheit auf seinen Gesichtszügen ab. Das Zusammenspiel von Pflicht und Einfühlungsvermögen unterstrich die heikle Balance, die in ihrem Arbeitsbereich erforderlich ist, insbesondere wenn sie mit dem potenziellen Schaden konfrontiert werden, den die unter ihrem Schutz stehenden Personen erleiden. Die formale Festlegung des Sicherheitsprotokolls war nun mit einer zusätzlichen Schicht emotionaler Dringlichkeit verbunden.

In diesem sich entfaltenden Szenario befanden sich die ausgebildeten Sicherheitsbeamten an der Schnittstelle von beruflicher Pflicht und unausgesprochenem Mitgefühl für das Wohlergehen von Helen Madam und dem Säugling. Der Duft von Chloroform verweilte als eindringliche Erinnerung an ein unheimliches Ereignis und verwandelte die Atmosphäre von einer Vorfreude in eine greifbare Besorgnis. Das Sicherheitsdetail, das an ihr Engagement für den Schutz gebunden war, wartete nun auf die entscheidenden Anweisungen des Chief Trusty, die bereit waren, das Geheimnis zu lüften, das einen Schatten auf die einst ruhige Wohnung geworfen hatte.

Mit einer erschreckenden Präzision, die ihre schändliche Absicht widerlegte, transportierten Suryaji und Babaji ihre Gefangenen, Helen Madam, und das unschuldige Kind akribisch aus den Grenzen des Bungalows. Die orchestrierte Entführung entfaltete sich im Mantel der Nacht, die Luft schwer mit dem Gewicht einer bösartigen Verschwörung. Das Duo trat vorsichtig auf den Parkplatz und führte ihre Opfer zu einem verdeckten Fahrzeug, das strategisch in den isolierten Vertiefungen stationiert war, um ihre bösartigen Taten vor den neugierigen Blicken der Welt zu schützen.

In einem kalkulierten Schritt, der auf ihren unheimlichen Erfolg hinweist, wandte sich Suryaji an Shakuntala Madam, den schattenhaften Orchestrator, der die schmutzige Angelegenheit beaufsichtigte. Eine kalte Anerkennung des Triumphs schnürte seine Worte, als er sie über den Abschluss der Mission informierte, das gefangene Duo, das nun auf das nächste Kapitel ihres Schicksals wartet. Das ominöse Flüstern dieses telefonischen Austauschs schien in der Nacht zu widerhallen, ein heimlicher Dialog, der die schändliche Allianz festigte.

Schnell antwortete Shakuntala Madam auf den Ruf, ihre Bewegungen schnell und entschlossen. Die Schwere ihrer Aufgabe lastete auf ihr, als sie ihr privates Heiligtum betrat und ihre Handtasche zurückholte – ein Schiff, das den Schlüssel zu den geheimen Geschäften und die

Mittel zur Finanzierung der dunklen Schattenseiten ihrer Operation hielt. Der Raum, einst eine Oase des persönlichen Raums, zeugte jetzt von der Konvergenz kalkulierter Pläne und heimlicher Transaktionen, wobei jeder Schritt mit einer beunruhigenden Spannung einherging.

Ausgerüstet mit den Mitteln, um die Forderungen ihrer böswilligen Komplizen zu erfüllen, wagte sich Shakuntala Madam zum vorgesehenen Treffpunkt – dem unheilvollen Parkplatz, auf dem die Gefangenen schmachteten und das Fluchtfahrzeug auf der Lauer lag. Ihre Schritte, beladen mit der Schwere ihrer Rolle, bewegten sich mit unheimlicher Entschlossenheit und markierten den Übergang vom bloßen Zuschauer zum aktiven Teilnehmer eines Dramas der Doppelzüngigkeit.

Als sie sich dem Fahrzeug näherte, funkelte das kalte Metall ihres Fluchtwagens im schwachen Licht und symbolisierte den Höhepunkt eines erfolgreichen, aber dunklen Unterfangens. Shakuntalas Bewegungen spiegelten die Schwere ihrer Mission wider, ihre Hände sicherten den Geldbeutel, der die Währung der Täuschung enthielt. In diesem verdeckten Austausch entfaltete sich die unausgesprochene Transaktion und überbrückte die Lücke zwischen den finanziellen Mitteln, die für die dunklen Ambitionen der Verschwörer erforderlich waren, und der düsteren Realität, die auf ihre Gefangenen wartete.

Der in Dunkelheit gehüllte Parkplatz wurde zum Nexus der Bosheit, wo kalkulierte Pläne und geheime Transaktionen nahtlos ineinander übergingen. Das Fahrzeug, ein Flucht- und Versteckinstrument, wartete auf seine Passagiere. Als sich Shakuntala näherte, wurde die Anwesenheit des Fahrzeugs zu einem stillen Komplizen, der den heimlichen Austausch erleichterte, der die unheimliche Erzählung vorantreiben würde. Die Schatten, Zeugen des sich entfaltenden Dramas, schienen sich mit einem Gefühl der Vorahnung zu verdichten und die heimliche Transaktion in ihrer dunklen Umarmung zu verkapseln.

Das hochqualifizierte Team von Sicherheitsbeamten reagierte schnell und präzise auf die Anweisungen von Chief Trusty und Krishna und leitete sofortige Maßnahmen ein. Ihr disziplinierter Geist, geprägt von jahrelanger strenger Ausbildung, arbeitete mit einem akuten Verständnis der Kriminalpsychologie zusammen. In der Erkenntnis, dass die Täter eine schnelle Flucht vom Tatort anstreben würden, setzten sich die Sicherheitsbeamten strategisch mit einer methodischen Effizienz ein, die ihrer erfahrenen Expertise entsprach.

In synchronisierten Bewegungen sprang das Sicherheitsteam, angeführt von ihrem Chief Trusty, aus dem Bungalow, ihre gemeinsame Absicht war klar – die Täter abzufangen, die versuchten zu fliehen. Die gut koordinierte Operation entfaltete sich in einer Choreographie des geordneten Chaos, wobei jeder Offizier eine strategische Position einnahm, um mögliche Fluchtwege abzudecken. Der Parkplatz und das Haupteingangstor wurden zu den Brennpunkten ihrer wachsamen Uhr, ein Beweis für ihre Weitsicht und Bereitschaft, sich allen Herausforderungen direkt zu stellen.

Als die Sicherheitsbeamten vorrückten, wurden sie von den maßgeblichen Persönlichkeiten von Chief Trusty, Krishna und Mahadeo Mama beschattet, ihre kollektive Anwesenheit war eine stille Bestätigung von Entschlossenheit und Autorität. In der gedämpften Nacht wurde die Stille nur durch die gedämpften Schritte des Sicherheitsdetails unterbrochen, das mit einer nahtlosen Mischung aus Dringlichkeit und Disziplin durch das Gelände navigierte.

Der erste Sicherheitsbeamte bemerkte mit scharfem Blick die anomale Aktivität auf dem ansonsten menschenleeren Parkplatz. Sein Instinkt, der durch jahrelange Arbeit geschärft wurde, signalisierte er seinem Kollegen leise und leitete eine diskrete Kommunikationskette ein, die schnell den Chief Trusty erreichte. Die Spannung in der Luft verschärfte sich, als sich die Sicherheitsbeamten, geleitet von ihrer Ausbildung und Erfahrung, der Szene näherten, in der heimliche Transaktionen stattfanden.

Die anschließende Gefangennahme entfaltete sich mit kalkulierter Präzision, ein Beweis für die sorgfältige Planung und Bereitschaft der Offiziere für solche Erfordernisse. Das Fehlen von Waffen seitens der Täter spielte zu Gunsten des Sicherheitsteams, was eine schnelle und stille Operation ermöglichte, die die Täter einkapselte, bevor sie die unmittelbare Bedrohung erfassen konnten. Die Luft hallte mit der stillen Entschlossenheit der Sicherheitsbeamten wider, eine Kraft der Ordnung, die über den geheimen Aktivitäten herrschte, die sich unter dem Schleier der Dunkelheit entfalteten.

In diesem verdeckten Ballett ergriffen die Sicherheitsbeamten, Hüter der Ordnung und der Gerechtigkeit, die Täter auf frischer Tat. Die Dunkelheit, Zeuge ihres disziplinierten Eingreifens, schien einen kollektiven Seufzer der Erleichterung auszulösen, als die Bedrohung neutralisiert wurde. Die Emotionen, die in die sich entfaltenden Ereignisse eingebettet waren, reichten von der stoischen Entschlossenheit des Sicherheitsteams bis zur triumphalen Auflösung der Gerechtigkeit, die über die Böswilligkeit herrschte. Der Bungalow, einst eine Kulisse für Geheimhaltung und Täuschung, stand jetzt als symbolische Bühne, auf der die Mächte der Rechtschaffenheit ihre Autorität durchsetzten und der nächtlichen Intrige ein Ende setzten.

Als das gesamte Sicherheitsteam, jetzt begleitet von den festgenommenen Tätern, die Halle wieder betrat, umhüllte ein gedämpftes Gefühl der Vorfreude die Versammlung. Die Gäste, die immer noch die Überreste ihres Mittagessens genossen, zogen allmählich in Richtung der sich entfaltenden Szene. Einige spürten eine unangenehme Störung in der Luft, eine Unruhe, die auf etwas Falsches hinwies, doch der Ernst der Situation entging ihrem unmittelbaren Verständnis.

Neugierde entfachte unter den Zuschauern, als sie Zeuge der ungewöhnlichen Versammlung wurden, deren kollektiver Blick auf die zentralen Figuren gerichtet war, die in der Halle positioniert waren. Die verwerfliche Shakuntala, flankiert von ihren beiden Komplizen, nahm einen prominenten Platz ein, das Gewicht ihrer Übertretungen hing schwer in der Atmosphäre. Der Saal, einst Kulisse für freudige Anlässe, zeugte nun von einem Spektakel, das bei den Anwesenden ein unbehagliches Unbehagen auslöste.

Shakuntala, in den Mantel der Scham gehüllt, setzte sich mit gesenktem Kopf auf den Boden und suchte Zuflucht im Schutz ihres Schoßes. Ihre beiden Mitarbeiter, müde und ängstlich, werfen verstohlene Blicke in alle Richtungen, wobei ihre Augen eine tiefe Angst vor den bevorstehenden Konsequenzen verraten. Die Atmosphäre im Saal schwankte am Rande der Offenbarung, die spürbare Spannung spiegelte sich in den Augen der Versammlung wider, als sie versuchten, das Geheimnis zu lüften, das sich jetzt vor ihnen entfaltete.

Als sich der Moment der Enthüllung abzeichnete, verlagerte sich die kollektive Aufmerksamkeit der Versammlung zwischen der unbewussten Figur von Helen Madam und der empörten Shantai Madam. Letztere, angeheizt von rechtschaffener Wut, wiegte den jetzt erwachten Aditya, der in seiner Unschuld ein schelmisches Lächeln trug und den Ernst der Situation nicht wahrnahm. Die Gegenüberstellung des verletzlichen Säuglings, der wütenden Großmutter und des unbewussten Opfers malte ein ergreifendes Tableau, das mit den Paradoxien des sich entfaltenden Dramas in Resonanz stand.

Die Halle, einst eine Arena der Fröhlichkeit, diente jetzt als Bühne für die Enthüllung einer unheimlichen Episode. Die Zuschauer, die von dem sich entfaltenden Spektakel angezogen wurden, kämpften mit einem Spektrum von Emotionen – von Schock und Unglauben bis hin zu einfühlsamer Sorge um die unbewusste Helen Madam. Shantai Madams nährende Gesten gegenüber Aditya, die der sichtbaren Not des gefangenen Trios gegenübergestellt wurden, fügten der emotionalen Erzählung, die sich im Saal abspielte, Schichten von Komplexität hinzu.

Als die versammelten Gäste versuchten, das beunruhigende Tableau zu verstehen, verstärkte sich eine kollektive Spannung. Die Atmosphäre hing schwer von einer Mischung aus Vorfreude und Besorgnis; Emotionen, die in das Gewebe einer Geschichte eingewoben waren, die jetzt eine Lösung verlangte. Der Saal, einst eine Leinwand für Feierlichkeiten, zeugte von einer Offenbarung, die die Kraft hatte, die Flugbahn familiärer Bindungen neu zu gestalten und das verworrene Netz der Täuschung zu entwirren.

17. „Chief Trusty Departs and Krishna Addresses Assembly"

Der Chief Trustee des Trusts, der von den vorausschauenden Eltern der verstorbenen Prinzessin Elizabeth gegründet wurde, widmete sich unerschütterlich der Wahrung der tiefgreifenden Interessen des Erben eines riesigen Anwesens, das der Großvater und die Großmutter mütterlicherseits hinterlassen hatten. Diese visionären Individuen, die die Herausforderungen der Wettbewerbswelt erkannten, vermachten gewissenhaft ihren gesamten Nachlass an ihre einzige Tochter und sorgten für deren Fortbestand durch den erstgeborenen Sohn oder die erstgeborene Tochter. In ihrer Weisheit ernannten sie einen pensionierten Militärgeneral der königlichen Armee zum obersten Treuhänder und vertrauten ihm die monumentale Verantwortung an, ihr Erbe zu bewahren.

Dieser angesehene Chief Trustee, ein erfahrener Veteran des Militärs, befand sich in Indien und trug das Gewicht entscheidender Entscheidungen und Erklärungen. Seine Anwesenheit entsprach der historischen Bedeutung des Anwesens und seiner Verbindungen zu Prinzessin Elizabeth. Die ihm übertragene Verantwortung war nicht nur eine gesetzliche Verpflichtung, sondern eine heilige Pflicht, die Absichten und Träume von Elizabeths verstorbenen Eltern zu ehren.

Als der Haupttreuhänder Krishna, dem hinterbliebenen Ehemann der verstorbenen Prinzessin Elizabeth, Entscheidungen und Erklärungen übertrug, war die Atmosphäre sowohl von Pflichtgefühl als auch von einer ergreifenden Verbindung zur Vergangenheit geprägt. Das von weitsichtigen Köpfen sorgfältig geschaffene Vertrauen zielte nicht nur auf die Sicherung des materiellen Reichtums ab, sondern auch auf das Wohlergehen und den Wohlstand der nächsten Generation der Familie.

In diesem feierlichen Rahmen trug jedes Wort des obersten Treuhänders das Gewicht der Tradition und das Echo eines familiären Erbes, das sich über Generationen erstreckte. Seine physische Präsenz diente als greifbares Bindeglied zur Vergangenheit und überbrückte die Kluft zwischen den Visionären, die das Vertrauen konzipierten, und den zeitgenössischen Hütern, die für seine Ausführung verantwortlich waren. Es war eine ergreifende Begegnung zwischen dem historischen Erbe einer königlichen Linie und den heutigen Verantwortlichkeiten, die sowohl Ehrfurcht als auch Fleiß erforderten.

Krishna, als Ehefrau der verstorbenen Prinzessin Elizabeth, befand sich im Mittelpunkt dieses komplizierten Netzes familiärer Bestrebungen und rechtlicher Feinheiten. Die Rolle des Chief Trustee erstreckte sich über die bloße Gesetzlichkeit hinaus; sie umfasste das empfindliche Gleichgewicht zwischen der Ehrung der Vergangenheit und der Bewältigung der Komplexität der Gegenwart. Die Treffen mit Krishna waren nicht nur Formalitäten; es waren Momente, die die Fäden der Geschichte, der Pflicht und der persönlichen Trauer verflochten und einen Wandteppich von Emotionen geschaffen haben, der die Bedeutung des Vertrauens und seine dauerhaften Auswirkungen auf die Zukunft der Familie unterstrich.

Nachdem der Chief Trustee die potenziellen Täter, deren schändliche Absichten drohten, den sorgfältig ausgearbeiteten Plan zu untergraben, erfolgreich aufgegriffen hatte, stand er am Abgrund eines entscheidenden Moments. Die zufällige Wendung der Ereignisse ergab, dass er von einer Gruppe von Sicherheitsbeamten, angesehenen Rentnern der Polizeibehörde, begleitet wurde. Dieser unvorhergesehene Glücksfall ermöglichte es dem Chief Trustee, eine Krise abzuwenden, die das gesamte System zum Schutz des riesigen Anwesens der Großeltern von Prinzessin Elizabeth hätte gefährden können.

Bevor er mit den feierlichen Erklärungen fortfuhr, die das Schicksal des königlichen Erbes prägen würden, hielt es der oberste Treuhänder für ratsam, sich von den Schlüsselfiguren beraten zu lassen, die eng mit dieser Familiensaga verbunden sind. Krishna, der hinterbliebene Ehemann, und Shantai Madam, eine Säule der Unterstützung, wurden gerufen, um sich mit dem Haupttreuhänder zu beraten. Die Luft war voller Vorfreude und dem Gewicht der Verantwortung, als sie sich versammelten, um die bevorstehenden Entscheidungen zu besprechen, die den Verlauf der Zukunft der Familie bestimmen würden.

Inmitten der Beratungen erkannte der Chief Trustee die Notwendigkeit eines vertraulichen Tête-à-tête mit Helen Madam. Er spürte ein Bedürfnis nach Privatsphäre, um Angelegenheiten von größter Bedeutung anzugehen, und verlängerte seine Bitte um ein diskretes Gespräch. Mit einem taktvollen Ansatz engagierte er Krishna und Shantai, Madam, nahm sie in sein Vertrauen und führte sie in einen abgelegenen Raum, in dem die Feinheiten des Vertrauens und seine Auswirkungen mit äußerster Diskretion besprochen werden konnten.

Hinter verschlossenen Türen wurde die Atmosphäre mit einer Mischung aus Vorfreude und Bedeutung aufgeladen. Der oberste Treuhänder, Krishna und Shantai Madam, vertieften sich in die Feinheiten des Plans, sezierten seine Nuancen und betrachteten die Auswirkungen jeder Entscheidung auf die Zukunft der Familie. Der Ernst der Situation ging bei keinem von ihnen verloren; es war ein Moment, in dem die Schnittstelle von Vermächtnis, Pflicht und persönlichen Verbindungen zusammenfiel und sorgfältige Überlegungen und einen nachdenklichen Dialog erforderte.

Als sich die privaten Gespräche entfalteten, vertieften sich die Vertrauensbande zwischen dem obersten Treuhänder, Krishna und Shantai Madam. Die Last der Verantwortung wurde geteilt, und das Trio navigierte mit einem Gefühl der Einheit und des Zwecks durch die Komplexität der familiären Erwartungen und rechtlichen Verpflichtungen. In diesen vertraulichen Momenten waren die Emotionen hoch und spiegelten den komplizierten Wandteppich menschlicher Verbindungen wider, der mit dem Erbe der visionären Großeltern von Prinzessin Elizabeth verwoben war.

Letztendlich dienten diese vertraulichen Konsultationen als Schmelztiegel, in dem Entscheidungen gefälscht und Strategien verfeinert wurden. Das Vertrauen des obersten Treuhänders erstreckte sich über den rechtlichen Bereich hinaus; es umfasste das empfindliche Gleichgewicht zwischen der Sicherung des Erbes der Familie und der Bewahrung der geschätzten Erinnerungen an die Vergangenheit. Als sie aus den privaten Gesprächen hervorgingen, verstärkte sich die kollektive Entschlossenheit und bereitete die Bühne für die formellen

Erklärungen, die sich entfalten würden, und prägte das Schicksal des königlichen Anwesens und derjenigen, die mit seiner geschichtsträchtigen Geschichte verbunden waren.

Als Reaktion auf die zeitlichen Zwänge und die spürbare Vorfreude der versammelten Menge draußen tauchten der Chief Trustee und seine Begleiter aus dem abgelegenen Besprechungsraum auf. Das Gefühl der Dringlichkeit wurde durch das Bewusstsein unterstrichen, dass eifrige Zuschauer bereit waren, die Geheimnisse um Shakuntalas Rolle in dem komplizierten Wandteppich von Seths Familie zu enträtseln. Als sie in die Öffentlichkeit traten, knisterte die Atmosphäre vor Neugier und Aufklärungsdurst.

Das gelassene Auftreten des Haupttreuhänders signalisierte den wartenden Gästen, dass sich ein Moment der Bedeutung entfalten würde. Es war eine Szene, die die gelassene Erwartung vor dem Aufstieg des Vorhangs in einer großen Theateraufführung widerspiegelte, als sich das Publikum nach den Offenbarungen sehnte, die bald ihre Ohren zieren würden. Die versammelte Menge, ein Mosaik von erwartungsvollen Gesichtern, warf einen kollektiven Blick auf die Figuren im Zentrum dieses Familiendramas.

In Anerkennung der Notwendigkeit, sich an die Versammlung zu wenden, forderte die Shantai Madam die versammelten Gäste mit einem Ton der Autorität und des Respekts auf, ihre Plätze wieder einzunehmen. Die Schwere seiner Worte deutete auf die drohende Schwere der Entscheidungen und Erklärungen hin, die bald enthüllt werden sollten. Es war ein Ruf, der mit einem Gefühl des gemeinsamen Verständnisses einherging, da die Gäste in diesem entscheidenden Moment die Notwendigkeit von Ordnung und Anstand erkannten.

Als die Gäste gehorsam Platz nahmen, hing die Luft schwer von dem leisen Murmeln von Spekulationen und flüsterten Gesprächen. Die Einheit der Versammlung, die durch das Erscheinen der Heerscharen vorübergehend gestört wurde, wurde angesichts der bevorstehenden Offenbarungen wiederhergestellt. Jedes Mitglied der Versammlung, ob Freund, Vertrauter oder bloßer Zuschauer, spürte das Gewicht des sich entfaltenden Dramas und die Verantwortung, die sich entfaltende Familiensaga zu bezeugen.

Die Gastgeber – Chief Trustee, Krishna und Shantai Madam – saßen während dieses erwartungsvollen Publikums und trugen die Last der Erwartungen mit Anmut und Gelassenheit. Ihre Einheitsfront vermittelte ein Gefühl der Solidarität und unterstrich die Schwere der Entscheidungen, die sie gerade enthüllen wollten. Der Raum, der jetzt von einer aufgeladenen Stille erfüllt war, diente als Leinwand, auf der die Erzählung des familiären Erbes und der individuellen Schicksale gemalt werden sollte.

Vor dem Hintergrund dieses kollektiven Schweigens deutete der Chef-Treuhänder an, den Beginn der lang erwarteten Klärungen zu signalisieren. Es war ein Moment, in dem die Zeit stillzustehen schien, als sich das Publikum auf die Enthüllungen vorbereitete, die die Konturen der Zukunft der Familie neu gestalten würden. Der zarte Tanz zwischen Enthüllung und Diskretion hatte begonnen, und jedes gesprochene Wort hatte die Macht, das Schicksal der Anwesenden im Raum neu zu gestalten.

Im Laufe der Erzählung wurden die versammelten Gäste nicht nur Zeugen, sondern aktive Teilnehmer an der Saga von Seths Familie. Die Luft, die einst von Spekulationen durchdrungen war, war jetzt von dem Gewicht der Wahrheit und der gemeinsamen Reise derer durchdrungen, die in den reichen Wandteppich familiärer Bindungen verflochten waren. Die Entscheidungen und Erklärungen, die am Abgrund der Offenbarung standen, versprachen, nicht nur die Vergangenheit zu beleuchten, sondern auch einen Weg in eine ungewisse, aber kollektiv umarmte Zukunft zu beschreiten.

Mit einem Gefühl der Einheit, das unter den Versammelten vorherrschte, entschieden die Gastgeber, dass Krishna, der eng mit der verstorbenen Prinzessin Elizabeth und den Feinheiten der Familie verbunden war, der Träger der bevorstehenden Ankündigungen sein würde. Ein einstimmiger Konsens unter dem Trio – Chief Trustee, Krishna und Shantai Madam – festigte die Entscheidung und erkannte Krishnas Rolle als Bindeglied zwischen dem Erbe der Vergangenheit und den Bestrebungen der Zukunft an.

Ausgestattet mit einem ferngesteuerten Mikrofon übernahm Krishna die Verantwortung, das erwartungsvolle Publikum anzusprechen. Der Raum verstummte in Erwartung, als Krishna mit einem zarten

Gleichgewicht aus Weichheit und Festigkeit in seiner Stimme begann, die Offenbarungen und Klarstellungen zu entfalten, die das Schicksal der Seth-Familie prägen würden. Die versammelten Gäste, die mit ihrer Muttersprache vertraut waren, nahmen Krishnas Worte auf und hingen an jeder Silbe, während er sich behutsam durch die Feinheiten des familiären Erbes und die bevorstehenden Entscheidungen navigierte.

In diesen Momenten schwang die Luft mit dem Gewicht der Verantwortung und der Tiefe der Emotionen mit, die mit der Erzählung der Familie verwoben waren. Krishnas Stimme, ein Gefäß für die folgenden Offenbarungen, trug die Last der Wahrheit und die Erwartungen derer, die eifrig zuhörten. Die versammelte Menge, die durch gemeinsame Geschichte und familiäre Bindungen verbunden war, bezeugte die sich entfaltende Saga, die versprach, die verborgenen Facetten des komplizierten Wandteppichs der Familie Seth zu enthüllen.

In der gemessenen Kadenz von Krishnas Rede wurde der Raum zu einem Theater der Emotionen, jedes Wort schwang mit dem kollektiven Bewusstsein der Gäste mit. Die Atmosphäre, die von Vorfreude und dem Gewicht der Offenbarungen geprägt war, verkörperte den zarten Tanz zwischen Vergangenheit und Gegenwart. Während Krishna sich zart durch die Details schlängelte, blieben die versammelten Gäste sitzen und ihre Augen spiegelten ein Spektrum von Emotionen wider – von Neugierde bis Empathie und von Unsicherheit bis zur Sehnsucht nach Klarheit. In diesen entscheidenden Momenten stand das Vermächtnis der Seth-Familie auf dem Spiel und wartete auf die letzten Striche, die seine dauerhafte Erzählung definieren würden.

Um einen Ton der Wärme und Vertrautheit zu setzen, begann Krishna seine Ansprache mit einem freundlichen Gruß in der Muttersprache und schuf eine sofortige Verbindung mit dem versammelten Publikum. „Sehr geehrte Damen und Herren, Namaskar", begann er und bedankte sich für die unschätzbare Zeit, die jeder Gast bei dieser bedeutenden Gelegenheit verbracht hatte. Die Luft war voller Vorfreude, als Krishna der Versammlung seine Schuld übermittelte und den kollektiven Druck erkannte, der versehentlich auf seine Familie ausgeübt worden war.

Mit einer bewussten, aber sanften Entbindung wandte sich Krishna während der Familienfeier allmählich der faszinierenden Anwesenheit unerwarteter ausländischer Gäste zu. Seine sorgfältig ausgewählten Worte enthüllten das Geheimnis um die Besucher aus Großbritannien. "Ich stehe in der Tat in der Schuld von euch allen", fuhr er fort und unterstrich die Dankbarkeit, die seine Gefühle durchdrang. Der Raum wurde zu einer Leinwand, auf der Krishna eine Erzählung von besonderen Gästen malte, die wichtige Geschäfte mit der Familie machten.

Auf meisterhafte Art und Weise enthüllte Krishna die bevorstehende Abreise dieser angesehenen Besucher nach Neu-Delhi auf besonderen Wunsch und Einladung des indischen Außenministeriums. Er hielt absichtlich inne und ließ das Gewicht seiner Worte in der Luft liegen, ein Moment, der mit Vorfreude auf die versammelten Gäste schwanger war. Die Atmosphäre war voller Neugier, und alle Augen waren auf Krishna gerichtet, begierig darauf, den Zweck dieses unerwarteten Treffens zu entschlüsseln.

Während er durch die komplizierten Details navigierte, trug Krishnas Stimme eine Mischung aus Aufrichtigkeit und Gelassenheit. Das Publikum, das in Erwartung suspendiert war, hing an jedem Wort, als er die bevorstehende Abreise der britischen Gäste in ihre Heimat enthüllte. Das Telefonat, das diese Offenbarung ausgelöst hatte, wurde zu einem Symbol der Verbundenheit und webte einen Faden zwischen fernen Ländern und familiären Behausungen.

In der darauffolgenden Schwangerschaftspause fegte Krishnas Blick über die Gesichter der Gäste, ihre Ausdrücke waren ein Tableau aus Neugier, Erwartung und einem spürbaren Eifer, in den Kern der Sache einzutauchen. Die Luft selbst schien den Atem anzuhalten, als das Publikum auf die Entschlüsselung der Erzählung wartete, insbesondere über Shakuntala Madams wahrgenommene Schuld. In diesem Moment der schwebenden Erwartung wurde die Bühne für die Offenbarungen bereitet, die die Erzählung des Familienerbes prägen würden und zart zwischen Vergangenheit und Gegenwart hingen.

Mit einem bewussten und beruhigenden Lächeln, das sein Gesicht zierte, nahm Krishna seine Rede wieder auf und navigierte das Publikum durch eine unerwartete Wendung der Ereignisse, die sich während des freudigen Familientreffens ereignet hatten. "Ein kleiner, unangenehmer Vorfall ereignete sich, als ihr alle das köstliche Essen genossen habt. In einem kühnen Schritt gelang es zwei Eindringlingen, unser Haus zu infiltrieren und mit einigen wertvollen und bedeutenden Vermögenswerten meiner Familie davonzukommen", erzählte er, sein Tonfall stabil und sein Verhalten komponiert. Das Gewicht der Situation hing in der Luft und störte für einen Moment das festliche Ambiente.

Krishna enthüllte die schnelle und lobenswerte Reaktion seiner Tante, Shakuntala Madam, auf das Eindringen. "Glücklicherweise", fuhr er fort, "bemerkte meine liebe Mami, Shakuntala Madam, ihre illegalen Aktivitäten und verfolgte mutig die Täter, entschlossen, sie festzunehmen." Der Raum hallte mit einem kollektiven Keuchen wider, als das Publikum die Details ihres tapferen Strebens aufnahm. Krishnas Erzählung zeichnete ein lebendiges Bild ihrer Verfolgung, was leider zu ihren anhaltenden Verletzungen führte, einschließlich einer Fraktur ihres Hüftknochens.

In dem sich entfaltenden Drama balancierte Krishna die Erzählung zart aus und hob die zufällige Anwesenheit ihrer britischen Gäste hervor, die durch einen Schicksalsschlag mit ihren Sicherheitsbeamten ankamen. Dieser glückliche Zufall ermöglichte es der Familie, die Diebe festzuhalten, bis die örtlichen Behörden eingreifen konnten. Die maßvolle Übergabe von Krishnas Erklärung zielte darauf ab, das Publikum zu beruhigen und die Spannung zu lockern, die sich über die Versammlung gelegt hatte.

Als die Offenbarung Einzug hielt, spürte man einen kollektiven Seufzer der Erleichterung von den versammelten Gästen, deren anfängliche Bedenken durch die sich entfaltende Erzählung gemildert wurden. Ein scharfsichtiges Auge könnte jedoch die subtile Überraschung auf Shakuntala Madams Gesicht eingefangen haben. Trotz der erfundenen Natur von Krishnas Offenbarung der elften Stunde zeigte sie eine Weisheit, die die unmittelbaren Umstände übertraf. Ihr Verständnis ging über die Oberfläche hinaus und erkannte Krishnas Absicht, die Würde ihrer Familie zu schützen und sie dabei vor unangemessener Kontrolle zu schützen.

In der Tat hätte die unausgesprochene Dankbarkeit, die Shakuntala Madam für ihren Neffen, den Architekten dieser improvisierten Erfindung, hegte, tiefgreifend sein müssen. Stattdessen entschied sie sich, ihre Qual auszudrücken, da sie verstand, dass Krishnas Absicht nicht nur darin bestand, den Ruf der Familie zu schützen, sondern auch einen Schild der Gnade über sie auszubreiten. Der komplexe Tanz zwischen Wahrheit und der Erzählung, die für die Ehre der Familie gewebt wurde, zeigte die Tiefe von Krishnas Engagement für die Wahrung der Würde derer, die durch die Bande des Blutes und der gemeinsamen Geschichte verbunden sind. In diesem komplizierten Wandteppich familiärer Dynamik bildeten unausgesprochene Gefühle und uneingestandene Opfer die unsichtbaren Fäden, die sie miteinander verbanden und sie in einem stillen Pakt vereinten, um die Heiligkeit ihres gemeinsamen Erbes aufrechtzuerhalten.

Nach der Klärung durch den Gastgeber waren die versammelten Gäste, jetzt zufrieden und nicht mehr von ihrer anfänglichen Neugier und Neugier getrieben, bereit, die Funktion zu verlassen. Nach und nach verabschiedeten sich die meisten Eingeladenen anmutig und ließen nur Seths Familie und das hingebungsvolle Team von Chief Trusty zurück, die am beschleunigten Mittagessen des Tagesprogramms teilnahmen, bevor sie sich an ihren vorgegebenen Abfahrtsplan hielten.

Inmitten der Versammlung kündigte Shantai Madam, die gnädige Gastgeberin, eine kurze Verspätung an und drückte ihre Absicht aus, das kulinarische Erlebnis zu erweitern, indem sie zusätzliche Gäste zu dem intimen Familientreffen einlud. Diese unvorhergesehene Entwicklung veranlasste zu einer kollektiven Pause, die die Atmosphäre mit einem Gefühl der Vorfreude und vielleicht einem Hauch von Aufregung erfüllte, während die Teilnehmer auf die Ankunft dieser besonderen Gäste warteten.

In Übereinstimmung mit der Anweisung des Chief Trusty wurde beschlossen, die beiden vermeintlichen Täter in einem bestimmten Raum auszuschließen. Diese Maßnahme wurde als notwendig erachtet, um eine fokussierte und private Diskussion über ihr Schicksal zu gewährleisten. Es wurde ausdrücklich mitgeteilt, dass die endgültige Entscheidung über Shakuntala Madam ausschließlich vom Oberhaupt der Familie Seth getroffen werden würde, was den Ernst der Situation unterstreicht. Mit sorgfältigen Vorkehrungen trat Shah Sir in Begleitung seiner Frau und Rajeev in die verbleibende Gesellschaft ein und begab sich in den Essbereich, wo sie auf ein schnelles und entschlossenes Mittagessen warteten.

Als sich das kulinarische Erlebnis entfaltete, begann sich die anhaltende Spannung früherer Ereignisse zu zerstreuen, ersetzt durch eine gemeinsame Verpflichtung, die vor uns liegenden Komplexitäten zu bewältigen. Das Mittagessen, einst eine bloße Formalität, diente nun als Kulisse für eine Konvergenz familiärer Diskussionen und die bevorstehende Lösung einer Angelegenheit, die die Aufmerksamkeit aller Anwesenden auf sich gezogen hatte.

Nach einem Mittagessen, das für alle Teilnehmer sowohl geschmackvoll als auch befriedigend war, trafen sich die versammelten Familienmitglieder, das engagierte Team von Chief Trusty und besondere Gäste in der großen Haupthalle. Auf besonderen Wunsch des Chief Trusty selbst wurde Helen Madam in Begleitung des Säuglings Aditya zur Teilnahme an der letzten Sitzung vor der Abreise vorgeladen. Helen Madam, obwohl sie von dem jüngsten Vorfall betroffen war, näherte sich mit einem leichten Taumeln in ihrem Spaziergang, was auf das emotionale Gewicht und die Wirkung ihrer Bewusstlosigkeit hinweist, die sie trug. Die wiegende Aditya wurde von dem aufmerksamen Dienstmädchen in die Versammlung gebracht und schuf eine ergreifende Szene, die die Schwere des Anlasses unterstrich.

Als sich die Teilnehmer in der Haupthalle niederließen, war die Atmosphäre eine Mischung aus Formalität und Vorfreude. Das Treffen, das jetzt in einem vollständigen und gewünschten Forum einberufen wurde, war bereit, sich zu entfalten, und ein Gefühl der Neugier durchdrang den Raum. Die Teilnehmer, sowohl von der Familie als auch von den besonderen Gästen, erwarteten mit großem Interesse Einblicke in die Überraschungen, die die bevorstehenden Diskussionen zu enthüllen versprachen.

Die Anwesenheit von Helen Madam und dem Säugling Aditya führte eine Schicht emotionaler Tiefe in die Versammlung ein. Das Verhalten von Helen Madam, das trotz der jüngsten Herausforderungen von Widerstandsfähigkeit geprägt war, rief bei den Anwesenden ein spürbares Gefühl der Empathie hervor. Das wiegende Kind, ein Symbol der Unschuld inmitten des komplexen Geflechts der Umstände, fügte der sich entfaltenden Szene einen Hauch von Schärfe hinzu und verstärkte das kollektive Gefühl der Versammlung.

Zu Beginn der Sitzung wurden die Formalitäten mit größter Präzision eingehalten, wobei jeder Teilnehmer zum Austausch von Ideen und Beschlüssen beitrug. Der kollektive Blick der Anwesenden spiegelte eine gemeinsame Verpflichtung wider, die Komplexität der Situation zu verstehen und eine Lösung zu suchen, die nicht nur den Interessen der Familie Seth dient, sondern auch die Prinzipien der Gerechtigkeit und des Mitgefühls wahrt. Die Luft war mit einem Sinn für Zweck aufgeladen, und der sich entfaltende Diskurs versprach ein Wendepunkt in der Erzählung zu sein, als die Teilnehmer die Feinheiten der vor ihnen liegenden Herausforderungen navigierten.

Mit der freundlichen Erlaubnis der Hauptdame des Hauses übernahm der Chief Trusty die Kontrolle über die Versammlung und ergriff mit gebieterischer Präsenz das Wort. Sein autoritäres Verhalten hallte durch den Raum, als er begann, sich an die Versammlung zu wenden. „Guten Tag, meine Damen und Herren. Ich bin der Chief Trusty des Trusts, den der verstorbene Lord Albert Hamilton von Großbritannien und seine Frau, die verstorbene Königin Madam Susan Hamilton, gegründet haben. Sie sind der Großvater und die Großmutter dieses glücklichen kleinen Jungen, Aditya, wie mir mitgeteilt wurde. Heute ist ihm der Name Aditya verliehen worden, oder, wie ich ihn zu Recht nennen sollte, Fürst Aditya «, erklärte der Häuptling Trusty mit einem maßvollen Ton, einem Hauch von Wärme, der sich in seinem Lächeln bemerkbar machte. Seine Worte trugen ein Gewicht von Geschichte und Vermächtnis und warfen eine ergreifende Aura über die Versammlung.

Als Chief Trusty das Erbe und die Abstammung des jungen Aditya teilte, verlagerte sich die Aufmerksamkeit des Publikums auf den Säugling. Prinz Aditya, in den Armen von Helen Madam, wurde zum Mittelpunkt aller Blicke. Ein Hauch von Neugier und Ehrfurcht umhüllte den Raum, als die Worte des Chief Trusty nachhallten und die Aufmerksamkeit der Versammlung auf die tiefe Verbindung zwischen der angesehenen Familie Hamilton und dem neu getauften Prinzen Aditya lenkten.

Die Pause des Chief Trusty, die von einem subtilen Lächeln geprägt war, erlaubte einen Moment des Nachdenkens. Es war ein Moment, um die Bedeutung der sich entfaltenden Erzählung in sich aufzunehmen, einer Erzählung, die die Vergangenheit, Gegenwart und Zukunft des Hamilton-Erbes verflochten hat. In der Zwischenzeit waren die fleißigen Teammitglieder des Chief Trusty damit beschäftigt, die Essenz des Anlasses einzufangen und die kostbaren Momente durch die Linse ihrer Kameras gekonnt zu verewigen. Die sanften Klicks und Blitze harmonierten mit den Worten von Chief Trusty und schufen ein Tableau, das die historische Ankündigung und die gemeinsame Emotion der Anwesenden im Raum für immer zusammenfassen würde.

In dieser Umgebung verschmolz die Formalität des Anlasses nahtlos mit der Sentimentalität des Augenblicks. Nun, da sie in die reiche Geschichte eingeweiht waren, die sie mit Prinz Aditya verband, nahm die Versammlung eine kollektive Wertschätzung für das bleibende Vermächtnis an, das Generationen überstieg. Die Luft war voller Ehrfurcht und Verehrung, als der Chief Trusty den komplizierten Wandteppich der Hamilton-Familie weiter entwirrte und eine unauslöschliche Spur in den Herzen derer hinterließ, die das Glück hatten, Zeuge dieses bedeutenden Punktes in der sich entfaltenden Erzählung zu werden.

Als der Chief Trusty seine Ansprache fortsetzte, hing das Gewicht seiner Worte in der Luft und betonte die tiefe Bedeutung des Vermächtnisses der Familie Lord Hamilton. Er enthüllte die Größe ihres Reichtums und beschrieb ein riesiges Reich, das sich über Großbritannien und die Vereinigten Staaten erstreckte, komplett mit Industrien, ausgedehnten Grundstücken, einem Palast und einer Festung. Das gemalte Bild war von Opulenz und Einfluss geprägt, ein Beweis für die bemerkenswerte Statur des verstorbenen Lord und der Königin Hamilton. Das Publikum hörte mit begeisterter Aufmerksamkeit zu und absorbierte die Ungeheuerlichkeit des

Familienbesitzes und die immense Verantwortung, die jetzt auf die Schultern des jungen Prinzen Aditya gelegt wurde.

Inmitten der Vermögensdetails der Familie hielt der Chief Trusty diskret den genauen Geldwert zurück, was auf ein Vermögen von mehr als 500 Millionen Euro anspielte, was erstaunlichen 50.000 Crores in indischen Rupien entspricht. Der Raum verfiel in eine gedämpfte Ehrfurcht, als die Erkenntnis des beispiellosen Reichtums und der Privilegien, die mit der Familie Hamilton verbunden waren, den versammelten Gästen dämmerte. Die Ungeheuerlichkeit dieses Erbes, das sorgfältig im eingetragenen Testament des verstorbenen Herrn und der Königin beschrieben wurde, verstärkte das Verantwortungsbewusstsein, das jetzt auf den zarten Schultern des kleinen Prinzen Aditya ruhte.

Chief Trusty bestätigte akribisch die Gesetzmäßigkeiten rund um das Erbe und sorgte für einen nahtlosen Übergang dieses immensen Vermögens zu seinem rechtmäßigen Erben. Er versicherte dem Publikum, dass alle notwendigen Genehmigungen der jeweiligen Regierungen eingeholt worden seien. Sein Besuch und die dazugehörigen Sicherheitsdetails waren ein Symbol für die Schwere des Schutzes dieses unschätzbaren Vermögenswerts in der Übergangszeit vor Helen Madams Rückkehr nach Großbritannien. Der Raum strahlte ein kollektives Verständnis der feierlichen Pflicht und ein gemeinsames Engagement für die Bewahrung des Erbes der Familie Hamilton aus.

Mit der Zeit erkannte der Chief Trusty die Einschränkungen ihres Zeitplans an und enthüllte, dass ihre Abreise unmittelbar bevorstand. Die Schwerkraft des Augenblicks hielt an, als er sich bei der versammelten Firma bedankte und die Bedeutung ihrer Zusammenarbeit unterstrich. Nach seinen abschließenden Worten folgte eine kurze Pause, die es erlaubte, das Gewicht der Ankündigung auf die Herzen der Anwesenden zu legen.

Die Abreise des Chief Trusty stand unmittelbar bevor, und mit einem höflichen „Vielen Dank und auf Wiedersehen" schloss er seine Rede anmutig ab. Als er seinen Platz einnahm, bezeugte der Raum eine einzigartige Mischung aus Ehrfurcht, Ehrfurcht und Verantwortungsbewusstsein, die nun auf dem Vermächtnis von Hamilton und dem jungen Erben, Prinz Aditya, beruhte. Das

Ambiente war geprägt von einem tiefen Bewusstsein für den historischen Moment und die Herausforderungen und Chancen, die vor der Familie und ihrem geliebten jungen Spross liegen.

Als der Chief Trusty seine umfassende Präsentation beendete, war das Gewicht der Verantwortung im Raum spürbar. Shantai Madam, die Matriarchin der Familie Seth, erhob sich anmutig, um ihre Dankbarkeit auszudrücken und dem Chief Trusty und seinem engagierten Team zu danken. Ihre Ansprache war geprägt von einer Mischung aus Höflichkeit und Wertschätzung, als sie die entscheidende Rolle anerkannte, die der Chief Trusty bei der Gewährleistung der Sicherheit von Prinz Aditya spielte, der jetzt als der reichste Säugling im Reich anerkannt ist. Ein Gefühl des Stolzes erfüllte den Raum, als Shantai Madam ihre Rolle als Großmutter dieses gesegneten Kindes annahm und das familiäre Erbe mit einem Reichtum verband, der die Vorstellungskraft übertraf.

In ihren gelassenen Bemerkungen drückte Shantai Madam ihre aufrichtige Wertschätzung für die unerschütterliche Wachsamkeit des Chief Trusty aus und erkannte an, wie wichtig es ist, den Erben des Hamilton-Erbes zu schützen. Die Anerkennung des Ernstes der Situation fügte dem Verfahren eine Gefühlsschicht hinzu und betonte die kollektive Verantwortung, die die Familienmitglieder nun für das Wohlergehen und den Wohlstand des jungen Prinzen Aditya tragen.

Der mit Dankbarkeit erfüllte Raum nahm Shantai Madams Versprechen auf, die in Anwesenheit des Chief Trusty eingegangenen Verpflichtungen einzuhalten. Ihre Worte stimmten mit einem Pflicht- und Ehrengefühl überein und unterstrichen die Bedeutung der Wahrung der Integrität der Versprechen, die gemacht wurden, um die Interessen der Familie und das Erbe, mit dem sie betraut wurden, zu wahren. Die familiären Bande, die jetzt mit dem Reichtum der Geschichte und des Reichtums verflochten sind, wurden durch die feierlichen Zusagen gestärkt, die in Gegenwart des geschätzten Chief Trusty ausgetauscht wurden.

Als Shantai Madam das Treffen offiziell beendete, drückte sie allen Anwesenden noch einmal ihren Dank aus. Das Versprechen einer anschließenden Versammlung, die kurz nach der Abreise ihrer geschätzten Gäste aus Großbritannien einberufen werden sollte, fügte der sich entfaltenden Erzählung ein Gefühl der Kontinuität hinzu. Die Bedeutung des Anlasses blieb bestehen, als die Matriarchin ihren Dank aussprach und die Mischung aus Tradition, Verantwortung und familiärem Stolz verkörperte, die die Reise der Familie Seth in dieses neue Kapitel ihrer geschichtsträchtigen Geschichte definierte.

Die Worte "Danke" hallten im Raum wider und gipfelten in der Wertschätzung für den Chief Trusty und sein Team, der Anerkennung der familiären Verantwortung und der Vorfreude auf zukünftige Engagements. Der formelle Abschluss des Treffens markierte nicht nur das Ende einer Versammlung, sondern auch den Beginn einer Reise, auf der die Familie Seth durch den komplizierten Wandteppich ihres Erbes navigieren würde, geleitet von Versprechen, Schutz und dem unbestreitbaren Reichtum ihrer familiären Bindung.

18. „The Final Callout; Brilliant Suggestions, A Surprises to Everyone"

Nach der Abreise des britischen Teams blieb ihr Sicherheitspersonal zurück und stand Wache, um den wertvollsten Auftrag zu schützen - Fürst Aditya. Das von Shantai Madam sorgfältig geplante Treffen fand an demselben Ort statt, an dem zuvor bedeutende Enthüllungen stattgefunden hatten. Die Versammlung umfasste wichtige Familienmitglieder, darunter Krishna, Mohini, Mahadeo Mama, Shakuntala, Rajeev und Shah Sir. Der Ernst der Situation war offensichtlich, als sie sich versammelten, um über den schweren Bruch zu beraten, der die Fundamente der Seth-Familie erschüttert hatte.

Als die Sitzung begann, gab Shantai Madam, die ihre Rolle als führende Kraft übernahm, den Ton für die Diskussion an. Die Luft war voller Vorfreude und Besorgnis, als sie das Thema der schändlichen Handlung ansprach, die innerhalb der Grenzen ihres eigenen Hauses ausgeführt wurde. Die möglichen Folgen der finsteren Verschwörung waren groß, und der Raum hallte mit der Erkenntnis wider, dass göttliches Eingreifen sie vor einem gefährlichen Schicksal bewahrt hatte. Shantai Madam erkannte in ihren einleitenden Bemerkungen den Ernst der Situation an und betonte die dringende Notwendigkeit einer gründlichen Untersuchung der wahren Absichten hinter der Straftat.

Shantai Madam forderte Rechenschaftspflicht innerhalb der Familie in einem befehlenden, aber maßvollen Ton. Der Fokus richtete sich auf Shakuntala, der als kritischer Teilnehmer des sich entfaltenden Dramas identifiziert wurde. Der Raum verfiel in eine aufgeladene Stille, als sich alle Augen zu ihr hin bewegten und auf ihre Antwort warteten. Shantai Madams Befehl für Shakuntala, zu sprechen, entfaltete sich mit einem Gefühl der Autorität und symbolisierte das Engagement der Familie, die Wahrheit hinter dem finsteren Komplott aufzudecken. Das Gewicht des Augenblicks war spürbar, und die Atmosphäre war voller

Spannungen und der gemeinsamen Entschlossenheit, sich in dem komplexen Geflecht der Umstände zurechtzufinden.

Shakuntala begann unter dem wachsamen Blick ihrer Familienmitglieder, die Ereignisse zu erzählen, die zu dem schicksalhaften Vorfall führten. Jetzt eine Bühne für das sich entfaltende Drama, schwang der Raum mit einem Spektrum von Emotionen mit - Unglauben, Besorgnis und einer spürbaren Dringlichkeit, die Motive hinter dem potenziell katastrophalen Akt zu entschlüsseln. Shantai Madams Anweisung und Shakuntalas Bericht waren ausschlaggebend für die Suche der Familie nach Wahrheit und Gerechtigkeit.

Als die Details herauskamen, reflektierten die Familienmitglieder gemeinsam über den Ernst der Situation. Shantai Madam navigierte mit einem Gefühl mütterlicher Sorge durch das empfindliche Gleichgewicht zwischen Disziplin und Verständnis und zielte darauf ab, die Wahrheit ans Licht zu bringen und gleichzeitig das Wohlergehen ihrer Familie zu gewährleisten. Der Dialog, der von der einzigartigen Dynamik familiärer Beziehungen geprägt war, versuchte, den Verstoß mit einem durchdachten und maßvollen Ansatz anzugehen.

Die Sitzung, ein Beweis für die Widerstandsfähigkeit der Seth-Familie, entfaltete sich als ein entscheidendes Kapitel in ihrer Geschichte. Der Raum, der mit dem Gewicht der sich entfaltenden Offenbarungen belastet war, bezeugte den komplizierten Tanz zwischen Verantwortlichkeit und Mitgefühl. Als sich die Familie auf den Weg machte, die Wahrheit zu erkennen, hallten die Echos ihrer Überlegungen in den Mauern wider und bedeuteten den Beginn eines Prozesses, der das Schicksal der Familie Seth und ihres geschätzten Erben, Prinz Aditya, prägen würde.

Als die gewichtige Atmosphäre im Raum hing, bat Krishna, als sie den Ernst der Situation spürte, um die Erlaubnis, sich an die Versammlung zu wenden, bevor Shakuntala ihr einen Bericht über die Ereignisse geben konnte. Shantai, der Krishnas Ernsthaftigkeit erkannte, gewährte ihm das Wort und erlaubte ihm, seine Perspektive auf das sich entfaltende Szenario auszudrücken. Krishnas Verhalten wurde ernst, als er sich auf eine sorgfältig artikulierte Rede einließ und sich mit Verantwortungsbewusstsein und Überzeugung an die geschätzte Versammlung wandte.

In seinen einleitenden Bemerkungen betonte Krishna den unerschütterlichen Respekt, die Loyalität und die Hingabe, die jedes einzelne Geschenk der Familie Seth entgegenbrachte. Diese Präambel legte den Grundstein für eine differenzierte Intervention, um die familiäre Zugehörigkeit mit dem Gebot der Gerechtigkeit in Einklang zu bringen. Als er sich mit seinem Vorschlag befasste, deutete er an, dass die Hauptschuldigen, die in der Tat festgenommen wurden, zwei Außenseiter waren - ein Angestellter und ein Eindringling. Die heikle Angelegenheit von Shakuntalas Beteiligung wurde anerkannt, doch Krishna äußerte eine pragmatische Besorgnis über die möglichen Auswirkungen innerhalb der Familie.

Mit einem scharfen Verständnis für die möglichen Auswirkungen der alleinigen Schuldzuweisung an Shakuntala schlug Krishna einen maßvollen Ansatz vor. Er schlug vor, die Verantwortung für die Bestimmung von Shakuntalas Schicksal Mahadeo Mama, ihrem Ehemann und einem hingebungsvollen Familienmitglied anzuvertrauen. Krishna pries die Tugenden von Mahadeo Mama und betonte seine Loyalität, Aufrichtigkeit und Hingabe für das Wohlergehen der Familie. Krishnas Vorschlag verzögerte die Auflösung von Shakuntalas Beteiligung auf einen späteren Zeitpunkt, eine Entscheidung, die darauf abzielte, Gerechtigkeit und die familiären Bindungen, die sie banden, auszugleichen.

Darüber hinaus präsentierte Krishna eine parallele Vorgehensweise für Shakuntalas treuen Diener Suryaji, der seit ihrer Heirat bei ihr war. Diese vorgeschlagene Vorgehensweise spiegelte ein differenziertes Verständnis der komplexen Dynamik im Haushalt wider und zielte darauf ab, die Situation mit einer Mischung aus Mitgefühl und Verantwortung anzugehen. Gleichzeitig plädierte Krishna für die Einbeziehung der Strafverfolgungsbehörden im Umgang mit dem Eindringling von außen und betonte die Notwendigkeit eines Rechtsbehelfs angesichts der betrügerischen Einreise in den Haushalt.

Die Schwerkraft und Scharfsinnigkeit von Krishnas Vorschlag hallten im Raum wider und erregten die Aufmerksamkeit der Versammlung. Seine Worte wurden einstimmig angenommen, was die kollektive

Anerkennung der heiklen Natur der Umstände bedeutete. In diesem Moment waren die Bande, die die Einheit der Familie Seth untermauerten, mit einem Engagement für Gerechtigkeit und einem pragmatischen Ansatz bei der Bewältigung der Übertretungen, die ihr Heiligtum bedrohten, verflochten.

Als die Versammlung Krishnas Vorschlag verarbeitete, entstand ein gemeinsames Verständnis - ein empfindliches Gleichgewicht zwischen familiären Bindungen, Gerechtigkeit und der Verpflichtung, die Prinzipien aufrechtzuerhalten, die die Seth-Familie definierten. Jetzt ein Tableau komplexer Emotionen und Entscheidungen, zeugte der Raum von einem entscheidenden Moment in der Geschichte der Familie, in dem sie sich mit den Auswirkungen eines Bruchs auseinandersetzten, der das Gefüge ihrer Einheit auf die Probe gestellt hatte.

Die brillanten Vorschläge von Krishna brachten den versammelten Familienmitgliedern einstimmige Wertschätzung ein und schufen ein momentanes Gefühl der Erleichterung und Einheit unter den herausfordernden Umständen. Vor allem Shakuntala fühlte einen Seufzer der Erleichterung und erwartete, dass das Verständnis und die Vergebung ihres Mannes bei dieser Gelegenheit erweitert würden. In den Tiefen ihrer Gedanken dachte sie über eine Strategie nach, um die Aufmerksamkeit abzulenken und Suryaji die Schuld zu geben, um ihre Absichten abzuschirmen. Als der Raum die Wirkung von Krishnas Vorschlägen absorbierte, beruhigte sich eine tiefe Stille und signalisierte eine nachdenkliche Pause im laufenden Familientreffen.

Inmitten der gedämpften Stille kündigte Krishna, der Vorbote familiärer Offenbarungen, seine Absicht an, mehrere geheime Entscheidungen zu offenbaren, die gemeinsam getroffen worden waren. Das Gewicht der Vorfreude lag in der Luft, als Familienmitglieder auf die Offenlegung dieser geheimen Erklärungen warteten. Krishna, der sich der Schwere seiner Offenbarungen bewusst war, machte eine kurze Pause und scannte die Gesichter der Anwesenden im Saal. Seine Augen suchten nach Reaktionen und maßen die Auswirkungen der bevorstehenden Offenbarungen auf den intimen Kreis, der sich zu diesem entscheidenden Familientreffen versammelt hatte.

Mit einer bewussten und maßvollen Kadenz begann Krishna, die verborgenen Entscheidungen zu enthüllen, die im inneren Heiligtum der Familie sorgfältig gehütet worden waren. Die Atmosphäre verlagerte sich, als sich die Geheimnisse, die zuvor nur wenigen Auserwählten bekannt waren, nun im familiären Bereich entfalteten. Krishnas Worte, die in einem Gefühl der Vertraulichkeit und des Vertrauens verhüllt waren, stimmten mit der Feierlichkeit überein, die solchen Enthüllungen angemessen ist. Die familiären Bindungen, die bereits durch die jüngsten Ereignisse auf die Probe gestellt wurden, standen vor einer weiteren Ebene der Offenbarung, die den Verlauf des kollektiven Schicksals der Familie Seth weiter prägen würde.

Die Gesichtsausdrücke der Familienmitglieder verrieten eine Mischung aus Überraschung, Neugier und in einigen Fällen vielleicht Besorgnis. Krishna, der sich der möglichen Auswirkungen seiner Offenbarungen bewusst war, navigierte weiterhin verantwortungsbewusst durch das empfindliche Terrain des familiären Vertrauens. Seine Offenbarung trug das Gewicht gemeinsamer Entscheidungen und des Vertrauens, das in jedes Familienmitglied gesetzt wurde, als sie sich gemeinsam den Herausforderungen stellten, die sich in ihren miteinander verflochtenen Schicksalen entfalteten.

Als Krishnas Enthüllungen sich entfalteten, wurde die Atmosphäre in der Halle von einem erneuerten Gefühl des gemeinsamen Verständnisses und Engagements aufgeladen. Die einst verborgenen Offenbarungen bildeten nun die Grundlage für eine kollektive Reise und stärkten die familiären Bindungen, die über die unmittelbaren Herausforderungen hinausgingen. In diesem Moment stand die Familie am Scheideweg der Offenbarung, ihre Schicksale verwoben mit den Geheimnissen, die ihre gemeinsame Erzählung definiert hatten.

Shantai Madam erkannte Krishnas Rede mit einem zustimmenden Nicken an und bereitete die Bühne für eine Offenbarung, die die Grundlagen der familiären Erwartungen erschüttern würde. In einem Verhalten, das Höflichkeit und Festigkeit ausbalancierte, übermittelte Krishna eine Entscheidung, die wie eine seismische Schockwelle durch den Raum hallte. Mit einem maßvollen Ton erklärte er seine Absicht, seine Unternehmensverantwortung mit sofortiger Wirkung aufzugeben und sich auf eine Reise zu begeben, um sich in einem anderen Land niederzulassen. Das Ausmaß dieser Ankündigung landete wie eine unerwartete Explosion und ließ die Anwesenden, mit Ausnahme von Shantai, in einem Zustand des kollektiven Schocks zurück, ihre Blicke mit einer Mischung aus Ehrfurcht und Verwirrung auf Krishna gerichtet.

Als die Worte in der Luft lagen, verwandelte sich die Atmosphäre im Raum in ein Tableau des Staunens. Das Gewicht von Krishnas Entscheidung hallte durch die familiären Bindungen nach, die sie zuvor gebunden hatten. Jedes Familienmitglied kämpfte mit den Implikationen dieser unerwarteten Wendung, ihre Ausdrücke spiegelten die Überraschung wider, die die Versammlung ergriffen hatte. Das Schweigen, das sich daraus ergab, war schwanger mit unausgesprochenen Fragen, als die Familie die Realität von Krishnas bevorstehendem Abschied und die Leere, die sie unweigerlich im familiären Rahmen schaffen würde, verarbeitete.

Krishna, der Architekt dieser seismischen Verschiebung der Familiendynamik, stand inmitten des Meeres erstaunter Gesichter, seine Entschlossenheit zeigte sich in dem unerschütterlichen Ausdruck auf seinem Gesicht. Shantai, die standhafte Matriarchin, behielt ihr komponiertes Verhalten bei, vielleicht eingeweiht in die Komplexität, die Krishna zu dieser folgenschweren Entscheidung geführt hatte. Der Raum, einst eine Oase der familiären Einheit, zeugte nun von der Entfaltung eines Kapitels, das ihre Verbindungen und den gemeinsamen Wandteppich ihres Lebens neu definieren sollte.

Die Schockwelle von Krishnas Ankündigung löste innerhalb des Familienkreises eine Vielzahl von Emotionen aus - Verwirrung, Besorgnis und vielleicht einen Hauch von Trauer. Die familiäre Landschaft, die einst durch die Vertrautheit mit Rollen und Verantwortlichkeiten verankert war, stand nun vor einer bevorstehenden Neuordnung, die die Widerstandsfähigkeit ihrer Bindungen testen würde. Die unausgesprochenen Gefühle verharrten in der Luft und schufen eine Atmosphäre, die vom Gewicht des unbekannten Territoriums geprägt war.

Als sich die Realität von Krishnas Entscheidung festsetzte, blieb der familiäre Blick auf ihn gerichtet und suchte nach Verständnis und vielleicht nach einer Erklärung, die die Beweggründe für diese unerwartete Abreise beleuchten könnte. Der Raum, der einst mit den Echos familiärer Überlegungen und gemeinsamer Geheimnisse gefüllt war, wurde nun zu einer Bühne für eine neue Erzählung - eine, die von Abschied, Distanz und dem unerbittlichen Lauf der Zeit geprägt war. In diesem ergreifenden Moment stand die Familie am Scheideweg des Wandels und kämpfte mit den Auswirkungen von Krishnas Abschied und dem veränderten Kurs, der vor ihnen lag.

Shah Sir reagierte mit einer Schwerkraft, die die Schockwellen widerspiegelte, die durch den Raum kräuselten, und äußerte die kollektive Frage, die in der Luft hing: "Aber warum? Was ist die Dringlichkeit, die eine so drastische Entscheidung erforderlich macht? Du kannst das nicht tun." Krishna behielt als Reaktion darauf eine ruhige Gelassenheit bei und versicherte Shah Sir, dass er es erklären würde, was auf das Vorhandensein weiterer Überraschungen in der Erzählung hindeutete. Der Raum wartete in einem kollektiven Zustand der Vorfreude auf Krishnas Aufklärung.

Mit gemessener Gelassenheit vertiefte sich Krishna in die Gründe für seine Entscheidung. Er erkannte die zentrale Rolle von Shah Sir als loyaler und leitender Angestellter innerhalb des Unternehmens an, enthüllte jedoch, dass Shah Sir aufgrund seines Alters kurz davor stand, von seinem Posten als Chief Executive Officer in den Ruhestand zu treten. Diese bevorstehende Lücke in der Führung erforderte einen Nachfolgeplan, und Krishna hatte zusammen mit seiner Mutter eine entscheidende Entscheidung getroffen. Rajeev, eine junge und engagierte Person, die sowohl Loyalität als auch Qualifikationen besaß, war als gewählter Nachfolger ausgewählt worden. Stolz enthüllte Krishna die Entscheidung, Rajeev zu ernennen, der nicht nur unter der Leitung von Krishnas verstorbenem Vater - dem Mentor und Gründer des Unternehmens - unschätzbare interne Erfahrungen gesammelt hatte, sondern auch die Zukunft des Unternehmens symbolisierte. Diese Offenbarung fügte der bereits betäubten Versammlung eine weitere Schicht des Erstaunens hinzu.

Der Raum, der sich jetzt mit den doppelten Auswirkungen von Krishnas bevorstehendem Abschied und der Enthüllung von Shah Sir's Ruhestand auseinandersetzt, wurde zu einer Bühne für eine Reihe von Transformationen im familiären und beruflichen Bereich. Das Gewicht der von Krishna und seiner Mutter getroffenen Entscheidungen belastete die Versammlung und löste eine Kaskade von Emotionen und unausgesprochenen Gefühlen aus. Die familiäre Dynamik, die sich bereits im Wandel befand, stand vor einer seismischen Verschiebung, als der Mantel der Führung an eine neue Generation weitergegeben wurde.

Die Ankündigung markierte nicht nur einen Führungswechsel, sondern bedeutete auch Kontinuität - eine Übergabe der Fackel von der erfahrenen Erfahrung von Shah Sir an die jugendliche Kraft von Rajeev. Die Echos von Krishnas Worten hingen in der Luft und ließen die Familie mit den Implikationen dieser unerwarteten Wendungen in ihrer gemeinsamen Erzählung kämpfen. Der Raum, einst ein Zufluchtsort familiärer Diskussionen und gemeinsamer Geheimnisse, war jetzt Zeuge der Entfaltung eines neuen Kapitels - eines Kapitels, das den Aufstieg eines neuen Anführers und den Abgang eines erfahrenen Standhaften sehen würde.

Als die Realität dieser Entwicklungen einsetzte, reichten die Äußerungen von Familienmitgliedern von Überraschung bis Kontemplation. Der familiäre Blick, der einst auf Krishna gerichtet war, verlagerte sich nun auf Rajeev, den Thronfolger, dessen Schultern das Gewicht von Privilegien und Verantwortung trugen. Die Atmosphäre, die von einer Mischung aus Erstaunen und Kontemplation geprägt war, verkörperte die Essenz eines Moments, in dem familiäre und berufliche Schicksale aufeinander trafen und die Bühne für die Reise der Familie in unbekannte Gebiete bildeten.

In einem Raum, der bereits mit dem Gewicht unerwarteter Offenbarungen belastet war, drängte Krishna die versammelten Familienmitglieder, sich auf eine weitere Offenbarung vorzubereiten - eine, die versprach, ihr Verständnis der Familiendynamik zu verbessern. Mit einem stetigen und gelassenen Auftreten enthüllte Krishna ein geheimes Geständnis, von dem er erwartete, dass es alle überraschen würde. Er gab zu: „Ich bin der wahre und legitime Vater von Aditya. Ich bin bereits mit einem Mädchen verheiratet, und Aditya ist ein kostbares Geschenk für uns als unser Sohn, der vorzeitig von seiner Mutter geboren wurde." Das Eingeständnis lag in der Luft, eine

Enthüllung, die über die Grenzen familiärer Normen hinausging. Shantai, der bereits in einen Teil der Wahrheit eingeweiht war, nickte zustimmend und erkannte die Komplexität von Krishnas Bekenntnis an.

Der Raum, jetzt eine Leinwand, die mit Erstaunen, Verwirrung und Überraschung bemalt war, richtete seinen kollektiven Blick auf Helen Madam. Die Annahme in ihren Augen war greifbar - Helen muss Krishnas Frau sein, die Mutter von Prinz Aditya. Shantai und Mohini hielten jedoch den Schlüssel zu einer anderen Wahrheit. Nur sie wussten, dass der Titel von Krishnas Frau Elisabeth, einer Prinzessin des Lordhauses, gehörte. Doch Shantai selbst war sich des tragischen Untergangs dieser Prinzessin nicht bewusst, eine Tatsache, die der sich entfaltenden Erzählung Schichten von Komplexität hinzufügte.

Als die Familienmitglieder die Offenbarung verarbeiteten, wurden ihre Ausdrücke zu einem Mosaik von Emotionen - Verwirrung, Spekulation und vielleicht unter all dem ein Gefühl der Sorge um das komplizierte Netz von Beziehungen, das vor ihnen entwirrt wurde. Der Raum, einst eine Oase der familiären Einheit, wurde jetzt zu einer Bühne für eine Offenbarung, die die Macht hatte, das Wesen ihrer Verwandtschaft neu zu definieren. Die unausgesprochenen Fragen hingen in der Luft und warteten auf Antworten, die die Feinheiten von Krishnas persönlichem Leben und die unvorhergesehene Verbindung mit Aditya beleuchten würden.

Shantai, eine stille Zeugin des sich entfaltenden Dramas, behielt ihre komponierte Haltung bei und war sich bewusst, dass ihr Verständnis der Situation unvollständig war. Die Familie befand sich jedoch am Abgrund einer Offenbarung, die zweifellos ihre Wahrnehmung von Krishna, Elizabeth und der mysteriösen Prinzessin prägen würde - die Fäden ihres Lebens, die jetzt in einem unvorhergesehenen Wandteppich verwoben sind. Die Atmosphäre, die von einem Gefühl der Offenbarung und Unsicherheit geprägt war, unterstrich die Zerbrechlichkeit der familiären Bindungen, die bisher ihre gemeinsame Reise definiert hatten.

In diesem Moment stand die Familie Seth am Scheideweg einer Wahrheit, die sowohl überraschend als auch ergreifend war, eine Wahrheit, die eine kollektive Abrechnung mit der Komplexität von

Liebe, Verlust und den unerwarteten Wendungen des Lebens erfordern würde. Der Raum, der einst von familiärer Solidarität pulsierte, bereitete sich nun auf die emotionalen Nachbeben von Krishnas Offenbarung vor, als die Familie sich auf eine Reise des Verständnisses und der Akzeptanz begab.

Inmitten des anhaltenden Erstaunens und der Vorfreude drängte Krishna mit Verantwortungsbewusstsein die versammelten Familienmitglieder, ihren Blick nicht auf Helen Madam zu richten. Er deutete auf eine eventuelle Offenbarung der vollen Wahrheit hin und hinterließ einen geheimnisvollen Schleier, der diesen Aspekt seines Bekenntnisses umhüllte. Er schwenkte jedoch schnell zu einer Ankündigung, die weitere Umbrüche in der Familien- und Unternehmenslandschaft versprach. Mit einer Stimme, die das Gewicht bedeutender Entscheidungen trug, verkündete er: „Meine Mutter soll fortan Vorsitzender und Geschäftsführer der Krishna-Unternehmensgruppe bleiben, und das ist auch ihr Wunsch." Diese Erklärung, ein Beweis für Krishnas unerschütterliches Vertrauen und Unterstützung für seine Mutter, hatte tiefgreifende Auswirkungen auf das Geschäftsimperium der Familie.

Krishna skizzierte in einem strategischen Schritt einen Nachfolgeplan innerhalb der Unternehmenshierarchie. Seine Schwester, Fräulein Mohini, die er in den schwierigsten Zeiten ihrer Familie als wahre Mitarbeiterin bezeichnete, wurde zur Büroassistentin seiner Mutter ernannt. Die Offenbarung hörte damit nicht auf; Krishna fuhr fort, eine zukünftige Flugbahn zu erklären, die alle überrascht hat. Er gab seine Entscheidung bekannt, alle seine Anteile an der Gesellschaft an Mohini zu übertragen, was sie de facto zur Mehrheitsaktionärin machte. Diese unvorhergesehene Wendung der Ereignisse ließ die versammelten Familienmitglieder in einem Zustand des Unglaubens zurück, die Auswirkungen von Krishnas Entscheidungen hallten durch den Raum.

Mahadeo Mama, der das Verfahren aufmerksam auf einem Notizblock aufgezeichnet hatte, wurde von dieser unerwarteten Ankündigung überrumpelt. Der Schock war über sein Gesicht geätzt, als Tränen unvermindert aus seinen Augen flossen. Die Tiefe der Emotionen überraschte alle und enthüllte eine Seite von Mahadeo Mama, die bis zu diesem Moment unter dem Furnier des Stoizismus verborgen geblieben war. Die familiären Bindungen, die durch eine Reihe von Offenbarungen auf die Probe gestellt wurden, sahen sich nun einem neuen Kapitel gegenüber, das durch unerwartete Wendungen gekennzeichnet war, die die Dynamik der Familie Seth für immer verändern würden.

In der Zwischenzeit wurde Shakuntala Mami, die Träume von einer wohlhabenden Zukunft für ihre Tochter hegte, unerwartet verwirklicht. Der Schock der Ankündigung machte sie sprachlos, als sie in einer festen Trance saß und sich mit der plötzlichen Wendung der Ereignisse auseinandersetzte. Der Raum, ein Theater familiärer Offenbarungen, wurde zu einem Raum, in dem Emotionen zwischen Erstaunen, Dankbarkeit und einem tiefen Gefühl der Unsicherheit schwankten.

Als sich das Gewicht von Krishnas Entscheidungen auf die Versammlung legte, bereiteten sich die familiären Bindungen auf eine weitere Transformation vor. Der komplizierte Tanz zwischen Familie und Unternehmen, Loyalität und Vermächtnis spielte sich vor dem Hintergrund dieser unvorhergesehenen Ankündigung ab. Der Raum, der einst Zeuge von Familiengeheimnissen und Unternehmensdiskussionen war, stand nun als Beweis für die Unvorhersehbarkeit des Schicksals und die Widerstandsfähigkeit, die erforderlich ist, um durch die komplizierten Fäden zu navigieren, die das Gewebe ihrer gemeinsamen Existenz weben.

Als die Schockwellen der vorherigen Ankündigungen immer noch durch den Raum hallten, wurde Mohini, die bereits von den sich entfaltenden Ereignissen überrascht war, von der aufeinanderfolgenden Bombe, die Krishna fallen ließ, negativ erschüttert. Ihr staunender Blick war auf ihn gerichtet, als er mit einem Hauch von Fröhlichkeit und einem Hauch von Unfug Shantai Madams Erlaubnis für eine weitere überraschende Offenbarung suchte. Die Atmosphäre war voller unruhiger Vorfreude, als Krishna, der wieder einmal ein ruhiges und gelassenes Verhalten annahm, das nächste Kapitel familiärer Offenbarungen entfaltete.

In einer überraschenden Wendung enthüllte Krishna die Entscheidung seiner Mutter, eine Verlobungszeremonie für Mohini vor seiner bevorstehenden Abreise aus dem Land zu organisieren. Die Ankündigung nahm eine noch unerwartetere Wendung, als er den gewählten Bräutigam enthüllte - den derzeitigen CEO des Unternehmens, Herrn Rajeev. Krishnas angenehmer Ton stand in scharfem Kontrast zu dem kollektiven Schock, der durch den Raum strömte. Die versammelten Familienmitglieder, deren Emotionen von Verwirrung bis Zweifel reichten, richteten nun ihren Blick auf Krishna, Mohini und Shantai Madam, scheinbar in einer eigenen Welt, in der sie ein Lächeln austauschen und Blicke kennen.

Mohini, gefangen im Kreuzfeuer aufeinanderfolgender Offenbarungen, sah ungläubig und verwirrt aus. Ihr anfängliches negatives Zittern hatte sich nun in einen Zustand der Verwirrung verwandelt, als sie sich mit der unerwarteten Wendung der Ereignisse auseinandersetzte. Einst eine Bastion familiärer Diskussionen und gemeinsamer Geheimnisse, war der Raum jetzt ein Theater familiärer Offenbarungen, das selbst die kreativsten Vorstellungen zu übertreffen schien.

Die kollektive Stimmung innerhalb der Versammlung war von tiefem Schock geprägt. Die unerwartete Verlobungsankündigung, gepaart mit Rajeevs Wahl als zukünftiger Bräutigam, ließ die Familienmitglieder in einem Zustand des suspendierten Unglaubens zurück. Die einst strukturierte Familiendynamik schien nun in einem Wirbelwind von Überraschungen gefangen zu sein, wobei die Schwere jeder Offenbarung allmählich einsank.

Als der Raum die Wirkung von Krishnas Worten absorbierte, standen die familiären Bindungen einer weiteren Testschicht gegenüber. Der Austausch von Blicken zwischen Krishna, Mohini und Shantai Madam deutete auf ein gemeinsames Verständnis hin, während der Rest der Familie Schwierigkeiten hatte, sich mit der sich schnell entfaltenden Erzählung zu versöhnen. Die Luft, die von einer Mischung aus Emotionen durchdrungen war, erlebte, wie die Familienmitglieder sich auf unbekanntem Terrain bewegten und ihre Ausdrücke den komplizierten Tanz zwischen Schock, Neugier und vielleicht einem Hauch von Akzeptanz enthüllten.

In diesem unerwarteten Tableau befand sich die Familie Seth an der Schnittstelle von familiären Traditionen und den skurrilen Wendungen des Schicksals. Das bevorstehende Engagement und der gewählte Bräutigam fügten der familiären Saga eine faszinierende Schicht hinzu, die die versammelten Mitglieder in Spannung und Kontemplation versetzte. Jetzt mit dem Gewicht der Offenbarungen beladen, erwartete der Raum das nächste Kapitel im sich entfaltenden Drama von Krishnas familiären Überraschungen.

Als sich der Abschluss der Versammlung abzeichnete, übermittelte Krishna, der jetzt einen ausgewogenen, aber düsteren Ton annahm, die bevorstehende Ankündigung eines traurigen Kapitels in seinem Leben. Sein Blick suchte Shantais, ein stilles Plädoyer um Vergebung dafür, dass er diese Nachricht nicht früher preisgegeben hatte, angesichts ihres instabilen Gesundheitszustands. Mohini, der vielleicht das Gewicht der Offenbarung spürte, tauschte einen Blick der Gewissheit mit Krishna aus und bot stille Unterstützung an. In einer friedlichen Atmosphäre begann Krishna: "Ich werde einen traurigen Abschnitt meines Lebens ankündigen."

Der Raum, der bereits mit überraschenden Offenbarungen gesättigt war, wappnete sich für die Enthüllung von Krishnas Kummer. Schwer mit der Last der unerzählten Wahrheit, deuteten Krishnas Worte auf eine Erzählung hin, die bis zu diesem Moment verborgen geblieben war. Krishna suchte Shantais Verständnis und fuhr fort: "Helen Madam ist nicht die wahre Mutter unseres Sohnes." Die Offenbarung schnitt durch die Luft und hinterließ ein spürbares Gefühl des Unbehagens. Krishna, der jetzt eine zutiefst persönliche Facette seines Lebens in sich trägt, bestätigte eine geheime Ehe mit seiner Freundin und Klassenkameradin, Madam Elizabeth.

In einer Geschichte voller unerwarteter Wendungen erklärte Krishna, dass Elizabeth vor ihrer Heirat nach dem Willen ihrer Eltern die vorherige Erlaubnis der Treuhänder eingeholt hatte. Die Bedingungen sahen vor, dass Elizabeth nach Erreichen des Wahlalters nach eigener Wahl heiraten konnte, vorbehaltlich der Zustimmung der Treuhänder. Krishna war sich dieser Feinheiten bisher nicht bewusst und erzählte die Geschichte ihrer kirchlichen Hochzeit, die nach allen gesetzlichen Maßstäben für legitim erklärt wurde. Die Offenbarung nahm eine noch ergreifendere Wendung, als Krishna in einem traurigen Ton den tragischen Verlust von Elizabeth während der Geburt durch einen unglücklichen Vorfall offenbarte. Der Raum, der jetzt von der Schwerkraft von Krishnas Erzählung umhüllt ist, wurde zu einem Theater für Emotionen, die von Empathie bis Sympathie reichen.

Seine Augen waren feucht vor Trauer, und Krishna bat seine Mutter um Verzeihung, dass er diese Trauer nicht früher geteilt hatte. Die Familie, gefangen im Sog einer persönlichen Tragödie, navigierte durch die Wellen der Gefühle, die durch den Raum strömten. Shantai, die sich zweifellos mit ihren Emotionen auseinandersetzte, nahm das Gewicht des Geständnisses ihres Sohnes auf sich. Die Luft hing schwer von der gemeinsamen Trauer; die familiären Bindungen wurden erneut durch die Offenbarung einer Wahrheit geprüft, die in den Schatten gehüllt geblieben war.

In diesem feierlichen Moment sah sich die Familie Seth mit der Zerbrechlichkeit des Lebens und dem unvorhersehbaren Lauf des Schicksals konfrontiert. Das sich entfaltende Drama, das nun Freude, Überraschung und Trauer umfasste, zeichnete ein komplexes Bild familiärer Zusammenhänge. Als Krishna dieses Kapitel der emotionalen Begegnung beendete, wurde der Raum Zeuge eines gemeinsamen Verständnisses, Trauer und der unausgesprochenen Belastbarkeit, die diese Familie zusammenbanden.

Als Krishna die Notwendigkeit weiterer Aufklärung erkannte, spürte er, dass seine Mutter Shantai zusätzliche Details zum tragischen Tod ihrer liebsten Schwiegertochter Elizabeth benötigte. In Anerkennung dieses entscheidenden Moments beleuchtete er den traurigen Vorfall und enthüllte eine Erzählung, die das Gewicht eines tiefen Verlustes trug. Mit einem gelassenen, aber schweren Herzen begann Krishna, die erschütternden Details zu teilen.

Er erzählte von dem schicksalhaften Tag, einer Feier nach der Einberufung, die von Freude und Leistung geprägt war, als sie glücklich von den Glückwünschen zurückkehrten, die besten Schüler des Jahres zu sein. Die Erzählung nahm eine dunkle Wendung, als ein Eindringling, der mit der Absicht gefahren war, Krishnas Auto zu stehlen, Elizabeth gewaltsam gefangen nahm, als er das Fahrzeug parkte. Eine grausame und verzweifelte Tat entfaltete sich, wobei der Eindringling ein offenes und scharfes Messer an die zarte Kehle von Krishnas Frau hielt. Um für ihre Sicherheit zu plädieren, ergab sich

Krishna und bot alles im Austausch für Elizabeths Freilassung an. Tragischerweise drückte er Elizabeth während des Prozesses, als der Dieb das Auto in Besitz nahm, gefühllos, ohne den Druck des Messers zu lösen, und durchtrennte die zentrale Vene. Das Ergebnis war eine vorzeitige Abtreibung, und trotz der besten Bemühungen der Ärzte konnte Elizabeth nicht gerettet werden. Der Chief Trusty informierte Krishna später, dass der Verbrecher von der Polizei festgenommen worden war und das Gerichtsverfahren für seine Bestrafung im Gange war.

Als Krishna diese herzzerreißende Episode zum Ausdruck brachte, versank der Raum in eine tiefe Stille. Der Ernst der Situation hing in der Luft, und die versammelten Familienmitglieder waren von einem gemeinsamen Kummer umgeben. Der düstere Ton von Krishnas Erzählung spiegelte den immensen Verlust und die Tragödie wider, die der Familie Seth widerfahren waren. Das Gewicht des Vorfalls, gepaart mit den schockierenden Umständen, ließ die Familie in einem kollektiven Zustand der Trauer zurück und kämpfte mit der harten Realität eines Lebens, das durch eine sinnlose Handlung unterbrochen wurde.

In diesem feierlichen Moment standen die familiären Bindungen vor der gewaltigen Herausforderung, die Auswirkungen einer unvorhergesehenen Tragödie zu absorbieren. Der Raum, einst ein Raum für familiäre Offenbarungen und Feiern, verwandelte sich nun in ein trauriges Tableau, in dem sich die Schatten der Trauer breit machten. Krishna, der das Gewicht dieser traurigen Erzählung trug, suchte Trost und Verständnis bei seiner Familie, als sie gemeinsam durch das emotionale Terrain von Verlust und Erinnerung navigierten.

Um das ergreifende Treffen zu Ende zu führen, fand Krishna nach einer Reihe von emotional aufgeladenen Offenbarungen einen Moment des Gleichgewichts, um die Zukunft anzugehen, die das Schicksal der Seth-Familie prägen würde. Mit einem komponierten Auftreten begann er: "Auf Wunsch des Großvaters mütterlicherseits und der Großmutter meines Sohnes Aditya wurde beschlossen, dass er seine Ausbildung in ihrer Heimat erhalten sollte, entweder in Großbritannien oder in Amerika, wo sie ihre Niederlassungen und Wohnsitze eingerichtet haben." Nachdem Krishna die Feinheiten mit dem Chief Trusty geklärt hatte, teilte er seine herzliche Entscheidung mit, nach Amerika zu ziehen.

In einem mit familiären Verantwortlichkeiten beladenen Schritt äußerte Krishna seine Absicht, die Rollen des Chief Executive und Managing Director eines Pharmaunternehmens in Amerika zu übernehmen. Gleichzeitig versprach er, die entscheidende Verantwortung für die Erziehung von Aditya, ihrem gemeinsamen Enkel, zu übernehmen. Die familiäre Landschaft veränderte sich, als Krishna die automatische Übertragung von 80 % der Anteile des Pharmaunternehmens auf seinen Namen bekannt gab. Darüber hinaus erwartete sie in einem Mehrfamilienhaus eine eigene Residenz, die unter den wachsamen Augen wachsamer Sicherheitsbeamter für ihre Sicherheit sorgte.

Krishna, der die emotionalen und praktischen Aspekte dieser Entscheidung überbrückte, berührte den herzerwärmenden Aspekt der Familienzusammenführung. Er teilte seine Pläne für seine Mutter und sagte, sie würde sie häufig besuchen und bei ihnen bleiben und ihre immense Liebe auf ihren Enkel und sich selbst überschütten. Selbst über Kontinente hinweg hat die Erwähnung des familiären Miteinanders ein Gefühl von Wärme in die Luft gespritzt.

Krishna erkannte die Bedeutung von Wurzeln und Verbindung an und versicherte der Familie, dass sie in den Ferien in ihr derzeitiges Zuhause zurückkehren würden, um ein harmonisches Gleichgewicht zwischen ihrem neuen Leben in Amerika und ihren geschätzten Bindungen an ihre familiäre Herkunft zu schaffen. Das Gefühl der Zusammengehörigkeit hallte durch Krishnas Worte wider und schuf eine Vision einer Familie, die trotz körperlicher Entfernungen emotional miteinander verflochten blieb.

Inmitten der positiven Entwicklungen ging Krishna jedoch auf die anhaltende Angelegenheit von Shakuntala Mami ein und übertrug die Entscheidungsverantwortung auf Mahadeo Mama. Diese entscheidende Entscheidung warf einen Schatten auf den Raum und hinterließ einen Hauch von Vorfreude und Unsicherheit, als sich die Familie mit dem bevorstehenden Urteil über Shakuntala Mamis Schicksal auseinandersetzte. Als Krishna dieses bedeutende Meeting-Kapitel beendete, stand der Raum am Scheideweg des Wandels, der

Zukunft, die für die Seth-Familie von Versprechen und Komplexität geprägt war.

Nach dem entscheidenden Treffen bestimmte Mahadeo Mama, die das Gewicht der Entscheidungsfindung trug, das Schicksal von Shakuntala und Suryaji. Das Urteil war eine Rückkehr in ihre Heimatstadt, die mit der Beaufsichtigung des angestammten Landes beauftragt war. Die Entscheidung, die als eine Form der Vergeltung wahrgenommen wurde, trug ihr Gewicht, da sie den Verzicht auf den städtischen Luxus bedeutete, an den sie sich gewöhnt hatten. Die Aussicht auf ein ländliches Leben, weit entfernt vom Komfort der Stadt, zeichnete sich nun als bedeutende Konsequenz für die beiden Personen ab.

Zusätzlich zu dem sich entfaltenden Drama stellte sich heraus, dass es sich bei der von Suryaji mitgebrachten Hilfe um einen Kriminellen auf der schwarzen Liste handelte, was seine Festnahme durch die Polizei auslöste. Die Gerichtsverfahren gegen ihn unter verschiedenen Strafanzeigen fügten der Situation eine weitere Komplexitätsschicht hinzu. Die Wende der Ereignisse, geprägt von persönlichen und rechtlichen Auswirkungen, vollzog sich vor dem Hintergrund der Verlobung von Mohini und Rajeev - ein seltener Moment der Freude inmitten der herrschenden Spannungen.

Helen Madam, die Trost in ihrer Annahme als Pflegemutter von Prinz Aditya fand, hegte eine stille Hoffnung auf eine tiefere und intimere Verbindung mit Krishna in der Zukunft. Die Dynamik des Schicksals, unvorhersehbar und weise, setzte ihre Erzählung fort und verwebte Fäden der Freude, des Kummers und unerwarteter Wendungen. Die sich entfaltenden Kapitel des Schicksals dienten als ergreifende Erinnerung daran, dass der Verlauf des Lebens oft von Kräften geleitet wird, die sich der menschlichen Kontrolle entziehen.

Als die Familie mit den Konsequenzen ihrer Entscheidungen zu kämpfen hatte, war die Verlobung von Mohini und Rajeev ein Hoffnungsschimmer - eine Feier angesichts der Widrigkeiten. Das komplexe Geflecht aus Beziehungen, rechtlichen Feinheiten und familiären Bindungen unterstrich die Widerstandsfähigkeit, die erforderlich ist, um sich auf der unvorhersehbaren Reise des Lebens zurechtzufinden. In der Reflexion sprach die Erzählung zu einer tieferen Wahrheit - dass hingebungsvolle Bemühungen, der Glaube an eine höhere Macht und die Akzeptanz der Früchte der eigenen Bemühungen als bestimmte Ergebnisse den Teppich eines Lebens bilden, das von der Weisheit unvorhergesehener Drehungen und Wendungen geprägt ist.

Über den Autor

Dr. Subhash Y. Pawar

Dr. Subhash Pawar ist ein hoch angesehener Schriftsteller und ein berühmter Professor unter den Studenten. Er ist auch ein bekannter digitaler Künstler. Neben dem Schreiben verschiedener Artikel für seriöse Zeitungen begann er, Bücher zu verschiedenen Themen zu verfassen.

Sein erstes technisches Buch über Grafikkunstverfahren, das 1971 von einem renommierten Unternehmen in London, Großbritannien, veröffentlicht wurde, markierte den Beginn einer bedeutenden Reise. Dr. Pawars Bücher, die über 95 zählen, waren maßgeblich an der Förderung der Computerkompetenz und des Verständnisses verwandter Technologien beteiligt und haben das Feld erheblich beeinflusst.

1981 erhielt Dr. Subhash Pawar ein beträchtliches Publikationsstipendium von der Universität Pune, um sein Buch über Typografie zu veröffentlichen. Er wurde 2008 auch mit einem Staatspreis für sein hervorragendes Marathi-Buch über die Software "Photoshop" geehrt.

Er ist der erste und einzige Kandidat, der an der renommierten University of Pune, einem Bildungsparadies in Indien, in Angewandter und Digitaler Kunst promoviert hat. Neben seiner Leidenschaft für das Schreiben hat er zahlreiche Kompositionen in digitalen Medien geschaffen. Er ist der am meisten praktizierende Digital Artist des Landes und Mentor einer berühmten Kunstgalerie in Pune. Er verfügt über wertvolle Erfahrungen als emeritierter Professor, außerordentlicher Professor und Professor-Leiter einer Abteilung an zahlreichen Universitäten in Pune.

Er wünscht sich aufrichtig, dass die Leser seinen Schreibstil und seine Fiktion schätzen würden, wie es in seinen Technical Written Books geschätzt wurde. Er ist dankbar, dass alle seine Leser und Kritiker seinen Roman zum Lesen ausgewählt haben.

www.ingramcontent.com/pod-product-compliance
Lightning Source LLC
LaVergne TN
LVHW041701070526
838199LV00045B/1159